문학 향유문화와 파르마콘

김관식 문학평론집

문학 향유문화와 파르마콘

2024년 12월 30일 초판 1쇄 인쇄 발행

지 은 이 | 김관식
펴 낸 이 | 박종래
펴 낸 곳 | 도서출판 명성서림

등록번호 | 301-2014-013
주   소 | 04625 서울시 중구 필동로 6 (2, 3층)
대표전화 | 02)2277-2800
팩   스 | 02)2277-8945
이 메 일 | msprint8944@naver.com

값 12,000원
ISBN 979-11-94200-53-6

김관식 문학평론집

파르마콘
문학 향유 문화와

김관식

도서 명성서림

돌아오지 않는 메아리

다시 또 부질없이 써놓은 평문들을 엮는다. 돌아오지 않는 메아리인 줄 알면서 산에 올라 "야호!" 하고 메아리를 불러대면 답답한 마음이 후련해질 것이라고 기대하면서 버릇처럼 독자없는 평론집을 펴낸다.

버려야 할 것을 버리지 못하는 버릇이 나이 탓인가 싶다. 갈수록 글쓰기가 힘들어진다. 눈이 쉽게 피로해지고, 오랫동안 컴퓨터앞에 앉아 있을 수가 없다, 이제 부질없는 글쓰기를 자중하라는 신체 반응에 순응하지 못해 또 어리석은 짓을 되풀이하고 말았다.

글쓰는 사람들에게 다소나마 용기를 북돋아주려는 뜻에서 작품평들을 모아 엮었다.

이 시대에 문학이 죽었음에도 속알머리없이 경제적 손실을 마다하지 않고 문학으로 죽어가는 이들이 되살아나길 기도하며, 그들을 격려하기 위해 축하상을 차렸다. 그리고 흰옷을 입고 촛불앞에 기도를 올린다. 혹시나 죽은 문학이 회생하지 않을까하는 기대를 갖고 어리석은 잔치를 마련했으나 축하잔치에 오는 사람은 없다. 그러면서도 이런 어리석은 잔치를 마련한 것은 정화수를 떠놓고 기도하는 이 땅의 어머니의 간절한 소망같은 것인지도 모른다.

누가 이상하게 생각하든 말든 상관하지 않고 자신의 의지대로 문학의 회생을 기원하는 어리석은 기도는 사라진 농본시대의 전통적인 세시풍속을 고수하려는 옹고집인지도 모른다. 산업화가 진행되면서 우리는 많은 것을 잃었다. 행복을 위해 물질적인 풍요만을 추구한 나마지 정신적인 산물인 문학마저 놀이문화로 변질되고 속물적인 물질문화로 변질되어가고 있는 현실에서 문학의 본질을 추구하는 짓이 어리석은 구시대적인 문화가 된 것은 당연할 것이다.

문학이 생활의 한 방편으로 취미여가활동이 되었고, 신분격상이나 허위의식을 포장하는 수단이 되어버린 오늘날, 문학의 본질과는 정반대의 문학활동이 무슨 의미가 있는 것일까?

자기 혼자 하얀 옷을 입고 있으면 뭇사람들의 관심을 끌지는 모르만, 시기, 질투의 대상이 되어 하얀 옷에 얼룩을 묻히는 일을 감당하지 않으면 안될 것이다.

최승호 시인의 시 한귀절 "모든 것이 썩었어도 뻔뻔한 얼굴을 썩지 않는다"처럼 생명체는 죽으면 썩어서 물과 흙으로 되돌아가지만, 석유에서 추출한 비닐과 플라스틱은 썩지 않고 보기 흉하게 너브러져 모두의 눈살을 찌푸리게 할 뿐이다.

그냥 썩어지게 내버려두어야 할 것들을 모아두는 두엄자리를 만드는 심정이다. 돌아오지 않는 메아리는 두엄자리에 지렁이를 번식하여 되돌아올 것이다.

지렁이를 미끼로 강물에 낚시대를 드리우고 월척급의 붕어를 낚아내듯이 대작을 낚아낼 수만 있다면, 큰 행운일 것이다.

2024. 12. 20.
香山齊에서 김관식 올림

차례

제1부
문학 향유문화와
파르마콘

제2부
시집 산책

문학 향유문화와 파르마콘

문학은 모든 예술 분야의 선봉장의 역할을 해왔다. 문예사조의 시발점은 언제나 문학이 앞장섰다. 예로부터 文史哲로 인문학의 선두주자를 문학으로 꼽았다. 그것은 문학 속에 역사가 있고, 문학 속에 철학이 있는 등 문학은 역사와 철학을 모두 포괄하기 때문이었다.

인문학의 발달은 한 나라의 부강과 발전에 기본적인 토대를 형성하는 학문임에도 우리는 이것을 망각하고 살아간다. 인문학의 발달은 선진 국가의 초석이며 이를 증명하는 척도라고 할 수 있다. 따라서 문학인의 우수한 작품은 그 나라의 문화 수준을 가름하고 선진국의 지표가 된다. 오늘날 한국의 문학은 질적 성장보다는 양적 팽창을 가져왔으나 문학인과 문학 향유자와의 차별성을 무시한 채 통칭 문학인으로 인식하는데에서 문학 향유자들이 문학인의 영역을 침범하여 마치 문학인처럼 활동함으로써 문학의 본질이 왜곡 되고 문학인들에 대한 가치하락을 가져왔다. 따라서 문학인과 문학향유자와의 명확한 개념을 규명하고자 한다. 문학 향유자는 문학작품을 향유하면서 즐거움을 느끼는 일반 대중이다. 그러나 한국문단의 상황은 문학인과 문학 향유자 간의 명확한 구별이 없이 혼동되어 문학 향유자들이 문학인이라고 인식하고 문학활동을 하기 때문에 여러 가지 문제가 발생하고 있는 것이다. 따라서 오늘날 한국문단 상황은 문학 향유자들이 문학인으로 스스로 자처하기 때문에 문학이 하나의 취미활동의 놀이문화화되고 있는 것이다.

따라서 문학인과 문학 향유자들의 문학 창작활동 향유 활동의 기본자세와 태도에 대한 자각이 선행되어야 할 것이다.

한 사회가 건전하게 발전하려면 문학이 정상적으로 발전해야 한다. 인간의 행복은 물질적인 부가 충족되었다고 해서 행복감을 가져다주지 않는다. 자신이 좋아하는 예술, 문화적 활동을 통해서 행복감을 느낄 수 있는 것이다.

농본시대에 의식주 생활에 필요한 것들을 생산하기 위해 농사를 짓고 일을 할 때 힘겨운 노동의 고통을 이겨내기 위해 노동요를 불렀고, 일을 하고 난 뒤에 휴식을 취할 때 각종 놀이문화를 직접 참여하거나 다른 사람들이 표현하는 예술행위를 감상함으로써 노동의 스트레스를 풀고 행복감을 느끼면서 다시 일을 할 수 있는 에너지를 충전시켜 왔다. 따라서 생산활동과 전혀 관련이 없는 예술 활동이나 놀이문화는 생산활동을 위한 휴식과 행복감을 만족시키는 생활문화였다. 농사를 짓는 생산활동의 노동은 의식주 해결을 위한 당연한 일이지만 춤이나, 놀이, 각종 예술 활동은 정서적인 쾌감을 만족시켜줌으로써 생산활동의 긴장감을 풀어주는 기능을 해왔다.

오늘날에는 기계문명이 발달하면서 생산활동에 쏟았던 노동이 기계가 대신함으로써 노동의 시간이 줄어들고 상대적으로 예술이나 문화활동의 여기 시간이 늘어났다. 따라서 문학 향유자들이 많이 늘어나게 되었다.

  문학인들이 많다는 것은 문학작품을 소비하는 향유자들, 즉 소비가 많아졌기 때문이어야 정상적인 현상일 것이다. 그렇지만 한국 문학의 현실은 시장경제의 원리가 전혀 적용되지 않는다. 시장경제 원리와는 무관한 전통적인 귀족층의 재도지기의 문학작품 창작도 아니다. 다만 전통적인 귀족층의 자기 표현 수단의 귀족 신분층으로 복고적 신분 격상의 모방 향수와 현대적인 허명의식이 물질적 소비와 결합한 형태의 비정상적인 향유자들의 집단이 문학인의 모방 활동으로 대리만족을 하고있는 현상이다.

  대중적인 취향의 취미활동으로 문학 향유자들이 문학인의 생활을 동경하고 모방행동을 통해 대리만족하는 집단화된 대중문화로 전락했다는 것이다. 따라서 문학단체는 문학향유자들이 문학인으로서의 허명의식으로 자신의 존재를 알리려는 명예욕을 부추기는 활동과 그런 향유자 집단끼리의 소속감과 연대감을 형성하고 소수의 출판업자가 개입, 상업적 이익을 도모하는 구조가 형성되어버린 것이다.

  이는 허례허식 풍조, 매관매직, 등 부정적인 한국적 악습을 그대로 따른 극기 미개하고 비생산적이고 구조로 물질적인 이득을 취하려는 오늘날 시대적인 풍조가 전통적인 악습의 전통을 이어받아 변질된 형태라고 볼 수 있다.

  따라서 이러한 풍토는 문학의 본질적 기능과는 전혀 거리가 먼 문학

작품의 향유하는 즐거움보다는 문학인의 행동을 모방하는 활동을 통해 자신의 존재를 타인에게 좋은 인상을 남기려는 속물적인 허명 의식으로 변질되어 버렸다는 것이다.

문학인은 문학작품을 창작하는 활동을 통해 생계를 유지하는 전업작가나 경제적인 활동과는 무관하게 재도지기 자세로 문학 창작활동으로 우수작품을 창작하여 많은 향유자들로부터 공인을 받는 사람들이라면, 문학 향유자는 문학작품을 향유 하는 즐거움으로 살아가는 일반 대중들이다. 그러나 한국적인 상황은 문학 향유자들이 문학인으로 자처하고 향유자끼리 나누는 대중 취미활동의 수단이 되었다. 여기에 문학인 자격을 판매하는 출판업자들이 가짜 문인 자격증을 문예잡지를 창작하고 정기적으로 문인등단제도를 두어 엉터리 가짜 문인 자격증을 남발하고 있고, 가짜 문인 자격증이 문학인의 신분을 보장해주는 환상을 문예잡지에 수준 이하의 문학작품을 발표해줌으로써 그들이 문학인의 행동을 할 수 있는 대리만족 체제와 거창한 대한민국이라는 간판이 붙은 문인단체에 가입함으로써 마치 문학인처럼 대리만족할 수 있는 체제가 구축되었다.

예로부터 문학인은 선비들의 생활문화였다. 자신의 인격을 수양하는 마음공부를 위하여 창작활동을 해왔다. 오늘날도 그 전통은 마찬가지다. 문학의 기능이 작가 자신의 존재 정당성을 인정받는 자기표현수단임과 동시에 성취욕구를 만족시키며, 사회구성원들에게 자신의 글을 통해 정서적 공감대를 형성함으로써 자신의 작품을 읽어주는 향유자들의 존경을 받는 전문가라고 할 수 있다.

그러나 오늘날 한국문학은 노래방의 문화가 되어버린 상황이다. 노래방에서 노래를 부르고 노래방업자가 "당신은 가수입니다"라고 칭찬 한마디로 가수가 되어 활동하는 것과 흡사하게 문학 향유자가 문학인 의 모방 행동을 하고 있는 것이다.

전문적인 대중가수가 노래를 불러서 경제적인 수익을 창출한다면, 노래방 가수는 자신이 노래방에 가서 돈을 지불하고 노래 반주에 맞추어 노래 부르는 즐거움을 느끼는 향유층을 말한다.

이처럼 문학작품을 창작하여 대중들의 인기를 얻는 전문 문학인이 아니라 노래방 문화처럼 노래방 가수들끼리 단체를 만들어 가수와 같이 음반을 만들고 가수 행동으로 대리만족하거나 아무도 수익을 창출하지 못한 무명 가수처럼 문학작품을 창작하는 활동을 취미활동으로 하는 문학 향유층 문인들이 대부분인 현실이 바로 한국문단의 상황이다.

한국의 문인단체들은 엄밀하게 말하면, 문학 향유자들의 단체이지 전문 문학인의 단체가 아니라는 점이다. 소수의 전문 문학인이 회원으로 등록되어 있다 하더라도 문학 향유자들의 단체라고 볼 수밖에 없다.

문학인과 문학 향유자의 개념이 불분명하게 혼용되어 사용하고 있기 때문에 문학이 무엇인지도 모르면서 문학향유자들이 문학인이라고 자처하고 문학인처럼 유사한 문학활동을 함으로써 경제적인 이익을 도모하거나 문학 향유자로서의 소비활동을 하고 있는 것이다. 따라서 문학 향유자를 문학인으로 오인한데서 문학인들에 대한 편견이 생기게 되었다고 할 수 있다. 오늘날 한국 문단의 상황은 문학인보다는 문학 향유자들이 더 많은 실정이고, 문학향유자들이 문인단체의 간부가 되어 문학작품을 창작하는 활동보다는 단체유지를 위한 시화전, 그들의 작품집 출판사업, 문학비 세우기 사업, 향유자들을 위한 권익사업, 등등 문학과는 전혀 관련이 없는 문학인이라는 허명을 영구적인 남기려는 작품집 출판, 시비건립, 등에 치중하고 있는 것이다. 따라서 이들을 위해 대필사업이 번창하고 있고, 대필 출판물이 성행하는 등 속물적인 허명의식을 부추기는 활동을 주관하고 있는 것이다. 그것도 국가나 지방자치단체에서 국민의 혈세를 문학 향유자들을 위해 낭비하는 활동 문화가 굳혀져 가고 있는 실정이다.

문학인과 문학향유자의 구별이 모호한 문학풍토는 산업화가 급격히 진행되어 국민소득이 올라감에 따른 과도기적인 사회문화현상이지만, 분명 개발도상국의 후진적인 사회문화 현상임은분명하다. 이는 유교적인 전통사회가 무너지고 서양의 천민자본주에 의한 배금주의 사상이 지배하면서 억눌린 자아실현의 욕구가 잘못 표출되어 나타난 사회현상이라고 볼 수 있을 것이다.

남에게 필요이상으로 자신의 존재를 홍보하려는 허명의식은 문학의 본질과는 거리가 멀지만, 오늘날 한국의 문단풍토는 문학의 대중화라는 이름으로 문학 향유층의 허영심을 부추기는 문예지들이 신인상 제도를 두고 수준미달의 습작기 작품을 문단등단이라는 허울로 가짜문인을 배출했다. 이들은 엄밀히 말하면 해당 출신문예지만 인정하는 문예지의 영구 고객일뿐이고 문학을 좋아하는 문학을 취미활동으로 하는 문학놀이꾼이거나 문학향유층이라고 할 수 있다. 이들은 문학작품의 창작활동보다는 문학놀이꾼으로 시화전, 시낭송회, 문학의 밤, 문학단체 모임 등 문학활동으로 자신이 문인임을 홍보하는데 관심을 두고 대부분 낭송가로 활동하면서 자신의 이름을 다른 사람에게 각인시키고 있다.

이러한 아노미 현상은 장마철에 폭우로 인해 홍수가 나고 산사태가 벌어지는 상황과 유사하다고 할 수 있다. 거센 흙탕물이 온갖 쓰레기들을 무서운 속도로 강물에 휩쓸려 가고 있는 상황과 유사하다고 할 수 있을 것이다. 장마가 지나고 혼탁한 홍수가 잠잠해질 때까지는 많은 시간이 필요할 것이다.

아무리 거센 홍수라 할지라도 그 흐름의 원인이 되는 장마가 그치면 강물은 혼탁한 흙탕물이 제 모습을 드러낼 것이다.

앞의 예시는 자연의 순리이지만 혼탁한 인간사회의 문화현상인 문학향유자들의 문학놀이 문화는 한 때 유행하는 놀이문화로 끝맺음이 되고, 다시는 문화재생산 되지 않기를 바랄 뿐이다.

향토문학의 현황과 발전 방향

1. 들어가는 말

  향토문학이란 사전적인 의미로 "어떤 지방의 독특한 자연, 풍속, 생활, 사상 따위가 잘 나타난 문학"을 말한다. 지방자치제 이후 우리나라 향토문학이 얼마나 제자리를 잡아가고 있는가? 하는 물음에 대해 명쾌한 답을 말하기란 어려운 일이 아닐 수 없다. 아직도 중앙집권적인 문학의 한 부분으로 지방자치 단위의 관변단체와 같은 명리적 가치 기능을 그대로 수행하는 등 구시대적 유산으로 기능을 답습하고 있는 것은 아닐까? 향토 문학은 이름만 지역 명칭을 붙였을뿐 향토문학다운 문학이 없이 여느 지역이나 똑같이 문학 놀이판으로 정치적 이용물이 되고 있다면 문제가 아닐 수 없다. 그나마 향토문학의 진흥을 위해 문학상 제도를 두고 자기 고장의 역사. 문화재, 자연환경, 관광지 등을 소재로 한 문학작품을 공모 형식으로 모집하는 곳이 몇 군데 있다. 이

것은 향토문학의 발전을 위한 것이라기보다는 지역의 홍보 목적이 더 크다고 보아야 할 것이다.

향토문학의 현황을 알아보고 지역의 균등한 발전과 각 지역의 특색을 살려 지방자치제의 의의와 목적에 부합하는 향토문학의 발전 방향을 모색해보고자 한다.

2. 향토문학의 현황

지방현행 헌법의 공포일인 1987년 10월 29일 자치제는 제도적으로 명문화되기 시작한 것은 1949년 지방자치법이 제정되었고, 실질적으로 1987년 10월 29일 민주화의 분위기에 편승하여 지방자치를 현행 헌법으로 공포하고, 1988년 지방자체 법의 전부 재개정으로 벌률적인 의미의 지방분권화가 시행되어 정치적으로 운영되고 있으나 정치적인 당파의 분권화만 두드러지게 고착화되었을 뿐 조상의 얼과 뿌리, 전통과 문화관광 등 지역발전의 주체의식의 고양과 자각이 없이 주민과는 동떨어진 지방행정이 독단적인 운영으로 역사 문화와 전통에 대한 자긍심을 고양시킬 수 있는 내실화가 이루어졌느냐하는 점에서는 다같이 각성해야 할 것이다.

지방자치제 이후 각 지방마다 전통문화에 대한 사업에 활발하게 이루어졌으나 자치단체의 장들이 표를 의식하여 진신의 입신양명에만 관심을 갖고 진정으로 자기 고장의 발전을 위한 일은 등한시 한 문제점들이 속속 드러나고 있는 것이다.

특히 지역문화를 선도해나가는 문학인들의 향토 문학에 대한 관심과 실적을 살펴 보면, 문학 행사 위주의 놀이 문화로 전락했을 뿐 진정한 향토문학발전의 기틀이 마련되지 못하고 있다는 점을 지적할 수 있다. 현재 활동하고 있는 지역문인들조차도 향토문학에 대한 긍지와 자부심이 있고 향토문학에 대해 얼마나 관심을 기울이고 있는지 의문이 제기될 정도이다. 대부분이 실체가 없는 중앙문단에 자신의 명리적 가치를 의존하고 있는 해바라기 형의 문인들이 대부분이거나 작가역량이 미치지 못해 작품을 보는 안목이 없이 명문화된 문인단체가 있을 뿐이다. 이런 사문화된 단체를 지방자치제에서 1년에 한 차례 그야말로 엉터리작품으로 지방유지 행세를 하려는 문인 정치꾼들의 홍보물과 유사한 지방문학지 발간기금과 이들의 문학놀이판지원금으로 국민의 혈세를 낭비하고 있는지 의심스러울 상황이 도처에 발견되고 있는 것은 아직도 향토 문학의 기반이 조성되지 않았다는 사실을 입증한다. 따라서 향토 문인이 어떻게 하는 것이 향토문학 발전에 도움이 되는지조차 모를 정도로 자신의 명리적 가치 실현에만 관심을 보이고 있다면 지방 향토문학의 정부차원에서 재점검이 필요할 때이다.

예를 들어 지방자치단체의 문예진흥 기금으로 발간하는 지역 문학단체의 기관지나 개인 창작집을 수도권 출판사에 의뢰하여 출판하는 것을 자랑스럽게 여기는 풍토는 말로는 향토문학인이라고 자부하면서도 행동은 중앙집권적인 문화풍토를 벗어나지 못하고 있는 것일 것이다. 적어도 바른 양심을 갖고 있는 향토문인이라면 지역의 지원금은 그 지역의 경제 활성화를 위해 그 지역에서 출판하는 것이 도리일 것이다, 부득기한 이유로 중앙에서 출판할 때 자신의 행동이 미안하게 생각하는 것이 당연할 것이다. 그런데도 하물며 향토 문인 스스로가 지역에서 출판하는 문인을 비하한다거나 중앙에 의존하여 엉터리 작품을 화려한 출판으로 자신의 위상을 높이려는 허영심을 버리지 못하고 있는 현상은 지방자치의 의식이 결여되어있을뿐더러 지방의 향토문학에 대한 관심이 없다는 것을 의미한다.

중앙집권적인 문화에서 벗어나지 못하고 있기 때문일 것이다. 그나마 지역의 향토문인들이 지역문인 단체를 바르게 이끌어갈 능력이 없음에도 감투 놀음으로 혈안이 집중되고 있는 것은 자신의 문학 작품집을 발간할 때 지방자치단체나 지역의 문화예술지원기관의 지원금을 타내는데 정치적 활동으로 유리한 위치를 독점하기 위한 방편으로 이용할 개연성이 크기 때문일 것이다. 이와 같은 현상은 정말 자라나는 청소년들도 기성 문인들의 속물적인 행태를 비웃을 정도의 작품으로 지원금을 타내어 작품을 발간하는 사례가 많다는 것은 이를 뒷받침한다. 도대체 엉터리 부끄러운 작품집, 예를 들면 개인의 일기장이나 낙서장 수준의 출판물을 국민의 혈세라고 할 수 있는 소모적인 비용으로 낭비하는 꼴이 되어버리고, 또한 지방자치 단체에서 관광사업의 일환으로 세운 시비에 현역 시인들의 엉터리 시를 시비로 세워놓는 것 자체가 자연 환경을 쓰레기 공간으로 내어주는 꼴이 된다. 이런 부끄러운 일들이 서슴없이 전국 곳곳에서 벌어지고 있으니 참으로 한심할 뿐이다, 이러한 사례들이 속출하는 것은 민주적인 행정이 바르게 집행되지 못한 원인이기도 하지만, 국민들의 문화적인 수준이 낙후되었음을 여실히 증명하는 것이다.

최근 들어 향토문학의 발전을 도외시한 철면피한 시정잡배들보다 못한 향토문인들의 무분별한 자기도취적인 만행들이 여기저기서 발견되고 있다. 이처럼 돈키호테식 발상으로 세운 시비는 그 사람의 비인격적인 행동이 사후에도 남아 추악한 이름으로 기억된다는 사실을 모르기 때문일 것이다. 무식하면 용감하다고 한다. 문인의 그 지역의 정신적인 문화를 선도하는 존경의 대상인데, 자신이 문인단체의 감투를 차지하여 파렴치한 업적을 많이 남겼을 때 자랑꺼리가 아니라 대대손손 부끄러운 이름으로 기억된다는 사실을 모르기 때문에 벌어진 후진국형 과도기 향토문학 활동은 이제 정화되어야 할 것이다.

이처럼 향토문학을 빙자하여 황토문학이 놀이문화로 변질되어 지역민들을 속이는 시정잡배 정치인 문인들이 각 지방마다 산재하고 있어, 해마다 지방문인단체의 임원개선 시기만 되면 당파싸움을 방불할 정도의 편 가르기 정치판이 되고 있는 것은 문학의 본질적인 기능을 망각한 가짜문인들이 많기 때문에 벌어지는 촌극이 아니고 무엇이겠는가? 문인은 문학작품을 창작하는데 우선 순위를 두고 문학작품 창작활동에 보람을 느끼고 살아가는 사람을 말한다. 향토문학은 이러한 진정한 문인들이 많아질 때 발전하는 것이다. 누구보다 자신보다 자신의 고장을 사랑하고 말보다는 묵묵히 실천하는 사람이여야 존경을 받는다. 문인이 정치들처럼 행동하면 이미 문인이 아니라 정치꾼이다.

작품 창작에는 관심이 없고 문인단체 감투로 지방자치단체의 지역유지 행세를 하려는 구태의식한 사람은 문인이기를 스스로가 포기한 시정잡배들이다. 이런 시정잡배 같은 돈키호테 문인들이 많은 지역은 향토문학의 발전은 없을 것이다.

참다운 문인은 작품창작 할동을 통해 희열을 느끼고 살아가는 사람을 말한다. 참다운 문인들이 자기 고장을 사랑하고 그 고장을 소재로 좋은 작품을 창작할 수 있는 풍토가 조성되어야 향토문학은 발전할 것이다. 어찌 창작 능력이 없이 개인이 돈벌이로 문예지를 창간하여 무자격 문인을 양산하고 그렇게 해서 문인 노릇하는 사람들의 관심은 자신이 문인임을 과시하려는 문학 놀이꾼으로 활동하는 것이 문인인 것으로 착각하고 있기 때문에 지역마다 잡음에 그칠 날이 없는 것이다. 이러한 문인들이 자신 스스로가 벌거숭이 임금님임을 깨닫고 좋은 작품을 창작하기 위해 노력할 때 지방문학은 발전할 것이다.

문예지 등단을 문인등단으로 착각하는 사람은 문인이 아니다. 마이카 시대 승용차 면허증을 소지하고 장롱면허로 영업용 자동차를 몰고 다닐 수는 없을 것이다. 돌팔이 의사가 진료행위를 했을 때 다른 사람의 생명을 위태롭게 할 것이다. 향토문인은 그 지역의 정신적인 문화유산을 선도해가는 스승이다. 그런데도 정신병자와 같이 자신의 명리적 가치만을 일삼고 문인단체 감투만 쫓아가고 그 지역의 문화문예지원금을 따내어 낭비하는 활동에 앞장서는 사람을 누가 존경하겠는가?

이렇게 각 지방마다 문인들이 향토문학을 문학놀이로 변질시켜 엉터리 작품으로 낭송활동을 하거나 시화전, 시비 건립, 등 자신의 존재를 알리려는 명리적 가치에 혈안이 된 물질주의에 오염된 이상한 문인들은 문인 등단제도의 문제와 이들을 중앙문인단체에 가입을 주선하여 단체의 명맥을 유지하려는 비상식적인 한국문학 풍토의 병리적 현상으로 비롯된 것이다. 이들은 작품 창작의 기초 기본 능력이 없는 까닭에 대부분 일반적인 소재로 작품을 창작할뿐더러 관념의 늪에서 벗어나지 못한 헛소리를 늘어놓는 것이 문학작품으로 알고 있다. 따라서 이들은 향토문학의 본질적인 가치를 수용할 수 없는 수준 미달이기 때문에 향토문학의 발전에 기여하기보다는 향토문학의 질적 수준을 저하는 걸림돌이 될 수밖에 없다.

따라서 이들의 관심거리는 문학작품을 어떻게 하면 잘 써볼까 하는 노력이나 자신의 창작능력 신장을 위한 부단한 습작으로 자기 향상을 위한 연수 활동보다는 벌거숭이 임금님처럼 가짜 등단 옷을 입고 엉터리 작품으로 지방자치단체의 지원금으로 시화전, 낭송회, 시비 세우기, 감투 자랑 등으로 국민의 혈세를 낭비하고 있으며 이런 활동들이 향토문학 발전에 기여하는 활동으로 여기는 경우가 많다면 문학의 본질적 가치는 추락하고 향토문학은 답보상태를 면치 못할 것이다.

현재 여러 지역에서 지방자치단체의 관광사업의 일환으로 환경조성 사업에 지역문인들이 자신의 영향력을 발휘하여 자신의 엉터리 시를 시비로 새겨 놓은 일들이 비일비재하여 눈살을 찌푸리게 하고 있는 상황이 도처에서 벌어지고 있다.

일반 지역민들이 무관심을 빙자하여 저돌적으로 엉터리 시를 시비로 각 지역의 관광명소에다 세워놓은 경우가 허다하다. 지방자치단체 소속의 담당 공무원들이 신중한 계획과 지역민들의 의견을 수렴하지 않고 무사안일의 자세로 환경정비 차원에서 건립한 시비들이 문제를 일으키고 있는 것이다. 따라서 자기 지역의 이미를 개선하는 홍보 효과에 기여할 시비여야 할 것인데 담당공무원의 무지와 지역의 영향력 있는 향토문인 단체의 우두머리나 대학교의 교수의 영향력과 결탁하여 한 편의 시가 미칠 파장과 지역 이미지 홍보 효과에 대한 검증도 없이 엉터리 시비들이 도처에 건립되었던 것이다.

따라서 이러한 문학놀이 활동이나 야심 있는 저돌적인 특정인의 명리적 가치 실현에 자방자치단체의 예산이 낭비되는 일이 없도록 제도적인 시민 감시제도를 마련하여 공정한 문학예술정책을 펼쳐나가야 할 것이다.

3. 향토문학 발전을 위한 제언

각 지역의 향토문학이 뿌리를 내리고 지역의 문화발전과 지역민들의 자긍심을 높이기 위한 지역 향토문학의 발전 방안에 대한 몇 가지 제안을 제시하면 다음과 같다.

첫째, 작품을 지방자치단체나 문예지원 단체에서 향토문학 소재의 작품을 우선순위를 두어 지원한다. 문학인의 정치능력이나 인간관계에 의한 비효율적인 지원체제를 배제하고 공명정대한 작품 위주의 지원책이 강구되어야 할 것이다.

둘째, 개인 창작집의 지원은 향토문학 소재의 작품을 우선하고 누구나 검증할 수 있도록 출판물을 각 지역의 기관의 민원실 책꽂이 배치하여 일반인들이 평가문항을 비치하여 여론을 수렴하고, 바르게 지원했는지 여부로 평가해야 한다. 문예지원금 심사자의 명단도 투병하게 밝혀야 한다.

셋째, 향토문학에 기여한 문학단체의 지원을 우선해야 한다.

넷째, 문학 활동의 지방자치 단체의 지원금에 대한 절차를 간소화하고 좋은 작품 위주로 지원해야 한다.

다섯째, 시비를 건립할 때는 현존 향토시인의 시를 시비로 건립하는 것을 차단하고 문학사에 검증된 향토시인의 시를 시비로 건립하되 지역의 이미지 개선에 도움이 될 작품을 선정하는 것이 좋을 것이다. 만약그 지역의 이미지 개선에 도움이 될 시비를 세우려면 국내에 검증된 유명 시인에게 지역의 이미지를 개선할 수 있는 시를 청탁하여 시비로 세우도록 한다.

여섯째, 지역 문인의 기관지를 발간할 때 관례화된 지역의 국회의원, 시장군수, 등의 축사 등을 우선하여 앞에 게재하는 풍토를 개선하고, 순수한 향토문학지로 발간되어야 한다. 만약 발간에 도움을 준 분들에 대한 고마움을 표하려면 따로 뒷면에 밝히도록 한다. 현재 지역단체문인들의 연간 집은 정치단체의 기관지인지 지방 유지임을 과시하는 홍보물인지 모를 정도로 혼탁해졌다.

하루빨리 한국문학이 본질적 기능을 되찾아 국민이 존경받는 문인들이 많이 생겨나야 향토문학은 그 뿌리를 내리고 발전할 것이다. 언제까지 문인답지않는 부끄러운 추태로 자신의 명리적 가치 추구에 맹신할 것인가 하는 것은 문인 스스로가 자성의 시간을 갖고 속물적인 문인놀음에서 벗어나 참 문인으로 거듭나는 자기 혁명이 요구된다.

평범한 일상 소재에 대한 동심의 형상화

- 2023 신춘문예 당선동시 총평

1. 프롤로그

2023년 신춘문예 당선동시는 포스트 코로나 시대를 직면하여 동시의 착상 방법이 변화되고 있음을 감지할 수 있었다. 그동안 대부분 동시를 창작할 때 동심을 어린이들의 생활에서 찾아서 피상적인 동심의 진술하거나 동심천사주의적인 발상으로 명리적 가치 실현을 위해 자신의 존재를 알리려는 허명의식에 집착한 창작풍토가 지배적이었다면, 코로나 팬데믹 시대를 거치면서 자신의 존재를 되돌아볼 수 있는 자기 성찰의 기회를 갖게 됨으로써 동시 착상 방법의 변화를 가져왔다고 할 수 있다. 이러한 변화는 외로운 시대, 고독한 내면세계의 탈출구로 참 존재의 가치 실현을 위한 문학 본질적인 가치에 대해 재인식하고 전환하려는 계기를 갖게 되었다고 볼 수 있다. 따라서 자신의 심리적 안정을 도모하기 위한 동심적인 공간인 헤테로피아를 평범한 일상에서 찾게 되었으며, 일상적인 것들에 대해 관심과 관찰을 통해 동심을 발견하고 표출하려는 움직임으로 발현되었다고 할 수 있을 것이다.

이처럼 신춘문예 당선작품은 시대의 현실을 민감하게 반영되기 마련이다. 따라서 올해의 신춘문예 당선동시를 심층적인 분석함으로써 동시의 착상 방법의 변화에 대해 살펴보기로 한다.

2. 2023년 신춘문예 당선 동시의 심층 분석

1) 평범한 일상 소재에 대한 동심의 형상화 – 동시의 착상 방법 변화

올해의 신춘문예 동시부문은 한국불교신문 신춘문예가 동시부문을 새로 신설했다는 점이다. 일제강점기 방정환 선생이 『어린이』지를 창간하여 아동문학에 대한 중요성을 일깨워 주어 많은 사람들의 호응을 얻었던 까닭은 천도교의 후원과 영향이 지대했기 때문이다. 그런데 이번 한국불교신문사 신춘문예에 동시부문을 신설하여 아동문학에 대한 중요성을 알리는데 주도적인 역할을 한 점은 매우 의의 있는 일이다. 그나마 몇 해 전부터 신춘문예 공모에서 어찌된 일인지 동시 부문 공모를 폐지하는 신문사가 늘어나 동시 장르가 소외되고, 쇠퇴의 길로 접어들었는데, 이번에 동시 부문의 신설은 아동문학의 활성화에 청신호가 뜬 셈이다.

이는 아마 출산율 저하로 어린이들이 점차 감소한 결과, 시회적인 문제로 이슈가 되고 있는 현실에서 어린이에 대한 사랑과 동심의 중요성을 계도하고, 재인식하게 하는 계기를 불교신문사가 앞장섰다고 할 수 있다. 이러한 선구자적인 역할은 불교신문사가 신춘문예에 동시부문을 신설한 것은 사회적인 당면문제에 외면하지 않는 사회적인 책무와 언론기관의 역할에 충실한 결과로 해석할 수 있으며, 동시 장르가 모든 운문 문학의 모태로써 그 중요성을 재인식한 결과라 할 수 있을 것이다. 앞으로 다른 신문사들도 그동안 폐지했던 동시 부문에 대해 다시 부활되거나 기존에 동시부문을 모집하지 않는 신문사에서도 동시 부문의 공모를 신설하는 추세가 확산되리라고 전망된다. 반면 한국일보의 경우 동일 작품을 다른 신문사에 이중투고 한 작품에 대해 당사의 규정에 따라 당선 취소결정을 내렸다. 이는 합격을 위해 여러 대학에 지원서를 내는 대입지망생들이나 주택청약을 위해 여러 지역의 아파트분양에 분양 신청을 내는 사회적인 분위기와 유사하여 씁쓸한 기분을 자아냈다. 오직 자기만을 생각하는 이기심이 지나치게 작동하는 경쟁 사회의 일면이 문학 분야까지 오염되어 신춘문예에서도 같은 작품을 여러 신문사에 출품하여 당선이 되어야겠다는 투고자들의 이기심과 로또 복권식의 요행 심리에서 비롯된 신춘문예 풍토일 것이다. 이처럼 부도덕적인 행동을 서슴없이 하는 몰염치한 투고자들이 규정을 위반해서라도 꼭 당선을 하겠다는 집착을 끊어내고, 표절 시비 등 자사의 명예를 실추시키는 신춘문예 불상사를 사전에 예방하기 위한 신문사의 단호한 의지를 보여주었다는데 의의가 크다고 할 수 있을 것이다.

해마다 신춘문예 동시부문을 공모한 신문사는 수도권 신문으로는 조선일보, 한국일보 두 군데뿐이었다. 올해 한국일보가 당선 취소로 신인배출을 하지 않는 대신 한국불교신문이 새로 신설된 결과, 동시부문의 신춘문예 당선자는 수도권에서 두 명의 신인이 배출된 셈이다.

그리고 나머지는 부산일보, 강원일보, 매일신문, 경상일보 네 군데의 지방신문이 네 명의 신인을 배출해 동시부문의 명맥을 유지하고 있는 실정이다.

① 평범한 일상 소재(애완동물과 생활하는 가정문화)에 대한 동심의 형상화

이제까지 동시를 창작하는데 있어서 동시의 착상은 주로 어린이들의 생활에서 찾는 것이 일반화되어왔다. 그런데 코로나 팬데믹 시대에 직면한 최근, 사회적 거리두기 문화가 정착되고, 대부분의 사람들이 가정에서 많은 시간을 답답하게 보내는 상황이 전개되었다. 따라서 애완동물을 키우는 가정에서는 온가족이 애완동물 돌보는데 정성을 쏟는 것이 일상화되었을 것이다. 따라서 가장 가깝게 친구가 된 애완동물인 고양이를 기르면서 관찰한 경험을 소재로 동심을 형상화한 동시가 조선일보 신춘문예 당선동시로 뽑혔다.

이는 "동심은 어느 곳에나 존재한다."는 명제에 부응한 것으로 헤레토피아를 찾아 나선 고독한 현대사회의 생활상을 반영한 것이라 할 수 있을 것이다. 따라서 동심은 과거, 현재, 미래 등 시간을 초월하여 존재하지만 성인이 되면 자신의 과거인 어린 시절의 사향의식을 그리워한 나머지 과거의 어린 시절의 동심을 미화하는 등 어린 시절의 경험들을 동심으로 착각한다. 이에 따라 사회문화적인 배경의 변화를 망각한 채 과거에서 동심의 소재를 찾아서 시로 형상화함에 따라 오늘의 어린이 독자와의 괴리감이 있는 동시를 빚는 오류를 범해왔다. 그런데 조선일보 신춘문예 동시 당선작인 「고양이 기분」은 현재 상황의 평

범한 일상에서 동시의 소재를 채택하고 세심한 관찰력으로 정서경험을 진술하고 있다는 점에서 동시의 착상 방법이 변화되고 있다는 시대적인 조류를 감지할 수 있었다.

우리집 고양이 이름을 '기분'으로 지어줬어.
길에서 절뚝이던 아이가 다 나아 쌩쌩해졌을 때
기분이 무척 좋았거든.

–기분이 뭐 해?
: 자고 있어.
–기분이 잘 먹어?
: 한 그릇 다 먹었어.

우리 식구는 전보다 전화를 자주 해.
멀리 사시는 할머니도
낮에는 바빠서 통화 못 하던 아빠까지도
몇 번씩 전화를 한다니까.

–기분이 뭐 해?
: 배 내놓고 누워있어.
–똥은 잘 치웠어?
: 당연하지.
–기분이 어때?

: 신났나 봐, 막 뛰어다녀.

–아니, 네 기분은 어떠냐구!

: 응? 으응?

누군가 내 기분을 물어주다니!

말랑하고 부드럽고 살랑거리는

내 기분은 마치

고양이 같아.

　　　　　　– 조선일보 신춘문예 당선 동시, 임미다의 「고양이 기분」 전문

　자칫 문학성의 농도가 옅다는 논란을 일으킬 생활경험 상황을 산문체 형식으로 진술한 시이다. 동화적인 기법을 적용하여 대화체로 다리가 다친 유기된 길고양이를 데려와 온 가족이 애지중지 돌보는 경험을 실감나게 진술했다. 또한 이 시는 길고양이를 "기분"이라는 이름을 지어주고, 기분이 어떠냐고 고양이의 건강상태를 온가족이 관심을 갖는 것은 최근 들어서 애완동물을 키우는 가정이 늘어나고, 애완동물을 기르다가 싫증이 나면, 고속도로 휴게소, 낚시터, 등산로 등 아무 곳에다 몰래 버리고 달아나는 사람들이 늘어나고 있는 비이간적인 사회 실상과 애완동물을 학대하는 사람들까지 생겨나는 사회 현상에 대해 비판적인 메시지를 전하고 있었다. 버려진 유기 애완 고양이를 데려와 기르면서 온 가족이 행복해하는 가족의 사례를 진술했다. 생명경시의 비인간적인 풍조에 대한 역설적인 감정을 "기분", 즉 그때의 감정을 "말랑하고 부드럽고 살랑거리는/내 기분은 마치/고양이 같아."로 촉각화, 시

각화시켜 진술하는 등 애완동물을 길러본 경험이 있는 사람들의 일상 경험을 동심의 눈으로 보고 세심한 관찰을 통해 감각적으로 표현한 점이 돋보인 작품이었다. 이처럼 동심의 눈높이로 현실을 바라볼 때 동시의 소재는 우리들의 생활 속 가까운데 있음을 실감하게 한다.

오늘날 문학성을 추구한 나머지 난해한 은유로 동시의 감상 능력이 미흡한 어린이들에게 동시에서 멀어지게 하거나 어린이들의 생활에 너무 집착하여 어린이 생활 자체를 어른의 시각에서 진술한 눈높이가 전혀 맞지 않는 동시 등 표현기능이 미숙한 동시들이 대세를 이루는 추세에서 동시의 소재는 우리 생활 속 곳곳에 있으며, 생활과 가까운 곳에서 찾은 소재가 어린이들에게 공감을 주는 좋은 동시라는 사실을 실증적으로 보여주었다. 다만 동시에서 대화체를 그대로 사용하여 현장감을 높이긴 했으나 자칫 시적인 영역보다 산문적인 영역의 진술이 지나쳐 시적인 감수성보다 사회적인 경험현상의 진술에 치우친 나머지, 애완동물을 유기하는 사회적인 풍조의 개선이라는 계몽적인 메시지를 강조하여 시적인 공감을 감소시켰다고 할 수 있다.

시와 산문의 장르경계를 허물어뜨린 포스트모더니즘의 시대의 동시라 하더라도 생활 경험 사례의 진술에 의존했다. 이러한 경향의 시는 자칫 메시지 전달에 치중하여 시적인 감각을 잃었을 때 동시를 잃고 생활기록만 남게 되는 결과를 빚게 된다는 점이다. 따라서 동시가 지향하는 순수한 동심이 희석되고 시적 정서에 대한 감수성을 저해할 수 있다는 점에서 신중하게 형상화가 이루어져야 동시로서의 영역을 지킬 수 있게 된다. 이러한 우려를 불식시키기 위해서 위의 시처럼 유기되어 다리를 다친 길고양이의 이름을 "기분"으로 작의적으로 명명하고, 애완동물을 돌보는 정서경험을 대화체라는 동화적인 표현을 도입하고, 고양이를 만졌을 때의 감각적인 느낌을 실감나게 진술했을 것으로 추정된다.

② 시각장애인들이 점자블록 통행하는 일상에 대한 패러디

사회복지 차원에서 장애인들의 안전한 이동 권을 보장해주기 위해 지하철역사 내의 엘리베이터 등의 통행시설을 설치하고, 시각장애인들을 위한 길거리 점자블록 설치, 횡단보도 앞에 음향신호기 설치, 아파트 엘리베이터의 층수 점자판 설치 등이 의무적으로 설치되고 있고, 각 시각장애인 개개인들마다 안내견의 도움을 받아 통행하기도 하고, 안내견이 없는 시각 장애인의 경우는 초음파센서가 부착된 흰 지팡이로 조심스럽게 장애물을 인식하고 길거리를 통행한다. 그러나 이러한 시설이 더러 없는 곳에서는 장애인들이 곤란한 상황에 놓이는 경우가 많은 것으로 알고 있다.

한국불교신문 신춘문예 당선동시 「점자블록」은 장애인들의 편의시설인 점자블록을 하얀 지팡이를 두드리며 걸어가는 모습을 묘사한 동시이다. 이시는 김춘수의 「꽃」이란 시 구절을 일부 모방한 작품이다. "내가 그의 이름을 불러주기 전에는/그는 다만/하나의 몸짓에 지나지 않았다.-김춘수의 「꽃」 일부"처럼 고딕체의 문장 통사 구조를 그대로 모방한 작품이다. 심사평에서 김춘수의 시 「꽃」의 통사구조를 모방했다거나 패러디한 사실에 대해 언급하지 않았다는 점은 심사위원이 김춘수의 시 「꽃」과 통사구조를 모방했다는 사실을 망각했거나 모방시이지만 다른 응모자들의 시보다 우수했다고 생각했기 때문에 선정했

다고 본다. 김춘수의 「꽃」을 패러디한 시로는 오규원의 「꽃의 패러디」
와 장정일의 「라디오와 같이 사랑을 끄고 켤 수 있다면」 작품이 있다.

　그러나 이러한 명시의 통사구조를 그대로 따온 패러디시가 신춘문
예 당선작으로 뽑히는 경우는 신춘문예 당선동시로는 처음 있는 일로
신춘문예 당선작으로 패러디시를 뽑아도 되는가 아니면 뽑아서는 안
된다는 논란의 여지를 남겨놓았다.

　그리고 1,2연에서 "하얀 지팡이가/두드리기 전에는//등뼈처럼 길게/
이어진/점자에 지나지 않았다."에서 목적어에 해당하는 점자블록이라
는 말이 생략됨으로 해서 어린이 독자가 즉각적인 이해를 어렵게 하고
있다. 지팡이로 점자블록을 "톡톡" 두드리지 "점자는 마침내/길이 되었
다."라고 지팡이를 두드리는 모습을 시각적으로 배열했다. 그러나 이미
길은 존재하고 있는데 "길이 되었다" 것보다 "길을 열어주었다."라고 표
현했어야 했다. 또한 마지막 연에 "안내견 없이도/갈 수 있는……" 한정
적인 구절로 말줄임표로 강조하고 있는데, 시각장애인의 경제적 형편
에 따라 안내견이 없이 통행하는 장애인들이 많은 편이다.

　처음으로 동시부문을 신설된 신문사의 첫 당선작으로 김춘수의 패
러디시가 동시로 뽑혔다는 사실은 동시 창작이 시 창작보다 더 어려운
데도 동시를 성인시보다 수준이 낮은 시로 인식하고, 유명시인의 시를
패러디한 시를 동시 부문의 당선으로 뽑았다는 점에서 동시를 얕잡아
보는 그릇된 인식수준에 머물고 말았다는 안타까움이 앞섰다.

하얀 지팡이가
두드리기 전에는

등뼈처럼 길게
이어진
점자에 지나지 않았다.

지팡이가

톡
 톡
 톡
  토
 독
  톡
 톡
두드리자

점자는 마침내
길이 되었다.

안내견 없이도
갈 수 있는…….

                            – 한국불교신문 신춘문예 당선동시, 이승애의 「점자블록」전문

「점자블록」의 시는 지팡이를 짚고 횡단보도를 건너가는 시각장애인들의 모습과 시설들에 대한 시각적인 묘사로 시적인 이미지화는 성공했고, 시각장애인에 대한 따뜻한 사회적인 환경을 조성해나가야 한다는 메시지를 담은 시였다. 시적인 형상화가 잘 되었고, 시의 구성은 흠이 없으나 너무 무미건조하게 동심을 진술하는데 머무른 나머지 다소 동시의 영역을 벗어난 성인시에 가까운 시라고 할 수 있다.

③ 물놀이하는 아이들 모습을 징검돌로 비유

강원일보 신춘문예 동시 당선작은 허은화의 「징검돌」이다. 시제가 징검돌이면 징검돌의 이미지로 형상화되고 진술되어야 하는데 이 시는 시제와 시의 내용이 따로국밥이다. 이 시는 멱감는 아이들의 모습을 징검돌로 은유하여 은유한 사물을 시제로 삼아 시상을 펼쳐나갔다. 그런데 이 시의 공간적 배경이 불분명하다. "머리만 쏙, 쏙, 물 밖으로 내놓고/멱감는 아이들"의 모습을 징검돌로 비유하여 시제로 암시해줄 뿐이다. 징검돌은 사전적인 의미로 "개울이나 물이 괸 곳에 건널 수 있게 징검다리로 놓은 돌"이다. 그런데 멱 감는 아이들이 헤엄치는 모습은 그려졌으나 공간적인 배경으로 냇가와 징검돌이 있는 장소가 없다. 따라서 뜬금없이 아이들이 물속에서 "앞서거니 뒤서거니,물살이 달려가다가/ 잠시/멈칫거리는 거기" 머리만 내놓은 멱감는 아이들을 징검돌이라고 비유하나 이는 매우 주관적인 관념이 만들어낸 억지 비유다. 다시 말해서 비유가 성립이 되지 않는 상황인데도, "물 밖으로 내놓은 아이들의 머리=징검돌"이라고 징검돌이 놓여 있는 상황과 전혀 유사성이 없다. 그런데 겉모양만 보고 징검돌이라고 비유하고 있다.

산발적으로 딛고 건널 수도 없는 아이들의 머리를 징검돌이라고 비유하는 것은 너무 황당하다. 징검돌은 수심이 비교적 깊지 않는 곳에 놓여 있으며, 사람들이 밟고 건너가기 위해 규칙적으로 배열하여 놓은 징검다리인데. 물속에서 멱 감는 아이들이 물 밖으로 머리를 내놓고 있는 모습을 징검돌이라 비유하는 것은 아이들의 머리를 누구나 밟고 지나가는 징검돌로 비유한다는 것은 비인간적인 발상이고 동시에서 수용되기 어려운 비유라고 할 수 있다. 물놀이의 모습이 어찌 징검돌과 비유하는 시를 당선작으로 뽑았다는 사실은 심사자가 비유에 대한 개념을 잘못 이해하고 있기 때문이라고 밖에 볼 수 없을 것이다.

앞서거니 뒤서거니
물살이 달려가다가
잠시
멈칫거리는 거기
머리만 쏙, 쏙, 물 밖으로 내놓고
멱감는 아이들
둘
하나 셋 넷 여섯 일곱
다섯
하하하
헤헤헤
해는 벌써
뉘엿뉘엿 지는데

아이들은 아직도 물속

해 지는 줄 모른다

      - 강원일보 신춘문예 당선동시, 허은화의 「징검돌」 전문

이처럼 단순하게 물놀이 하는 아이들의 신명난 모습만을 진술했을 뿐 원관념과 보조관념이 전혀 이질적이고 유사성을 없는 그야말로 황당하기 그지없는 화자 혼자만의 공상에 지나지 않는 것을 비유로 착각하여 어린이들의 물놀이 장면을 진술한 시가 신춘문예 동시로 선정되었다는 것은 정말 유감스런 일이 아닐 수 없다.

④ 크리스마스 문화 체험에 대한 동경

크리스마스 문화는 서양의 기독교에서 파생된 생활문화다. 그러나 이제 기독교인들 만이 누리는 문화가 아니라 일반 대중적인 생활문화로 자리잡아가고 있다. 크리스마스가 다가오면 거리에는 크리스마스 캐롤 노래가 울려 퍼지고, 대형 크리스마스 트리가 설치되는 등 도시의 거리가 크리스마스 분위기로 휩싸인다. 가정에서는 크리스마스트리를 설치하고 꼬마전구 등이 반짝거리는 장식을 설치하고 온가족이 크리스마스 문화를 즐기는 것이 생활화되고 있다. 어린이들은 산타클로스 할아버지께서 선물을 주실 것을 기대한다.

크리스마스 문화는 이제 국적을 불문하고 우리의 생활문화로 자리잡았으나 문제는 우리의 전통 명절 문화는 점차 밀려나고 있다는 것이다. 우리의 전통 생활문화가 서양의 문화에 밀려나 어린 시절부터 서양 문화의 꿈을 꾸고 자란다는 것은 우리 조상들의 맥을 잃어버리는 것

과 마찬가지다. 우리의 전래동화를 듣고 자라나야 할 어린이들에게 서양의 생활문화, 즉 크리스마스 동화 속에서 꼬마 유령이야기를 듣는다는 것은 바람직한 일은 아닐 것이다. 신춘문예 당선동시는 그 시대의 문화를 반영한다고 할지라도 미래세대에게 우리의 전통문화를 관심을 갖게 하고 전승하려는 의지를 담은 동시가 뽑히는 것이 더 바람직할 것이다. 그런데 맹목적으로 서양의 생활문화에 대한 동경을 심화시킬 크리스마스 생활문화 소재의 동시가 신춘문예 당선 동시로 뽑는 것은 자라나는 어린이들에게 우리 것을 경원시하고 서양문화를 당연한 문화로 심화시킬 개연성이 상존한다. 따라서 크리스마스의 동화를 듣는 것보다 겨울밤, 옛 할아버지, 할머니의 무릎에서 듣던 우리의 전통동화를 듣게 해주어야 마땅할 것이다.

이 동시는 크리스마스 생활문화 속에서 어린이들이 꼬마유령 이야기를 듣고 어른이 되어가는 시대적인 우리의 생활문화 현실을 그대로 그려냈다. 이 시의 마지막 구절에 "졸린 눈을 비비던 아이는/몰래 대문을 열고 나와/털신을 내놓았습니다."는 표현을 통해 아이들이 크리스마스 전야에 산타클로스 할아버지가 선물을 기다리는 동심이 가슴을 찡하게 한다. 선물 꾸러미를 들고 찾아올 산타 할아버지를 위해 대문 밖까지 털신을 내놓는 마음은 크리스마스 동화를 그대로 믿는 동심이다. 이런 동심은 동짓날 동지 팥죽을 만들기 위해 찹쌀가루 새알을 온 가족들이 함께 빚는 전통 생활문화, 일찍 잠을 자면 눈썹이 하얗게 된다."는 할아버지 할머니의 동화를 듣고 잠을 자지 않으려고 하다가 잠이 들어버리고 아침 일찍 일어나 부엌에 쑤어놓은 새알이 서로 엉켜붙은 식은 동지팥죽을 맛있게 먹었던 어린 시절의 동짓날 전통문화와 팥죽으로 귀신을 쫓는다는 우리의 전통 전래 동화를 듣고 자라나야 마땅할 것이다.

크리스마스 날, 유령놀이를 하면서 자라는 오늘의 어린이들이 크리스마스 동화를 듣고 언제까지 우리문화를 저급한 문화로 업신여기고 서양에서 들어온 생활문화 속에서 꿈을 꾸며 잠 들어야 할 것인가? 동시인들의 사회적 책임과 사명이 무엇인가 생각해보는 계기를 마련해준 시였다.

불빛이 하나씩 늘어가
친구들이 모이는 깊은 밤
유령 이야기가 빠질 수 없지
꼬마유령의 이야기를 아니?
덮어쓴 하얀 천이 바닥에 끌리는
발소리 없이
굴뚝에 오르고
트리 주변을 걸어 다니지
누구도 얼굴을 본 적 없어
두 발을 본 적도 없단다
하얀 천 때문에
"꼬마유령은 언제 어른이 되나요?"
글쎄, 그건 아무도 몰라
꼬마유령은 아직도 꼬마유령이거든
그날 밤

졸린 눈을 비비던 아이는

몰래 대문을 열고 나와

털신을 내놓았습니다.

      - 매일신문 신춘문예 당선동시, 정정안의 「크리스마스 동화」 전문

이 시는 크리스마스 날 가족과 함께 보내는 생활문화를 친구들과 보내는 크리스마스 생활문화로 꾸며서 쓴 시로 쓴 동화이다. 이불을 둘러쓰고 친구들과 유령놀이 즐기며 크리스마스 선물을 기다리는 동화적인 분위기를 자아내게 생활경험을 진술한 동시다. 공간적인 배경과 시간적인 배경, 등장인물이 명확하지 드러나지 않아 관념속의 크리스마스 날의 동화로 어른의 눈높이에 의해 삼인칭의 시점에서 크리스마스 문화 체험을 진술한 시다.

⑤ 스프링클러의 물 분사 모습에 대한 직관적 상상력

잔디밭이나 농작물에 물을 주기 위해 설치한 스프링클러의 물 분사 모습을 보고 이와 유사한 고래가 물을 뿜어대는 상황으로 연상한 직관적 상상력으로 빚어낸 시이다. 동시의 특성인 단순성, 간결성을 잘 실린 시이다. 물을 뿜어대는 고래의 모습은 보이지 않고 땅 속 지하수를 뿜어 분사하는 스프링클러는 땅 속에 고래가 산다는 상상력으로 이어진다. 그러나 고래의 실체가 드러나지 않기 때문에 실제로 보이지는 않지만 고래가 물을 뿜어대듯이 뿜어대는 상황을 우리가 직접 목격할 수 없는 부채이빨부리고래와 비유했다. 적절한 비유이라고 할 수 있으나 부채이빨부리고래를 인터넷 검색에 의하면, 1872년 뉴질랜드 피

트 섬에서 턱뼈 일부가 발견되었고 1873년 제임스 핵터가 기록하고 삽화를 남겼다는 기록과 1950년, 1986년에 발견되고 2010년 뉴질랜드북섬 오파프 해변에서 어미와 새끼가 죽은 채로 발견되었다는 정보가 있었고, 다른 검색창에는 140년 동안 아무도 본적이 없다는 정보가 있었다. 이 정보에 의하면 140년은 잘 못된 정보이고 부채이빨부리고래는 최근 10년 전에 발견되었다. 인터넷에 떠도는 정보는 반듯이 참이라고는 볼 수 없다. 그렇다면 이 정보를 아우르는 정보는 "산 채로 본 사람이 아무도 없는 부채이빨부리고래"라고 표현하거나 "140년 동안"은 삭제하고 "아무도 본적이 없다는"으로 표현되어야 확실하지 못한 정보의 오류를 벗어날 수 있을 것이다. 동시에서는 사실적인 정보는 정확해야 하기 때문이다. 그러나 스프링클러의 물 분사 모습을 고래가 물을 뿜어대는 것으로 단순하게 비유하여 직관적인 상상력으로 시상을 이끌어나간 단순, 간결성이라는 동시의 특성을 잘 살린 동시라고 할 수 있다.

땅속에 고래가 산다
숨을 내쉴 때마다
분수처럼 하늘로 퍼지는 물줄기
땅속에 숨은 고래
콧구멍만 내놓고
뱅글뱅글 물을 뿜는 걸 보니
너 혹시
140년 동안 아무도 본 적 없다는

부채이빨고래 아냐?

- 부산일보 신춘문예 당선동시, 연지민의 「부채이빨고래」 전문

⑥ 풀숲에 누운 고양이에 대한 동화적 상상력

최근 들어 우리 주위에 길고양이들을 산과 들에서 많이 볼 수 있다. 집에서 기르던 고양이가 집을 나가 야생으로 살아가며 도시에서는 음식물 쓰레기 봉지를 흩어놓아 미화원 아저씨들이 골치를 앓고 있고, 야생고양이들 민가에 들어와 말려놓은 물고기를 훔쳐 먹는다거나 야생동물을 잡아먹고 밤마다 고양이 울음소리를 내는 등 생태계의 질서를 무너뜨리고 있다.

애완동물로 사람들의 사랑을 받고 기르던 고양이들이 이제는 천덕꾸러기 동물로 전락하여 불쌍하다고 길고양이들에게 밥을 챙겨주는 봉사활동 벌리는 사람들도 있다. 「풀숲에 고양이」는 우리가 일상생활에서 흔히 목격되는 풀숲에 누워있는 고양이에 대한 동화적인 상상력으로 시상을 펼친 시이다.

고양이 한 마리
풀숲에 누우며 말했어요.
-생각보다 포근한걸.

엉겁결에 눌린 풀잎도
조용히 생각했지요.
-이 아인 보기보다 얌전하네.

한참을 그렇게 둘은
누르고 눌린 자세로 있었습니다.
이윽고 자리에서 일어난
고양이가 중얼거렸지요
-이런, 이런!
이거 나만 생각했는걸.

떠나는 고양이를 보며
풀은 생각에 잠겼어요.
-누군가의 쉴 자리가 되어주는 건
참 멋진 일이야.

고양이가 앉았던 자리
오래도록 남아있는 온기
누구의 것일까요?

　　　　　　　- 경상일보 신춘문예 당선동시, 정용채의 「풀숲에 고양이」 전문

　이 시의 시제에 처소격 조사인 '~에'을 붙여 풀숲이라는 장소를 강
조하고 있다. 속격조사로 '~의' 사용할 때 풀숲에 속해 있는 고양이로
고양이가 강조되고, 문장의 구절이 완결되는 느낌을 주지만, 처소격 조
사인 '~에'라고 할 때 문장이 미완결된 상태에 놓인 느낌을 자아낸다.
그야 어찌 되었던 간에 풀과 고양이를 의인화하여 서로 대화를 나누
는 제3인칭 시점으로 전개한 동화적인 발상의 시이다. 1연의 "-생각보

다 포근한걸"은 고양이의 입장에서 말을 한 것이고, 2연의 "-이 아인 보기보다 얌전하네,"는 풀의 입장에서 한 말이나 풀의 입장을 대변 했다고 하기 보다는 화자의 입장을 대변한 말이다. 고양이에 의해 "엉겁결에 눌린 풀잎도/조용히 생각했지요."는 이치에 맞지 않는다. 고양이에 의해 눌린 풀잎이 어떻게 "얌전하네"라고 생각이 아니라 말을 할 수 있는 것인지 고양이의 성격을 평가할 수 있다는 것은 화자의 주관이 개입된 상태의 표현일 수밖에 없다. "난 고양이 너 때문에 죽겠어"라고 해야 풀의 입장을 대변하는 말이 될 것이다.

고양이가 자신만을 생각하고 풀에게 미안한 감정을 "-이런, 이런!" 표현했을 때 풀은 "-누군가의 쉴 자리가 되어주는 건/참 멋진 일이야."라고 자신의 생각을 말하나 이는 풀의 생각이라기보다는 화자의 생각을 감정이입한 상태의 표현이다. 마지막 연에 "고양이가 앉았던 자리/오래도록 남아있는 온기/누구의 것일까요?"라고 고양이가 온기를 남겼다는 명확한 사실을 밝혀놓고 "누구의 것일까요?"라고 의문을 제시하고 있다. 이는 고양이가 풀에게 남기고 간 온기라고 할 수 있다. 사실 고양이가 앉았다간 풀잎에는 온기가 잠시 남아 있지만 그 온기는 풀잎이 그렇게 좋아하는 온기일 수는 없다. 만약 겨울이라면 고양이가 남기고 간 온기를 풀이 고마워할지 모른다. 이처럼 정서적인 충돌을 가져온 것은 시간적인 배경이 설정되어 있지 않기 때문이다. 이른 봄 꽃샘추위가 있을 때 고양이가 앉았다간 풀숲은 고양이의 몸무게로 억눌림을 당하는 고통을 견뎌내며, 고양이가 남기고 한 온기를 고마워 할 수 있을 것이다. 그렇지만 시간적 배경이 설정되지 않는 상태에서 여름날의 경우라면, 억눌린 풀잎이 고양이의 온기를 고마워할 리 있겠는가?

여기에 허구의 참을 지향하는 문학적인 리얼리티 문제가 발생하게 되는 것이다.

3. 에필로그

올해의 신춘문예 당선동시들의 일반적인 경향은 평범한 일상 소재에서 동심을 형상화하려는 특징을 보였다. 코로나 펜데믹 시대의 생활문화를 반영하여 답답한 실내 공간에서 어쩌다 외출할 때 다리가 다친 길고양이를 발견하고 동물애호의 인도적인 사랑으로 집으로 데려와 기르며 온 가족이 돌보는 일상의 가정문화를 진술한 시, 고양이가 풀밭에 누워있는 것을 목격하고 상상력을 펼쳐 고양이와 풀숲과의 관계를 따뜻한 눈으로 삼인칭의 시점에서 진술한 시, 등 인간과 가장 가까운 애완동물을 소재로 한 두 편의 시가 신춘문예 당선이 되었다.

이는 풀숲처럼 본의 아니게 억눌림을 받는 코로나 펜더믹 상황을 동화적인 상상력으로 무의적으로 반영되어 나타난 결과로 보이며, 펜데믹 상황에서 해외여행이 자유스럽지 못한 상황에서 가정에서나마 서구적인 크리스마스 문화체험의 동경함으로써 답답한 시대환경을 탈출하고픈 욕망이 집단 무의식으로 표출되었다고 볼 수 있을 것이다.

집안에서 밖으로 나아가 물놀이를 하며 코로나 펜데믹의 답답한 상황을 징검다리를 건너가고 싶을 것이다. 아울러 스프링클러가 물을 뿜어내듯이 하고 시원스럽게 자유를 되찾고 싶은 욕망이 분출되는 반면, 그와는 정반대로 우리 눈으로 볼 수 없는 부채이빨고래가 물을 뿜어대듯이 코로나 바이러스가 땅 속 어둠 숨어 있다가 활개를 치는 바람에 사람들이 꼼짝 못하고 억눌려 살아가는 시대적 상황에 대한 역설적인 집단무의식의 표현으로 해석할 수 있을 것이다.

이번의 신춘문예 당선 동시의 특징이 평범한 일상 소재에서 동심을 발견하는 등 동시의 창작에 있어서 착상 방법을 가까운 데서 찾으려는 움직임을 보였지만, 성인시의 패러디 시를 동시로 진술한 점, 장르의 경계를 허물어뜨린 포스트모더니즘의 시대의 동시라 하더라도 생활 경험 사례의 진술에 의존하여 지나친 시적인 감각을 잃었을 때 동시를 잃고 생활일기를 얻게 되는 결과를 빚게 된다는 점 등이 우려된다. 또한 우리의 전통문화를 배격하고 서구의 생활 문화를 동경을 고착화시켜 미래세대들이 뿌리를 잃어버리게 할 개연성, 인터넷의 정보에 의존하여 왜곡된 정보를 진실로 받아들일 우려가 있는 등 아동문학이 해결해나가야 한 시대적인 과제와 문제의식을 던져주었다.

동심의 세대 차이와 상황재현의 작위성

- 2024 신춘문예 동시 당선작 총평

1. 프롤로그

신춘문예 당선 동시 작품은 기성 동시와 다른 신선함이 있어야 한다. 그런데 당선 동시들이 그저 그렇다고 할 때 신춘문예에 응모한 사람들은 자기 작품과 견주어보며 왜 이런 작품이 뽑혔을까? 의구심을 품을 것이다. 이런 의구심은 당선 작품이 빼어난 작품이 아닐 때 심사위원의 자질이나 공정성에 대한 의구심으로 확산된다.

심사위원에 따라 작품을 보는 관점이 달라서 그 관점을 이해하지 못했을 때 항상 의구심이 생겨날 소지를 안고 있다. 그렇지만, 해마다 신춘문예 당선 동시들이 기성 동시와 차별화가 없고 참신한 작품들이 아니라는 사실은 응모자들이 꾸준히 동시를 습작해온 사람들이 아니라 혹시나 하는 요행 심리로 작품을 창작해 응모했기 때문에 심사자는 고육지책으로 당선 작품을 내보냈을 것이라고 추측이 된다. 해마다 되풀이되는 신춘문예 유행심리 풍토는 마땅히 종식되어야 할 것이다. 응모자 수를 실적으로 내미는 신문사의 관행에 따라 공부하지 않고 응모를 위해 조급하게 만들어낸 작품이 신춘문예에 당선할 수 없다는 사실을 먼저 깨우쳐야 할 것이다.

2024년 신춘문예 동시는 경상일보에서 당선작 없으므로 내보내지 않았다. 동시와 동화 장르를 아동문학으로 묶어서 당선작을 뽑은 부산일보, 불교신문에서는 이번에는 동화로 내보내 조선일보, 한국일보, 매일일보, 강원일보, 등 네 개의 신문사에서만 동시 당선작을 내놓았다.

이 네 편의 당선 동시를 중심으로 가장 기초적인 문학 장르인 아동문학의 여러 장르에 대한 사회문화적인 현상을 분석하고, 응모자의 요행 심리로 신춘문예 열병의 희생양이 되어버린 아동문학 장르의 사회적인 관심을 촉구하는 계기를 마련해보고자 한다.

2. 동심의 세대 차이와 상황재현의 작위성

오늘날의 기성세대와 밀레니얼 세대, 다양한 문화 계층이 살아가고 있다. 동심의 본질은 변화가 없지만, 동시를 쓰는 시인이 동심을 시로 형상화하여 진술할 때 문화적인 경험이 다름으로 인해 세대 간의 문화 차이로 인한 작위성이 다양하게 표출된다는 점이다. 밀레니얼 세대는 어릴 때부터 디지털 기기를 사용하여 이에 익숙한 디지털 네이티브로 업무적인 일이나 취미생활까지도 디지털 기기를 통해 해결함은 물론 '나르시시즘'과 '개인주의'에 기반을 둔 자기중심적인 사고방식을 가지고, 자기중심적인 가치관으로 살아간다. 반면에 우리나라의 기성세대는 군사독재 시대를 겪어왔으며, 불의에 대해 증오하지만, 현실에 타협했으며, 맹목적이고 절대적 가치를 지닌 이전 선대와는 달리 이기적이고 물질적, 계산적 성향을 지닌다. 세대 간의 문화적인 격차는 대립과 갈등을 빚기도 하지만, 동심이라는 공통분모에서는 소통의 길이 열려있는 것이다. 기성세대는 할아버지, 할머니가 되고, 밀레니얼 세대는 부모가 되거나 독신가정일 경우는 부모의 친구가 되는 어린이들이 동시의 독자이다.

동심은 세대 간 세대 내의 갈등을 치유하고 통합하는 계기를 마련해준다. 이러한 동심을 표현한 문학이 아동문학이요, 세분하여 동시 장르다. 동시는 동심을 바탕으로 창작하는 시이다. 인간의 원초적인 착한 심성을 표출하는 문학의 기초가 되는 문학 장르이다. 누구나가 어린이 세대를 경험한다. 기성세대의 과거다. 어린 시절의 문화체험은 어른이 되어도 기억 속에 남아있기 마련이다. 어린이 시절의 자신의 모습을 떠올리면서 그때의 경험을 떠올리며 동심을 반추하며 시로 진술한다. 문제는 자신의 어린이 시절 체험에서 동심을 찾아 그때의 문화현상을 추체험으로 재생하여 진술하면, 시대적인 문화 격차로 인해 오늘날의 어린이들에게는 이해할 수 없게 된다는 점이다.

미래세대의 정서적 성장을 돕는데 중추적인 역할을 하는 문학이 아동문학이다. 그런 의미에서 어린이들의 정서 성정에 도움이 될 동시 창작은 일반 성인시보다 몇 배의 노력이 뒤따라야 한다. 우선 동시는 어린이가 이해 가능한 언어로 표현되어야 하고, 성인 생활의 문화일지라도 동심과 어린이의 눈높이로 재구성해서 단순명쾌하게 진술해야 한다는 점이다. 어린이의 생활 모습이나 행동 특성이 어색함이 없어야 한다, 자칫 기성세대 어린 시절 문화현상으로 진술하면 시적 진실이 작위적으로 표출되어 문화적인 격차로 인한 오늘의 어린이 독자와 정서적인 유대감이 형성되지 않는다. 따라서 동심 천사 주의적인 동시 창작자의 작위성으로 허구의 진실을 추구하는 문학이 허구로 남게 되어 시적 허구가 되어버린다는 점이다.

물질 만능가치관이 지배인 성인 세대와 여가와 일에서 균형을 추구하고 개인의 행복과 가치 추구를 사회적인 성공보다 우선시하는 밀레니얼 세대의 사회적인 풍토는 동심을 경시하는 문화로 확대 재생산되고 있다. 특히 밀레니얼 세대는 개인주의적이고 합리적이며 개성을 중요시하지만, 주거와 취업에 어려움을 겪고 있다. 그래서 연애, 결혼, 자녀 출산 3가지를 포기한 '3포 세대'가 되었고, 자기중심적이어서 만혼풍조, 독신가정의 증가. 이혼율의 상승 등 사회적인 현상은 출산율의 저하로 이어짐에 따라 어린이가 해마다 점차 줄어들고 있어 사회문제로 제기되고 있다. 이들은 정보화 시대에서 성장하여 디지털 기기에 익숙하고 온라인 친화력이 높은 세대지만 기성세대는 디지털 기기를 다루는데 미숙한 세대이며 유교적인 문화습성으로 꼰대라는 말로 비하되고 있다.

이들 두 세대가 추체험으로 동심을 시로 형상화하고 재현하였다 하더라도 결국 딜타이가 말한 이입, 현재화, 상상력 등이라는 구성 요소로 재현될 수밖에 없으나 어린이 세대들에게 유대감의 형성은 시적 능력이 탁월한 시인만이 가능할 것이다.

2024년 신춘문예 당선 동시에서 동시인의 동심을 표출하는 방법에서 세대 간의 문화 차이를 발견할 수 있었다. 그리고 동심적인 상황을 재현하는데 작위성이 노출되는 등 역대 신춘문예 동시에서와 마찬가지로 변함이 없었다. 이는 진지하게 동심을 연구하고 파고드는 시인 의식의 부재를 의미하며, 문학 동호인들의 신춘문예 열병에 의한 요행 심리가 작동하여 급히 창작된 로또 복권식의 투고문화로 재생산되고 있기 때문이다. 신춘문예의 동시 장르를 쉽게 생각하고 도전하지 않았나 하는 의구심이 들었다. 동시 장르는 시적 기능을 완전히 익힌 명 시인들도 동심이라는 제약과 동심을 표현하는 방법을 몰라 어려워서 성인시를 쓰고 있는 시인들이 많다. 그런데 어린이를 위한 시이기 때문에 동시는 쉬운 시로 초보자도 쓸 수 있다는 어리석은 생각으로 신춘문예 도전하는 무모한 후진적인 문화습성을 청산해야 할 것이다.

1) 조선일보 신춘문예 당선 동시의 세대 문화와 상황재현의 작위성

2024 조선일보 당선 동시 조수옥의 「민들레 꽃씨와 아이」는 시제부터 어른의 눈높이다. 동심을 끌어온 상황은 기성세대의 어린 시절의 문화다. 그것은 "멜빵바지"는 오늘날에도 어린이들이 입고 다니지만, 과거의 기성세대의 어린 시절에 흔한 어린이 복장 문화였다. 그런데 굳이 "멜빵바지"를 등장시킨 의도는 민들레의 꽃씨가 후하고 불면 날아가기 때문에 그것을 안타까워하는 마음을 효과적으로 드러내기 위해서라고 볼 수 있지만, 화자의 직관적인 상상력은 기성세대인 화자의 과거 어린 시절의 모습에서 동심을 찾은 결과 "멜빵바지"로 표현했을 것이라고 짐작이 간다. 그렇지만 시적 진실을 구현하기 위해서 실제의 상황이 그렇다 하더라고 민들레 꽃씨의 이미지를 살리려면 "멜빵바지"보다는 "노란 풍선을 든 아이" 상황으로 표현되어야 시적 진실에 가깝게 접목될 것이다. 노란 색깔 이미지는 관심의 초점을 풍선에 집중시키는 효과와 노란 민들레꽃의 이미지를 연상할 수 있는 효과가 있을뿐더러 허구가 허구로 드러나지 않게 시적인 상상력을 증폭시킬 수 있기 때문

이다. 그리고 "민들레 꽃씨와 아이"로 화자가 관찰한 상황에서 등장하는 소재를 시제로 했는데. 이 시의 초점이 민들레 꽃씨가 날아가는 것에 초점이 맞추어져 있으므로 이 상황을 효과적으로 드러낼 수 있는 정서 상황을 펼쳐놓아야 시적인 효과가 더해질 것이다. 그런데 이 시는 민들레 꽃씨가 맺는 계절마저도 독자들에게 혼란을 일으키게 아이의 입김을 봄바람으로 환치하여 표현하는 등 시간적 배경의 작위성이 드러나고 있다, 또한 민들레 꽃씨가 있는 장소를 전혀 알 수가 없다, 지은이 혼자만 아는 관념 속의 공간에서 아이가 민들레 꽃씨를 날리기 위해 '후' 하고 입김을 불어넣는 아이의 행동을 관찰하고 있다. 따라서 "요런 간지러운 봄바람"이라고 화자의 주관적인 해석적 진술로 계절 감각을 느낄 수 없게 차단했다. 이런 경우에는 시제를 장소와 소재를 결합하여 "할머니 댁 민들레 꽃씨"라던가 "민들레 꽃씨", "민들레 꽃씨 동동" 등으로 하늘로 날아가는 민들레 꽃씨로의 이미지를 부각시키는 것이 더 좋지 않았을까 하는 필자의 의견이다.

> 멜빵바지 입은 한 아이가 길섶에 쪼그리고 앉아 민들레 꽃씨를 붑니다. 입술을 쭈욱 내밀며 후~ 후~ 하고 불자, 요런 간지러운 봄바람은 처음인 걸 하며 민들레가 하늘에 꽃씨를 퍼뜨립니다. 꽃받침을 베고 잠든 잠꾸러기 꽃씨 하나 머뭇댑니다. 아이가 연거푸 후훗! 하고 불어대자 그제야 기지개를 켜며 쫓기듯 날아갑니다. 아이가 자리에서 일어서자 까까머리가 된 민들레가 내년 봄에 다시 보자며 꽃대궁을 흔들어댑니다.
>   – 조선일보 신춘문예 당선 동시, 조수옥의 「민들레 꽃씨와 아이」 전문

이 시는 성인 세대가 혼자만 아는 장소의 길섶에 쪼그리고 앉아 있다가 입김을 불어 꽃씨를 날리는 장면을 있는 그대로 진술한 아이의 행동 관찰 기록의 동시이다. "요런 간지러운 봄바람", "꽃받침을 베고 잠든 잠꾸러기", "기지개를 켜며", "까까머리가 된", "내년 봄에 다시 보자며 꽃대궁을 흔들어댑니다." 등 감정 이입하여 주관적으로 해석하여 자신의 어린 시절의 추체험 상황을 진술한 산문시다. 구체적인 공간과 시간적 배경이 없다, 그리고 시적인 미감까지 전혀 느껴지지 않는다. 그냥 피상적으로 어린이의 행동을 관찰하고 감정 이입하여 민들레 꽃씨 날리는 아이의 행동을 진술하는 등 기성세대의 문화를 추체험으로 재현해 스케치했을 뿐이다. 시적 진술은 추체험 상황을 시적 화자의 음성을 통해 시적인 인식과 사유를 드러내야 하는데, 관념적인 시적 인식과 사유를 감정이입 상태로 주관적으로 서술하는 것은 시적 진술이 아니라고 볼 수 없다. 동시는 단순하면서도 명쾌하게 경험 상황을 통찰하고 해석하여 감각적으로 구체화시켜 표현해야 어린이들이 공감하는 동시가 되는 것이다. 민들레 꽃씨를 날리며 즐거워하는 모습을 어린이의 눈높이로 세밀하게 관찰하고 역동적으로 진술했더라면 더 시적인 감동이 증폭되었을 것이다.

2) 한국일보 신춘문예 당선 동시의 세대 문화와 상황재현의 작위성

앞의 조선일보 당선 동시가 기성세대의 눈으로 추체험을 동심으로 형상화하여 진술한 동시였다면 한국일보 신춘문예 당선 동시 임종철의 「산타와 망태」는 밀레니얼 세대의 화자가 동심을 시로 형상화하여 진술한 동시라고 할 수 있다.

이 시는 밀레니얼 세대, 즉 어릴 때부터 디지털 기기를 사용하여 이에 익숙한 디지털 네이티브로 동시를 창작하는 일까지도 디지털 기기를 통해 해결하는 등 자기중심적인 사고방식을 가지고, 자기중심적인 가치관으로 살아가는 세대의 특징을 잘 보여주는 시이다. 이 시는 신춘문예 모집 공고를 보고 요행 심리에 의해 도전하고자 인터넷 검색이나 어린이 그림 도서 박연철의 『망태 할아버지가 온다』에서 동심적인 아이디어를 발견하고 동시로 착상해 창작한 동시라고 할 수 있다.

인터넷으로 『망태 할아버지가 온다』라는 그림책을 검색하면, "이 책은 망태 할아버지에게 공포를 느꼈던, 혹은 엄마에 대해 미운 마음을 가졌던 아이들의 마음을 대변하는 이야기가 담겨 있습니다. 늦게까지 놀고 싶어 하고, 밥 먹기 싫어하는 아이들의 모습이 잘 표현되어 있습니다. 공포의 대상을 과장하여 표현한 점도 인상적입니다.

아이는 엄마에게 들은 망태 할아버지가 너무 무서워요. 망태 할아버지는 말 안 듣는 아이를 잡아다 혼을 내준다고 들었기 때문이죠. 그래서 아이는 엄마가 혼을 낼 때마다 화가 나지만 망태 할아버지가 무서워 어쩔 수 없이 엄마 말을 들어요. 그러던 어느 날, 아이는 엄마와 크게 싸우고 마는데…"라고 소개되어 있고, 그림과 함께 설화 속의 망태 할아버지 이야기가 쓰여 있다.

"망태 할아버지를 아시나요? 말 안 듣는 아이를 잡아다 혼내주고, 우는 아이는 입을 꿰매버리고, 떼쓰는 아이 새장 속에 가두고, 밤늦게까지 잠을 안 자는 아이 올빼미로 만들어버리는 망태 할아버지 그 존재만으로도 무시무시합니다."라는 우리나라 설화로 꾸민 그림책에서 동심적인 상황 재현 소재를 찾아 밀레니얼 세대답게 서양에서 들어와 우리의 생활문화로 자리 잡은 크리스마스 상황과 재구성하여 산타 할아버지 이야기를 시적 진술로 풀어낸 동시이다. 서양과 동양의 문화 속의 어린이들에게 들려주는 이야기, 서양의 크리스마스 때 등장하는 산타 할아버지의 착한 인물이 어린이들에게 선물을 짊어지고 다니는 선물 보따리와 우리나라의 설화 망태 할아버지가 말을 듣지 않는 아이를 잡아가는 부정적인 도구로서의 망태의 두 문화적인 망태 이미지를 결합하여 동화적인 발상으로 재치 있게 재구성한 동시이다. 서양의 산타 할아버지와 동양의 망태 할아버지 즉 선과 악을 상징하는 두 인물을 동일 인물로 이야기를 실감이 나게 재구성하여 "혹시 너희들 그거 알아?"로 어린이들에게 친근한 대화로 시작한다. 그리고 2연에 구체적인 상황 제시되는데, "산타할아버지가 온 세상의 어린이들에게 선물을 주는데, 그 많은 선물을 다 만들 수 없다는 상황이어서 망태 할아버지가 되어서 말 안 듣는 아이들을 데려가 일을 잡아간다."라는 허구의 이야기나 하고 같지 않게 수긍이 가는 시적 진실로 생황을 재현하고 있다.

5연에 "증거가 있냐고?/당연히 있지"라고 자문자답으로 이야기를 고조시킨 다음, "우리를 착한 아이로 만들려고 할 때/둘 중 한 명을 꼭 부르잖아/선물을 안 준다거나 잡아간다고 겁을 잔뜩 주지"라고 진술하는 데서 구체적인 상황이 드러나지 않는 작위성을 드러내고 있다. "둘 중 한 명"이라는 상황은 산타 할아버지와 망태 할아버지를 부르는 상황이라면, "둘 중 한 분"이라는 경어체로 표현되어야 옳다. 마지막 연에 "어른들의 입에서/태어난 둘은/틀림없이 같은 사람일 거야"라는 화자의 주관적인 해석적 진술로 보아 산타할아버지와 망태 할아버지가 분명하지만, 설화를 "어른들의 입에서/태어난 둘"이라고 단정함으로써

산타할아버지와 망태 할아버지의 재구성한 이야기가 무한한 상상력
으로 펼쳐지지 못하고 화자의 단정으로 상상력을 한정시켜놓아 밀레
니얼 세대의 자기중심적인 가치관에서 비롯된 작위성을 드러냈다.

혹시 너희들 그거 알아?
산타와 망태할아버지는 같은 사람이라는 걸
다들 믿지 못하는 표정인데
지금부터 내 말을 잘 들어봐

산타할아버지는 크리스마스에
온 세상 어린이에게 선물을 주잖아
그 많은 선물을 어떻게 다 만들겠어
처음엔 혼자 만들려고 했는데
도저히 날짜를 맞출 수 없어서

망태할아버지가 되기로 마음먹은 거야
말 안 듣는 아이들을 데려가 일을 시키면
아무도 뭐라고 할 사람이 없거든

크리스마스 하루만 빨간 옷을 입고
나머지 364일은 망태를 지고
일을 시킬 아이들을 잡으러 다니는 거야
평소에 굴뚝으로 드나드니까

몰래 데려가는 것은 식은 죽 먹기겠지

증거가 있냐고?
당연히 있지

우리를 착한 아이로 만들려고 할 때
둘 중 한 명을 꼭 부르잖아
선물을 안 준다거나 잡아간다고 겁을 잔뜩 주지

어른들의 입에서
태어난 둘은
틀림없이 같은 사람일 거야
           - 한국일보 신춘문예 당선 동시, 임종철의 「산타와 망태」전문

　이 시는 밀레니얼 세대가 지은이인 만큼 서양과 동양 두 문화 속에서 어린이들에게 들려주는 이야기를 선과 악을 대비하지 않고 동일한 인물이라고 자기중심적인 사고로 재해석하여 어린이들에게 들려주는 전래동화의 방식을 동시에 적용했다는 점에서 참신한 발상이 돋보이는 시이다. 포스트모더니즘적인 발상의 동시로 시와 산문의 경계를 넘나들었고, 두 이질적인 문화속의 설화를 하나로 통합하여 재구성하는 재치가 돋보이는 밀레니얼 세대의 자기중심적인 문화 해석은 시적 정서의 확장이라는 긍정적인 측면으로 해석할 수도 있지만, 미래 전개될 인공지능 시대의 인간적인 정서 교감이라는 공동체 의식이 없는 개인

중심의 문화를 전개될 것이 예견되는데 이를 해소하고 정서적 안정감을 심어줄 동시가 절실하다는 문제의식을 제기한 동시였다.

3) 매일일보 신춘문예 당선 동시의 세대 문화와 상황재현의 작위성

빅뱅이란 "우주가 적어도 100억 년 전에 일어난 대폭발이라고 하는 극히 높은 온도와 밀도를 가진 상태에서 시작되었다는 이론"으로 우주의 기원에 관한 이론으로 오늘날 대부분 천문학자들이 받아들이고 있는 대폭발이론이 빅뱅이다. 그런데 오일장의 뻥튀기 할아버지의 뻥 튀는 상황을 빅뱅 이론으로 상상력을 확대하여 비유한 동시로 과거의 문화에 대한 현대 천문과적인 지식을 결합하여 재해석한 밀레니얼 세대의 상상력으로 황당하게 비약되고 과장된 비유로 과거 문화를 재해석했다.

작은 뻥튀기 기계를 빅뱅이라는 과학적인 외래 전문용어로 시제를 붙이는 것도 밀레니얼 시대다운 발상의 전환으로 볼 수 있을 것이다.

과거 신춘문예 단골 소재의 하나인 뻥튀기, 뜨개질 등 기성세대의 생활문화를 밀레니얼 세대가 현대적으로 재해석했다. 참신한 발상으로 보일지 모르지만 우선 너무 비약되어 황당하다. 공간적 배경은 오일장이다. 그런데 "쌀 한 톨에도/우주가 담겨 있다고/뻥을 친다"의 주체는 뻥튀기 할아버지다. 할아버지에 대한 존경심이 없이 "뻥을 친다"로 몰아붙이는 밀레니엄 세대가 기성세대 자기중심적인 문화를 그대로 재현해냈다. 1990년대 밀레니얼 세대를 세분한 뜻대로 행동하고 어디로 튈지 모르는 럭비공 같은 세대를 지칭하는 N세대나 인터넷 세대로 지칭하는 M 세대의 특징을 상징하는 「빅뱅」은 밀레니얼 세대의 트

렌드를 보여주는 문화 상황을 재현했으나 뻥튀기 추체험이 아주 오래된 문화를 재현한 작위성을 드러냈다. "화로에 불을 붙이고/페달을 밟으면/오래된 무쇠 로켓이 빙글빙글 돌아가고"라는 상황의 뻥튀기 기계는 지금은 볼 수 없는 60.70년대의 뻥튀기 문화를 재현해 오늘날과 거리가 있는 뻥튀기 기계를 등장시켜 작위성을 드러냈다. 요즈음의 뻥튀기 할아버지는 페달이 없이 손으로 돌리거나 전동기에 의해 자동으로 돌아가는 뻥튀기 기계들이다. 뻥튀기할 때 호루라기를 불거나 "뻥이요" 하는 외침과 함께 뚜껑을 여는 순간 튀밥이 쏟아져 나오게 된다. 그런데 뻥튀는 상황을 백방 이론 주장자들이 말하는 블랙홀로 비유하여 별이 쏟아진다는 상황과 비유했다. 과학적 지식을 바탕으로 상상력으로 보이지 않는 상황의 진술이다.

뻥 소리와 함께 튀밥이 쏟아지는 상황을 "쌀별들이 쏟아져/골목길도 넉넉해지는데/자꾸만 작아지는/내 마음"으로 공간적 배경을 맨 처음 오일장의 구석에서 이제는 골목길이라고 장소를 축소해놓는 등, 앞뒤가 맞지 않는 등의 작위성을 드러냈다. 실제로 요즈음 시골 전통 재래시장 환경개선사업으로 오일장이 현대식 건물로 재탄생이 곳이 많다. 그런데 과거 문화를 재현해 느닷없이 오일장의 구석에서 골목길로 장소가 변경되는 등 허구를 그대로 노출해 작위성을 드러냈으며, "자꾸만 작아지는/내 마음"으로 블랙홀로 팽창하는데 마음이 작아진다는 상반된 관념을 축소해놓은 작위성을 드러냈다. 이 상황은 놀라서 귀를 막고 몸을 웅크리는 모습으로 진술되어야 시적 진실이 성립되었을 상황이다.

오일장 구석에 앉아 있는 할아버지는

쌀 한 톨에도

우주가 담겨 있다고

뻥을 친다

화로에 불을 붙이고

페달을 밟으면

오래된 무쇠 로켓이 빙글빙글 돌아가고

발사 10초 전,

귀를 막고

두근두근

숫자를 세는 대우주시대

뻥이요,

블랙홀이 활짝 열려

쌀별들이 쏟아져

골목길도 넉넉해지는데

자꾸만 작아지는

내 마음

오늘은

내 꿈도 뻥 튀겨 주세요

말하고 싶은데,

할아버지는 하루 종일

보이지 않고

잠이 하얗게 쏟아지는

밤은 또 오고

- 매일일보 신춘문예 당선 동시, 김영욱의 「빅뱅」 전문

이 시의 뒷부분에 "할아버지는 하루 종일/보이지 않고/잠이 하얗게 쏟아지는/밤은 또 오고"라고 진술한 것으로 뻥튀기 할아버지의 손자가 화자가 되어있다. 그런데 앞의 시적 진술은 뻥튀기 할아버지가 화자의 할아버지인지 알 수가 없다. 따라서 앞뒤의 상황이 일치시키려면 첫 행에서 "오일장 구석에 앉아 있는 할아버지는"에서 할아버지 앞에 "우리"라는 시어를 첨가하여 "오일장 구석에 앉아 있는 우리 할아버지는"라고 진술했어야 뒷부분과 일치가 될 것이다. 또한 "오늘은/내 꿈도 뻥 튀겨 주세요."라는 표현에서 뻥튀기 할아버지가 오일장에서 뻥튀기 하는데 "오늘"만으로 한정시켜 꿈을 뻥 튀어 달라는 상황의 재현은 작위적이라고 할 수밖에 없다.

4) 강원일보 신춘문예 당선 동시의 세대 문화와 상황재현의 작위성

이 시는 현대적인 문화를 재현한 어린이의 눈높이로 진술한 동시이다. 화자가 어린이가 되어 꽃 축제에 가서 페이스페인팅 한 체험을 일기체 형식으로 기술한 일기이다. 문학작품은 허구이다. 허구가 진실인 것처럼 리얼한 상황으로 재구성하여 시적 허구로 상상력을 증폭시켜 진술하는 것은 시인의 탁월한 재능이다. 그런데 단순한 사실의 기록일 때 시적인 허구는 성립할 틈이 없어지고 시적인 상상력이 확장되지 않게 된다. 안도현은 시적 허구에 대해 "어떠한 진실을 그리기 위해 시인은 사실을 일그러뜨리거나 첨삭할 수 있다. 사실과 상상, 혹은 실제와

가공 사이로 난 그 조붓한 길이 바로 시적 허구다. 이 시적 허구를 인정하지 않고 사실 속에 갇혀 있으면 시인은 숨을 내쉴 수도 없고, 상상의 나라에 가지 못한다. 물론 진실을 노래할 기력도 사라진다. 그의 시는 제자리걸음 하느라 아까운 세월을 다 보내게 된다."라는 말은 단순한 사실의 기록에서 탈피하는 시적인 진술로 시적 미감을 되살려야 한다는 말이다. 성인 세대나 밀레니얼 세대가 꽃축제를 방문한 소감을 어린이의 눈높이로 진술한 장은선의 「페이스페인팅」은 꽃축제에 가서 페이스페인팅 한 이야기가 핵심이다. 그렇다면 이 상황에 맞는 꽃 그림 페이스페인팅을 한다고 해야 리얼리티가 성립된다. 물론 여러 가지 동식물 무늬를 그려주는 당사자에 따라 다르겠지만, 친구들은 "포켓몬 같은 캐릭터"를 그려달라 하는데, 화자는 보름달을 그려달라는 까닭이 병상에 누운 할머니가 좋아하기 때문이다. 조손가정 어린이의 생활문화를 통해 동정심을 유발하고 있으나 이런 환경의 어린이는 당연히 그래야 한다는 윤리관은 순수한 동심을 어른의 축소판으로 본 화자가 의도적인 진술이라고 판단된다. 조손가정의 어린이나 일반 가정의 어린이나 동심은 마찬가지다. 어른의 축소판이 되어버린 조손가정의 어린이에게 도덕적인 규범을 강요하는 것은 작위적인 발상일 것이다. 다시 말해서 어린이가 꽃축제에 가서 페이스페인팅을 하는데. 할머니가 보름달을 좋아하니까 보름달을 그려달라고 하는 것은 화자가 어린이를 어른스럽게 만들어놓은 작위적인 설정이다. 할머니 대부분은 보름달을 좋아하지 않는다. 보름달을 좋아한다면 할머니가 보름달을 좋아하는 까닭이 구체적으로 드러나야 한다, "보름달같이 예쁜 내 손주"를 귀여워했을 것이다. 오히려 병상이 누운 할머니가 건강을 되찾을 수 있도록 건강식품인 "산삼"을 그려달라고 했다면, 시적인 허구가 성립되었을 것이다. "나를 이만큼 예쁘게 키워줬으니/이젠 내가 할머니를 안아줄 차례에요"라는 말을 조손가정의 어린이가 꽃축제에 가서 보름달을 그려와서 병상에 누운 할머니를 안아드린다는 발상은 성인 세대나 밀레니얼 세대의 성인 생각이다. 화자가 어린이인 척 가장해 할머니에 대한 동정심을 유발하려는 목적으로 상황을 재현한 작위성이 드러난다. 병상에 누운 할머니를 안 는다는 것도 이치에 맞지 않는다. 병상에 누운 할머니에게 페이스페인팅으로 꽃 선물을 했다는 상황 설정이거나 할머니가 평소에 좋아하는 음식 모양을 그려달라는 상황으로 재현했다면, 시적인 공감이 더했을 것이다. 그리고 시제와 시의 내용에 있는 "페이스페인팅"의 띄어쓰기가 중구난방이다. 시제에서는 붙여 썼고, 시의 내용에서는 떼어 쓰는가 하면, "꽃축제"를 붙여 쓰는 등 기초적인 맞춤법에 맞게 퇴고하지 않고 신춘문예 열병으로 도전한 정황이 드러난다.

꽃축제에 갔더니 나를 이만큼 예쁘게 키워줬으니
이젠 내가 할머니를 안아줄 차례에요
페이스 페인팅을 해줬어요
친구들은
포켓몬 같은 캐릭터를 그리는데
나는 보름달을 그려달라 했어요
할머니가 보름달을 좋아하거든요
병상에 누운 할머니가
나를 이만큼 예쁘게 키워줬으니

이젠 내가 할머니를 안아줄 차례에요

- 강원일보신춘문예당선동시, 장은선의 「페이스페인팅」 전문

이 시는 계절적인 배경이 없다. 공간적인 배경이 두 군데이다. 꽃 축제의 페이스페인팅 하는 장소에서 할머니의 병상을 생각하는 구조로 어른 화자가 어린이인척 동심 상황을 가장하여 진술한 작위성이 드러난 동시로 신춘문예의 당선작으로 내밀기에는 너무나 미흡한 작품이었다.

3. 에필로그

아동문학은 단순히 어린이를 독자 대상으로 한 문학이라기보다는 인류가 지구상에 출현한 이후 문제가 생기면서 발생한 문학 장르의 가장 원초적인 형태의 문학이다. 그중 동시는 시를 빚는 순수한 마음을 바탕으로 하는 동심을 가장 쉬운 말로 단순명쾌하게 표현한 문학 장르이다. 그런데 아직도 어린이를 어른의 축소판으로 생각하는 구시대적인 문화습성과 어린이를 인격체로 보지 않는 어른들에 의해 어린이들의 인권이 짓밟히고 있다는 사실은 약육강식이라는 동물적인 본능이 물질만능주의 사고방식과 결합한 후진적인 문화가 민주주의라는 가면을 쓰고 재생되고 있지 않나 우려가 된다. 최근 밀레니얼 세대들의 직업과 결혼, 출산을 포기하고 살아간다는 의미의 신조어 삼포시대가 사회문제로 제기되고 있고, 출산율의 저하로 어린이들의 수효가 해마다

줄어드는 우리나라의 사회현실은 극도의 물질적인 가치관과 개인 위주의 삶을 지향하기 때문이기도 할 것이다. 그야 어찌 되었든 간에 신춘문예에 동시 장르를 신문사마다 꺼리는 까닭은 요행 심리로 응모하는 사람들이 많기 때문이고, 응모자의 수효가 적은 동시 장르를 공모에서 제외하는 것은 출산장려의 사회적인 문제를 해결하는데 역행한 처사일 것이다. 따라서 언론기관에서 어린이들의 정서를 소중하게 여기는 풍토 조성에 앞장선다면 사회적인 공헌에 일조하는 일일 것이다. 오늘날 물질적인 가치관에 찌들어진 현대인들에게 인간으로서의 존재의식과 인문학적인 사고와 확고한 정체성을 확립시켜서 공동체적인 선을 추구하며 인간답게 살아가는 지혜를 깨우치는 계기를 마련해주었으면 좋겠다는 생각이다.

따라서 미래세대에게 꿈과 희망을 주는 어린이를 위한 아동문학이 확고하게 자리 잡아가고, 동심을 원천으로 동시대의 사람들이 행복하게 살아갈 수 있는 터전을 마련해주기 위해 신춘문예를 공모하는 신문사마다 동시 장르를 부활하거나 신설하는 등 획기적인 문화운동에 적극적으로 선도해나가길 바랄 뿐이다.

조선 시대 광주전남 문인의 활동과 그 의미

1. 프롤로그

조선 시대 호남과 영남은 선비들이 학문과 시를 쓰며 인격을 도야하는 자랑스러운 고장으로 알려졌다. 특히 호남의 광주전남 지역은 섬이 많아 중앙의 선비들이 관직에 있다가 유배를 당하려 머물렀기 때문에 유배문학의 본거지였다. 정도전은 나주 다시에, 유배가사의 효시로 일컬어지는 「만분가」를 쓴 조위는 순천으로, 「어부사시사」를 비롯한 주옥같은 시조를 남긴 윤선도는 당파싸움에 휩쓸려 17년을 유배지와 고향인 해남 보길도에서 머물렀고, 아버지의 유배지이자 고향인 담양의 송강 정철은 식영정 정자에서 「성산별곡」, 「사미인곡」, 「속미인곡」 등의 가사와 107수의 시조를 남겼다.

광주전남의 인물로 조선 시대 한글 창제와 학문의 거봉으로 자랑스럽게 내세울 분은 신숙주와 기대승이다. 신숙주는 음운학자로 한글

창제의 혁혁한 공로를 세웠으면서도 편협한 역사학자들의 논리에 의해 단종을 옹위하지 않았다는 이유로 철저하게 매도됐다. 그리고 이퇴계와 학문으로 쌍벽을 이룬 기대승은 정철의 스승이기도 하지만, 퇴계 이황과는 12년 동안 편지를 주고받아 8년 동안 사단칠정을 주제로 한 토론 서신을 주고받았는데, 이는 조선 유학 사상에 큰 영향을 끼쳤다.

조선 시대를 통틀어 호남, 광주전남의 대표적인 큰 인물로는 나주 금안동에서 태어난 신숙주와 외가인 빛고을 광주 소고룡리召古龍里 송현동松峴洞에서 어린 시절을 보낸 조선 최고의 유학자 고봉 기대승, 해남이 고향인 윤선도, 그리고 무안의 초의선사 등을 내세울 수 있을 것이다. 그리고 면앙정 송순이 담양에서, 다산 정약용이 강진에서 이 밖에 많은 선비가 광주전남에서 유배 생활을 하거나 낙향하여 영산강에 정자를 짓고 자연을 벗으로 삼아 시를 짓고 풍류를 즐기는 시인과 전남 진도를 거점으로 활동한 조선 시대 후기 남종화의 대가였던 소치小痴 허련을 비롯한 수많은 제자들이 그림을 남긴 결과, 광주전남이 문학과 예술의 고장으로 널리 알려졌고, 그 명성을 길이 보전하고자 광주 지역에서 한국문학의 중심지로서 한국향토문학 기념관을 마련하고, 그분들의 문학정신을 계승하고자 노력해왔으나 결실을 맺지 못했다.

문학의 중심지는 누구나 인지하고 있으나 실질적인 기념관이나 공원 등이 조성되어 후손들에게 영구적으로 그 전통을 이어나가기 위해서 광주전남지역의 일부 문인단체가 광주전남이 문학의 뿌리 고장임을 알리는 활동을 꾸준히 벌려왔다. 문학은 정신적인 소산물이기 때문에 행사나 캠페인은 일시적일 수밖에 없다. 문학은 문학작품이 우수성으로 남는다. 광주전남의 대표적인 문인들의 문학작품과 그분들의 발자취를 기념할 수 있는 기념관을 세워서 실질적으로 광주전남이 문학의 메카로 선배 문인들의 정신을 기리는 장이 되는 날이 빨리 오기를 바랄 뿐이다.

따라서 조선 시대 우리 고장의 긍지를 심어줄 중요 인물로 재조명되어야 할 신숙주와 기대승의 시를 중심으로 광주전남 문인들의 활약상과 그 의미에 대해 탐색하고자 한다. 특히 최근 우리나라 유사 이래 우리 고장 출신의 작가 한강이 노벨문학상을 받게 된 것은 우연한 일이 아닐 것이다. 문학의 중심지라고 일컬을 수 있는 훌륭한 선배 문인들의 문학정신이 면면히 흐르고 있었기 때문에 가능한 일이었음이 여실히 증명되었다는 사실은 광주전남의 긍지가 아닐 수 없다.

2. 조선 시대 광주전남 문인들의 창작 활동 개관

고려 시대는 고려를 세운 왕건이 오랫동안 나주에서 활약한 까닭에 광주전남의 인물들이 중책을 맡아 정치, 사회, 문학예술 등 여러 분야에서 활약했다. 그 전통은 조선 시대에도 이어져 광주전남은 영산강을 중심으로 한 선비들의 풍류 문학으로 생활화되었고, 조선을 건국하는 데 태조 이성계를 도왔던 정도전이 나주에 귀양살이를 필두로 중앙의 선비들이 관직에 있다가 한양에서 거리가 멀고 도서지방이 많은 광주전남으로 유배를 왔거나 제주도로 유배 가는 도중 잠시 거쳐 가는 길목으로 유배문학의 산실이 되었다. 따라서 우리 고장 광주전남을 문학예술의 메카라고 해도 손색이 없을 정도로 수많은 문학작품과 예술작품이 우리 고장을 배경으로 창작되어왔다. 그 까닭은 광활한 평야와 강과 바다, 등 수려한 자연환경과 비옥한 농토가 있어 산해진미가 생산되었기 때문이었다.

정도전의 유배지는 회진현 소제동(나주시 다시면 운봉리 백동마을)이다. 이곳에 유배 와서 그는 마을풍경, 마을 사람들의 성격이나 인심을 기록한 "소재동기"를 남겼는데, 이는 『삼봉집』4권에 실려있다.

정도전은 정치·경제·사상 등의 분야뿐 아니라, 문학에 관한 관심과 조예도 깊었으며, 자신만의 문학관을 피력하기도 했는데. 오언五言 및 칠언고시七言古詩, 칠언절구七言絶句, 율시律詩, 소疏, 전箋, 기記, 설說 등 다양한 문학작품을 많이 남겼다. 나주 회진현에서 3년 동안 유배 생활을 하면서 남긴 문학작품에서는 삶에 대한 비애의 처절한 탄식, 이상과 현실과의 괴리에서 오는 갈등 의식, 부조리한 사회에 대한 비판의식, 비참하게 살아가는 백성들에 대한 위민의식을 드러냈고, 이들을 위한 개혁의식을 표출하였다.

그가 나주 회진현 소재동에 유배를 하러 간 이듬해(1376년)에 지은 오언율시 「촌거즉사村居卽事」에서 불안한 유배 생활에 조금씩 익숙해져 가는 모습과 현실 참여에의 의지를 다음과 노래하였다.

茅茨數間屋 잔디로 지붕 이은 두어 칸 집이
幽絶自無塵 그윽하고 외져서 먼지가 없네.
晝永看書懶 낮이 기니 글 보기 게을러지고
風淸岸幘頻 바람 맑으니 자주 이마를 드러낸다오.
靑山時入戶 푸른 산은 때없이 문에 들고

明月夜爲鄰 밝은 달은 밤이면 이웃이 되네.

偶此息煩慮 우연히 이곳에서 쉬게 된 거지

原非避世人 세상을 마다는 내 아니로세.[01]

　　조선 전기 광주전남의 대표문인 것으로 나주 금안동 출신 신숙주 ((1417~1475)는 15세기 세종, 세조, 성종조의 정치 외교문화 모든 면에 업적을 남긴 관료 문인이다. 실록의 졸기에는 정음에 이해가 깊고 한 어에 능통하고, 사대교린에 힘써서『해동제국기』,『보한재집』을 남겼다. 『보한재집』은 권1에 賦 6수, 권2-3에 오언절구 132제 218수, 권4-7에 칠 언절구 287제 605수, 권8에 오언율시 31제 47수, 권9에 칠언율시 44제 76수, 권10 에 오언고시 50제 52수, 권11에 칠언고시 26수, 권12 遼海篇 에 11수의 한시가 실려있다.

　　음운학자로 한글 창제에 지대한 공헌을 했고, 정치가로서 문인으로 발자취를 남겼는데도 편협된 역사관으로 정당한 평가를 받지 못한 인 물이다.

　　15세기 불우헌 정극인(1401-1487)은 태인에서 지은「상춘곡」은 호 남 사대부 가사의 효시로 자연을 벗 삼아 살아가는 멋을 살려냈으며, 고려의 경기체가의 형식과 단가와 장가의 중간 형태의「불우헌곡」으 로 영남지역까지 파급하는 효과를 가져왔다. 16세기에 이르러서는 매 계 조위(1454-1503)가 연산군 9년(1503) 순천으로 유배와 억울함과 임 을 그리는「만분가」를 지음으로써 유배가사의 첫 문을 열었다. 그 뒤를

01　정도전,『삼봉집』권2, 오언율시(五言律詩)

이어서 이서(1484-?)가 중종 15년(1520)에 담양으로 유배와 그곳에 정착하여 「낙지가」를 지었으며, 송강 정철(1536-1593)은 선조 21년(1588) 유배가사 「사미인곡」, 「속미인곡」을 창작하였다. 명종 10년(1555) 을묘왜변 때 양사준이 영암으로 내려와 왜적과 맞싸우며, 최초의 전쟁 가사 「남정가」를 필두로 최현의 「명월음」, 「용사음」으로 이어졌고, 이는 박인로의 「태평사」와 「선상탄」 등에 영향을 끼쳤다. 장흥 태생 백광홍 (1522-1556)은 명종 10년 평안도평사로 재직하면서 「관서별곡」을 지음으로써 최초 기행가사의 장을 열었다. 그 뒤를 이어 정철의 「관서별곡」과 이현의 「백상루별곡」에 영향을 미쳤다 이 무렵 송순(1493-1582)이 면앙정이라는 정자를 짓고 벗들과 풍류를 즐기면서 중종 28년 「면앙정가」와 시조 20여 수를 지었다.

이 무렵 면앙정과 소쇄원을 드나들며 송순과의 교류를 나누었던 성산가단의 시인으로는 김인후(장성), 양응정, 임진(나주), 기대승(장성), 고경명, 김덕령(광주), 김성원(담양), 임제(나주), 임형수, 박순, 정철, 김윤제, 이후백, 백광훈, 송익필 등이었다. 이밖에 강진의 김응정이 시조 8수를 짓고 매창이 시조 6수를 지었다. 그런데 중종 30년(1535)에 홍성이 고흥에 귀양 와서 지었다는 유배가사 「원분가」는 기록만 있을 뿐 그 원사가 아직껏 발굴되지 못한 채 있다.[02]

조선 중기의 도학자이며 문장가인 광주전남이 자랑스럽게 내세울 만한 최고 학자인 고봉高峯 기대승(奇大升; 1527~1572년)은 퇴계退溪

---

02 이상보, 「호남지역의 시가 문학 계보」, 『인문 사회과학연구』 1. 호남대학교 인문 사회과학연구소, 1994. P.205

와 8년간의 사칠이기논변四七理氣論辯을 통해 성리학을 더욱더 체계적이고 깊이 있게 이해할 수 있도록 하는데 공헌한 문인으로 면앙정俛仰亭 송순(宋純, 1493~1582)과 교류했으며, 449편 764수의 한시를 남겼다.

『芝峯類說』을 남긴 지봉 이수광(1569~1618)은 "근래 시인은 대부분 호남에서 나왔다."[03] 고 하여 '湖南 十傑'을 들었다. 중종 조를 전후하여 李胄와 金淨에 의해 타오른 學唐의 불꽃은 두 사람이 사화에 의해 뜻하지 않게 죽임을 당함으로써 기세가 다소 꺾인 듯하였다. 그러나 이후 그들을 대신하여 꺼져가는 學唐의 불을 다시 지핀 것은 박상이 선도했던 호남의 시인들이었다. 16세기 후반기로 들어와 당시풍이 특히 유행하였다. 林億齡, 朴淳과 李後白 등이 당시풍을 선도하였고 白光勳과 崔慶昌, 李達에게서 그 결실을 보았다.[04]

조선 중기 호남을 대표하는 시인 중 한 사람으로 손꼽는 옥봉 백광훈(1537~1582)은 조선 선조 때 장흥에서 태어났다. 송시宋詩의 풍조를 버리고 당시唐詩를 따르며 시풍을 혁신하였기 때문에 고죽 최경창, 손곡 이달과 함께 삼당시인三唐詩人으로 우리 고전문학사에 큰 발자취를 남긴 인물이다. 호남의 시단을 크게 본다면, 눌재 박 상(1474-1530)으로부터 시작하여 석천 임 악령(1496~1568)이 계승하고 옥봉에게서 그 꽃을 피웠다고 할 수 있다. 그는 한시 중에서도 그림을 보고 쓴 시 또는 그림에 직접 쓴 제화시를 11제題 21수首 남겼다. 제화시는 화면畵

---

03 李睟光, 『芝峯類說』 권14, 文章部, 7「試藝」.
04 김종서, 「16세기 湖南詩壇 詩의 自然스러움」, 『東洋漢文學研究』 第21輯. 2005. p.69.

面의 미감을 언어로 시각화 또는 청각화하여 그 아름다움을 극대화하는 시를 말하는데, 화가가 그림에서 미처 못다 펼친 뜻을 시인은 시어로 묘사하여 시의 여운과 미감으로 확장할 수 있는 장점이 있다. 그런 의미에서 제화시는 한시 중에서도 그 예술적 정취를 가장 잘 파악할 수 있는 문학 장르인데, 옥봉 백광훈의 제화시 형식은 오언절구(5제 16수), 칠언절구(3제 3수) 오언율시(1제 1수) 칠언고시(2제 2수) 등을 남겼다.

그가 남긴 제화시 중 김계수, 즉 김시의 8폭 그림에 쓴 오언절구 8수의 제화시 일곱 번째 수를 소개하면 다음과 같다.

> 古木葉已盡 고목에 잎들은 이미 지고
> 山前秋水空 산 앞에 가을 물은 맑네.
> 孤舟夜不棹 외로운 배 밤이라 노 젓지 않고
> 吹笛月明中 달 밝은 속에서 피리를 부네.[05]

『표해록』으로 알려진 나주 출생 崔溥(1454-1504)는 耽津人으로 자는 淵淵 호는 錦南이다. 금남 최부는 점필재의 문하로서 무오사화(1498) 때, 그의 집안에 점필재집이 있다는 이유로 고문을 받고 장형을 받은 뒤 단천에 유배되었다가 갑자사화(1504) 때 처형되었다. 금남은 호남인으로서 점필재의 학문을 직접 받아들여 이 고장 사림의 발흥에 크게 이바지한 첫 번째 세대로 평가받고 있다. 그 당시 점필재와 어깨

---

05 백광훈, 「題金季綏畫八幅 名禔」, 『옥봉시집』 上, 오언절구 8수 중 일곱 번째 수.

를 나란히 한 호남 선비로는 죽림 조수문인데 그는 담양 죽림서원에서 배향되고 있으며, 그의 아들 운곡 조호는 점필재의 문하로서 여충, 여심 등 문학으로 훌륭한 후손을 많이 배출했다. 안유-권부-이곡-정몽주-길재-김숙자-김종직-최부로 이어지는 학맥은 안유-권부-이곡-정몽주-길재-김숙자-김종직-김굉필로 이어지는 학맥과 함께 호남 사림의 깊이와 폭을 더하는데 크게 기여하였다.

호남의 사림은 대체로 김굉필, 최부, 송흠, 박상, 이항, 김안국 계열 등으로 나누는데 이를 자세히 들여다보면 박상을 제외한 모두가 김종직에서 비롯됨을 알 수 있다. 최부 계열은 주로 해남과 나주에서 활약한 인물들이다. 금남 학맥은 윤효정, 임우리, 류계린, 나질, 윤구, 윤항, 윤행, 윤복, 유성춘, 유희춘, 이중호, 정개청, 나사침(금남의 외손자), 나덕명 등 6 형제, 나위소 등으로 이어진다. 최부의 호남 학맥은 안유-권부-이곡-정몽주-길재-김숙자-김종직-최부(1454-1504)로 이어지는 사림의 정맥이었다. 그의 문하에서 배출된 사림들은 한국 유학사 상, 또는 한국문학사 상과 한국 의병사 등에서 뚜렷하게 족적을 남긴 인물들이 다수 배출되었다. 그의 문하들이 이룬 호남학에서의 문학적 성과는 낭만적 정서라는 풍류성과는 다른 차원의 세계를 열어보였다는 데서, 곧 계산풍유를 표방한 부류와는 시 세계를 달리 했다는 점에서 그 의의를 부여할 수 있겠다. 그의 사학, 문학, 경학 등 학문적 영향은 해남과 나주를 중심으로 호남학의 정립에 큰 기여를 하였는데 특히 문학에서는 17세기 중반까지(나위소: 1582-1666) 약 2세기 동안 그 전통이 활발히 이어져 나왔고, 그 이후에도 나경환(성암가장), 정석진(난파유고), 나윤후(금파집), 나도규 등으로 20세기까지 계승되면서 근현대

문학으로 이행되었다.[06]

白湖 林悌(1549~1587)는 나주 회진에서 태어난 조선은 물론 중국에까지 널리 알려진 시인으로 16세기 우리 문학사에 뚜렷한 자취를 남겼다. 우리 고장 광주전남이 자랑스럽게 내세울만한 최고의 인물이다. 그의 저서 「愁城誌」와 「花史」, 「元生夢遊錄」과 같은 작품들은 이 시기 우리 서사 문학사를 기술할 때 결코 빼놓을 수 없는 작품이며, 제주도 기행 시문집인 『남명소승南溟小乘』, 『謙齋遺藁』, 『管城旅史』, 『林白湖集』 4卷 2 등의 많은 저서가 있다.

나위소(1582~1666)는 「강호구가」를 지은 사람으로 지금의 나주시 영강동 택촌마을에서 태어나 인조1년(1623) 41세의 늦은 나이로 문과에 급제해서 30여년의 벼슬살이를 했다. 그가 69세 때 종2품의 경주 부윤을 끝으로 관직을 마감하고 고향으로 내려와 영산강이 바라보이는 언덕에 수운정岫雲亭이라는 정자를 지어 이곳에서 여생을 보냈다. 나위소의 「강호구가」는 "구九"라는 시제 명에 보듯, 이현보의 「어부가」를 모방해 지어진 것이다. 남인의 거두 윤선도와 같은 남인 계열이었는데, 나위소가 윤선도의 5년 선배였고로 서로 편지를 주고 받거나 서로 만나 회포를 풀기도 하는 등 두터운 친분 관계를 유지했다. 그가 낙향하여 1652년경 영산강 수운정 건립하고, 윤선도와 교유할 때에 나위소의 「강호구가」와 윤선도의 「어부사시사」가 창작되었다. 나위소의 「강호구가」는 다음과 같다.

---

06 최한선, 「영호남사림(嶺湖南士林)과 금남최부(錦南崔溥)」, 『한국시가문화연구(시가문화연구)』 27권, 한국시가문화학회 2011, 초록 전재

其一

어버이 나하셔날 님금이 먹이시니

나흔 德 먹인 恩을 다 갑곤랴 하였더니

조연條然이 칠십이 무니 할 일 업서 하노라

其二

어이 성은이야 망극할손 성은이다.

강호안노江湖安老도 분分밧긔 일이어든

하물며 두 아들 전성영양專城榮養은 또 어인고 하노라

其三

연하烟霞의 깁피 곧 병약이 효험效驗업서

강호에 바리연디(버려진 지) 십 년十年 밧기 되어세라

그러나 이제디 못 죽음도 긔 성은聖恩인가 하노라

其四

전나귀 밧비로리다 졈은 날 오신 손님

보리피 구즌 뫼여 찬물饌物이 아조 업다

아희야 비내여 띄워라 그물 노하 보리라

其五

달 밝고 바람 자니 물결이 비단 일다

단정短艇(자그만 배)을 빗기 노하 오락가락 하는 흥興을

백구白鷗(갈매기)야 하 즐겨 말아라 세상 알가 하노라

其六

모래 위에 자는 백구 한가할샤
강호풍취江湖風趣를 네 지닐지 내 지닐지
석양의 반범귀흥半帆歸興은 너도 나만 못하리라

其九

식록食祿을 그친 후後로 어조漁釣를 생애生涯하니
혬 없는 아이들은 괴롭다 하건마는
두어라 강호한적江湖閑適이 내 분分인가 하노라

- 나위소의 「강호구가」 전문

　18세기에 광주전남의 시인들로는 장흥의 위세직(1655-1721)이 「금
당별곡」, 위백규의 「자회가」, 「권학가」, 「합강정가」와 시조 9수를 남겼
고, 추자도로 유배 온 이진유는1669-1730)는 「속사미인곡」, 완도 신지
도로 귀양을 온 이광사1705-1777)의 「무인입춘축성가」, 강진으로 유
배온 이방익의 「홍리가」, 추자도로 유배 온 안조원의 「만언사」, 「만언
사답」, 「사부모가」, 「사백부가」, 「사자가」 등 유배가사를 남겼다.
　조선 후기 유배선비로는 다산 정약용(1762-1836)있다. 그는 강진 유
배지에서 많은 저술을 남겼다. 다산의 외가는 해남 윤씨이며 어머니는
국문학사를 공부할 때에 꼭 나오는 문인인 윤선도의 증손자인 윤두서
의 손녀이다. 18년 동안의 강진의 다산초당에서 귀양살이를 끝내고 고

향으로 돌아왔으며 저술 활동에 힘쓰며 여생을 보냈다. 이 무렵 정약용은 차 연구에서 선구적인 인물로 알려진 초의선사에게 한방의 구증구포九蒸九泡의 원리로 차를 달이고 농축해 장기간의 보존이 가능하도록 정약용이 우리나라에 제조방식을 전래한 떡차와 차를 만드는 법을 가르쳐주었다.

초의선사는 조선 정조 10년(1786) 전라남도 무안군에서 태어났으며, 아명은 우순宇恂, 자는 중부中孚였다고 한다. 15세 되는 순조 즉위년(1800)에 남평 운흥사에 들어가 승려가 되었으며, 1828년 지리산 칠불암에 머물면서 지은 차서茶書인 『다신전』과 『동다송』을 저술하였고, 『초의집』과 문집 『일지암시고』을 남겼다.

자연과 교감하면서 쓴 선시 「열수범주冽水泛舟」를 소개하면 다음과 같다.

斜日西馳雨散東 해는 서산으로 지고 동쪽으론 비가 흩지는데
詩囊茶椀小舟同 시주머니와 다구를 들고 작은 배 함께 탔네
雲開正滿天心月 구름이 걷히면서 둥근 달은 하늘에 떠오르고
夜靜微凉水面風 밤이 고요해지자 수면 위의 바람은 서늘하네
千里思歸何所有 먼 고향을 생각하게 하는 것은 무슨 일인가?
一身餘累竟難空 이 한 몸 남겨진 것 끝내 비우는 일 어려워라
誰知重疊靑山客 그 뉘라서 알리오? 첩첩 산중에 있는 스님이
來宿金波萬頃中 만경창파 이 강 가에 와서 쉬고 있을 줄이야.[07]

---

07 초의선사의 「冽水泛舟」 艸衣, 『一枝庵詩藁』

초의선사는 무안 태생으로 차와 관련된 저술과 선시를 남겼는데. 19
세기 무렵 광주전남의 시단은 실학사상의 영향으로 시가문학이 서민
층과 여성들에게까지 확장되었는데, 장흥 출신 이상계(1758-1822)의
「초당곡」, 「인일가」, 장성 출신 김상직(1750-1815)의 「사향곡」, 「계자사」,
천형복의 「사은가」 등이 있으며, 유배가사로는 진도 금갑도로 유배온
김이익(1743-1830)의 「금강중용도가」, 시조 「금강영언」 50수, 진도로
유배온 이세보(1832-1895)의 「상사별곡」과 시조 459수, 장흥의 이중전
의 「장한가」, 장성 반영구의 「낙민가화답」, 장성 기장연의 「형승가」, 「덕
평별곡」, 「농부가」, 「꽃타령」 등이 있다.

3. 보한재 신숙주의 문학 활동과 그 의미

1) 신숙주의 생애와 업적

신숙주(1417년~1475년)는 조선 초기의 문신으로 본관은 고령高靈,
자는 범옹泛翁, 호는 보한재保閑齋이며, 서거정이 '문헌지세가'라고 말했
을 정도로 명문가였다. 부친은 공조 참판을 지낸 신장申檣이고 모친은
지성주사를 지낸 정유鄭有의 딸로서 1417년 6월 20일 나주목 금안리
오룡동(현 전라남도 나주시 노안면 금안리 반송마을)에서 나주의 외
가 금안동에서 태어났다. 1438년(세종 20) 22세의 나이로 식년시 진사
시에 1등 1위(장원)로 급제하였으며 1439년 친시親試 문과에 을과 3위
로 급제하여 전농시직장典農寺直長을 시작으로 벼슬길에 올라 훗날 45
세라는 젊은 나이에 영의정까지 지냈다.

조선 전기의 대표적인 정치가이자 학자, 외교관으로 조선 세종에서 성종에 이르기까지 여러 왕대에 걸쳐 활약한 인물로, 세종대왕의 한글 창제에 깊이 관여하였고, 외교와 정치 분야에서 중요한 역할을 수행했다.

그의 업적으로는 첫째, 훈민정음 창제에 기여했다. 신숙주는 세종대왕의 명을 받아 훈민정음 창제 과정에 깊이 관여했는데, 그는 집현전에서 활동하며, 세종이 새로이 문자를 창제하려는 계획을 도왔고, 그 문자의 체계를 다듬고 보완하는 데 중요한 역할을 했다.

훈민정음은 백성들이 쉽게 배울 수 있는 문자로, 조선의 문화와 지식을 폭넓게 확산하는 데 중요한 역할을 했습니다. 신숙주는 이 훈민정음의 학문적 토대를 마련하는 데 있어서 정인지, 성삼문 등과 함께 중요한 역할을 담당했다.

둘째, 외교관으로 일본과의 외교에 큰 업적을 남겼다. 1443년(세종 25년), 신숙주는 쓰시마 섬과 계해약조를 맺는 중요한 임무를 수행했다. 쓰시마 섬은 일본의 중심지로 왜구가 조선 해안가를 침략하는 일이 빈번했는데, 이 문제를 신숙주가 일본과 외교적 협상을 통해 해결하고 조선의 해상 무역을 안정화하는 데 기여했다. 그는 일본과의 협상 과정에서 뛰어난 외교적 수완을 발휘했으며, 조선의 입장을 성공적으로 관철시켰는데, 이를 통해 조선과 일본 간의 외교 관계를 안정시키고 양국 간 무역의 기틀을 마련하였다.

셋째, 조선 정치의 중추적인 역할을 했다. 그는 조선 초기 성리학을 바탕으로 한 통치 체제를 강화하고, 국정을 안정적으로 운영하는 데 중요한 역할을 담당했으며, 특히 그는 문신으로서 정치적 균형을 유지하고, 조선의 여러 정책이 안정적으로 실행될 수 있도록 조언과 협력을 아끼지 않다. 세조의 집권 과정에서도 중요한 역할을 했으며, 세조가 단종을 폐위시키고 왕위에 오르는 과정에서 신숙주는 세조의 측근으로서 정치적 입지를 강화했는데, 이로 인해 그는 후대에 세조의 집권을 도운 인물로서 부정적인 평가를 받기도 했지만, 그의 정치적 기량과 능력은 여전히 인정받고 있다.

넷째, 다양한 저술 활동을 하는 등 학문적인 업적을 남겼다. 신숙주는 천재적인 두뇌를 가지고 학자로서도 뛰어난 재능을 보였다. 다양한 분야의 학문을 깊이 연구했고, 특히 중국어와 일본어에 능통하여 외교 활동에 있어서도 학문적 지식을 유감없이 발휘했다. 그의 저서로는 『해동제국기』가 유명하며, 이는 일본에 대한 자세한 보고서로, 조선시대 일본 연구에 중요한 기초 자료가 되고 있다. 이밖에도 신숙주는 『동국정운』, 『홍무정운훈역』, 『사성편고』 등 여러 학술 논문과 저서를 남겼으며, 집현전에서 연구하였으며, 『훈민정음(해례본)』를 편찬하는 등 집필한 다양한 학문적 업적을 통해 후대 학자들에게 큰 영향을 끼쳤다.

이와같이 신숙주가 한글창제에 음운학자로서 수십차례 중국을 오가며 노력한 결과 우리 글자 한글이 완성되어 최근에서 한류바람이 거세게 세계 여러 나라를 휩쓸고 있다. 그 영향으로 독창적인 글자 한글의 우수성을 인지하고 세계 각국의 국민들이 한글을 배우겠다는 사람이 늘어나고 있다. 심지어는 한글을 자기나라 언어로 채택하는 나라까지 생겨나는 등 한글의 세계화가 이루어지고 있다.

신숙주가 훈민정음 창제에 기여한 점, 특히 그의 외교적 업적은 조선의 대외 관계를 안정시키고, 조선의 국익을 보호하는 데 중요한 역할을 했으며, 학자로서 다방면에 걸쳐 활동하며, 조선의 학문적 발전에 크게 기여한 점, 그리고 조선 초기 국정을 안정적으로 이끌어간 중심인물로서 그의 정치적 기여도와 그의 정치적 역할 또한 세종과 세조 시대에 중요한 기여를 하였다는 점 등 정치가, 외교가, 학자로써 천재성을 발휘한 업적이 많은데에도 정당한 평가와 대접을 받지 못한 점이 아쉽다.

따라서 신숙주가 태어난 우리 고장 사람들까지 단종 복위 운동에 반대하고 세조의 집권을 도왔다는 점에서 일부 역사학자들과 후대 인물들로부터 배신자라고 규정하는 편협한 역사의식을 맹목적으로 동조하는 등 부정적인 평가는 불식되어야 할 것이고, 늦게나마 역사적인 굴절된 시각이나 편견없이 정당하게 재평가되고 대접을 받아야 마땅할 것이다.

2) 신숙주의 문학적 특질

신숙주의 『保閑齊集』에는 운문 564제, 산문 65제가 수록되어 있는데, 이 시기에 활동한 동료 집현전 학사과 비교해 가장 많은 작품을 남겼다. 조선 초기 권근, 정도전에서 15세기 후반, 16세기로 이어지는 한시사의 흐름을 밝히는데 기여할 수 있는 풍성한 자료들이다. 그의 시는 조선 초기 관각문학館閣文學의 전범을 보여준다. 관각문학이라는 말은 조선시대 관각인 홍문관弘文館·예문관藝文館에서 임금의 말이나 외교 업무에서 사용하는 말을 옮겨 적을 때 사용하는 한문 문장을 가리키는데, 일반적으로는 '관각문館閣文' 또는 '관각문자館閣文字'라 하였는데, 이때의 '문자' 역시 문자로 이루어지는 행위를 뜻하는 것이므로 그 개념은 '문장'에 가깝다. 그리고 관각에서 이루어지는 문자 행위뿐만 아니라 관각풍을 띠고 있는 문학 작품을 포괄한다. 이때의 '문학'이라는 말은 문文과 학學의 두 가지 뜻을 가지고 있는 것이므로 오늘날의 '문학'과 일치하지 않는 부분이 많은 문학으로 시보다는 문에 역점이 주어지며, 관각에서 애용하는 문체를 특히 '관각체'라 부르기도 한다. 그리고 신숙주의 한시 중에서 가장 큰 비중을 차지하는 것은 벗들과 주고 받은 수창시가 특징이다. 그의 시는 주로 늙어감을 탄식하거나 벗과의 교류하며 나누는 정, 벼슬살이를 길의 고달픔과 같은 개인적인 서정을 노래하는 시들이 많은데, 그의 세계를 개략적으로 살펴보면 다음과 같다.

첫째. 정변의 상흔과 시어를 구사해 허무감을 노래했다. 정변과 관련한 신숙주의 내면 심리가 드러나는 시이다.

〈次洪日休游津寬洞後贐金浩生詩卷詩韻〉
하루 동안 세속 생각 세상 밖에 펼치니
하늘가의 삼각산은 푸르름을 보내오네
마음 아픈 옛날의 일 아는 이 없는데
말 위에서 시 엮으며 느릿느릿 돌아오네
一日塵懷物外開三山天際送青來
傷心舊事無人識馬上聯詩緩緩回[08]

---

08   申叔舟, 『保閑齋集』권6, PP. 47~48.

이 시는 1463년 홍일동, 이석형, 김호생, 일암 등과 진관사를 방문하고 쓴 것이다. 진관사는 20여 년 전인 1442년, 이석형, 박팽년, 하위지, 성삼문 등과 사가독서 하던 곳으로 앞의 두 구에서 시인은 도성을 벗어나 명승지에서 누리는 유쾌함을 묘사한다. 그런데 즐거움이 고조될수록 한편으로 마음이 무거워진다. 그가 즐겨 사용한 시어들은 離懷(離思, 離愁), 茫茫, 落落, 寂寂, 冉冉, 功名, 功名欺世欺世浮名, 虛名, 浮生, 軒冕浮名軒冕雲浮, 保閑, 勳業(大勳, 勳名), 勳業雅懷, 急流勇退, 世事紛紛紛紛時世 등이다. 분망한 관직 생활, 功業의 성취와 성취의 삶에 따르는 개인적 情懷와 관련된 것들이다. 이들 시어는 당대 권력의 정점에 있던 관료문인의 삶을 반영한 것으로 다른 시인의 작품에서도 보인다. 그런데 등장 맥락이나 구사 방식, 빈도를 보면, 신숙주의 어떤 의도가 개입된 것이 아닌가 하는 생각을 하게 된다. 앞서 선명한 의미로 등장했던 시어인 '紛紛'과 '悠悠'를 예로 들기로 한다.[09]

둘째, 위국애민의 양상과 자긍심을 노래했다. 보한재는 박학한 학문을 바탕으로 절제와 중용의 처신이 몸에 밴 인물이다. 그의 학문은 정사를 통해 백성들에게 은택이 돌아갔고, 외교와 국방의 일도 그의 손을 거쳐 안정되었다. 모든 것은 평소 학구적이며, 진지하게 준비하는 그의 태도에서 비롯되었다.[10]

---

09   艸衣, 『一枝庵詩藁』P.112.
10   김영수, 「申叔舟의 爲國愛民 樣相과 漢詩 硏究」, 『東洋學』 第68輯, 檀國大學校 東洋學硏究院, 2017. p.15.

爲吏莫如廉與平 관리에겐 청렴과 공평보다 더 중요한 것 없다네
從古政成無異事 예로부터 훌륭한 정치 이룸은 다른 일이 아니니
烹鮮不過順民情 다스림이란 백성들의 뜻에 따르는 것에 불과하다네

위 시는 종제 설영조가 먼 지방의 수령으로 발령이 났을 때에 축하
와 함께 부탁을 전하는 시다. 청렴과 공평은 평소 그가 말하는 '청백자
수'와 같다. 다스림의 요체를 '순민정'이란 말로 정의한 보한재의 감각이
돋보인다. 신용호는 "이 시에서는 수령은 백성을 위해 존재하는 것이라
는 민본사상을 일깨워주고 있다.[11]

셋째, 공업에 대한 회의와 인생에 대한 허무감을 노래했다. 보한재는
특히 모든 분야에서 탁월한 능력을 발휘하면서 애쓴 인물이기에 물러
가 한적하게 지내고 싶은 욕구가 강했다.

「陽德途中偶吟」(『保閑齋集』 권10, 五言古詩)
前年一齒落 작년에 이 하나 빠지더니
今年一鬚白 금년엔 수염 한 올이 세는구나
固知老不免 진실로 늙음을 면치 못할 것을 알겠으나
奈此便相迫 이것이 닥쳐옴을 어찌할거나
役役猶未休 애써 일하며 아직도 쉬지 못하니
萬里事劍戟 만리 밖에서 무공을 일삼네
功業無足取 공업은 족히 취할 만한 게 없고

---

11 申用浩, 「보한재의 문학세계」, 『한문학과 한문교육』(상), 보고사, 2004, p.593.

虛名亦已極 허명도 이미 지극하니

庶幾謝簪紱 바라건대 벼슬에서 물러나

歸來保迂拙 돌아가 어리석은 성품을 보존하기를

신숙주는 정상에 올라 부귀영화도 누렸고, 두 아들이 자신보다 먼저 죽었으며, 만년에 세조의 총애가 의심으로 돌변하고, 뭇 신하들의 시기와 질시로 인해 그는 한명회와 함께 대표적인 '專擅의 신하'로 몰린다. 정상에 오르면 아랫 사람들은 끌어내리기에 힘쓰고, 임금은 새로운 신하를 가까이 하기 마련이다. 이때의 시는 몸은 늙고, 공업은 의미가 없으며, 자신을 돌아보는 것이 주된 주제였다. 조동일은 "陽德途中偶吟」같은 오언고시에서는 돌아가 쉬고 싶은 심정을 나타냈는데, 작자의 처지를 생각해 본다면 납득할 수 있는 술회이다."[12]

신무식은 보한재의 시세계를 1. 우국의 정, 2. 서정의 세계, 3. 친교의 시심으로 분류하여 살피고, 보한재는 '비판과 저항의식을 배제하고 順命意識대로 살다 간 현실참여주의자이며, 이는 당시의 정세로 보아 당연히 취할 수 밖에 없는 시대의식'으로 보았다.[13]

넷째, 유미주의적이고 서정적인 자아의식을 가지고 자족적인 세계와 충만한 자긍심을 노래했다. 안평대군과 교유하면서 대군의 유미주의적인 경향에 많은 영향받아 그 역시 유미주의적이고 서정적인 자아의식을 표출하는 시를 썼다.

---

12 조동일, 『한국문학통사』 2, 지식산업사, 1983, p.349.

13 申茂植, 「보한재 신숙주의 한시 연구」, 단국대 교육학석사논문, 1993, p.65.

春深始綻黃金姿(춘심시탄황금자) 봄이 깊어서야 비로소 터진 황금 자태여

繞架長條浥露垂(요가장조읍로수) 꽃 시렁을 감싼 긴 가지는 이슬에 젖어 드리웠네.

無賴狂風來取次(무뢰광풍래취차) 미친바람을 탓할 수야 없지만 철 따라 불어와

羅帷繡幕謾離披(라유수막만리피) 비단 휘장 같은 꽃가지를 교활하게 헤쳐 흩트리는구나

    – 신숙주의 「*滿架薔薇*(만가장미)」-꽃 시렁에 가득 핀 장미

이 시는 제비해당사십팔영중에 여섯 번째 작품이다. 匪懈堂(비해당)은 세종의 셋째 아들 안평대군(1418-1453)의 號이다. 안평대군이 먼저 7언율시를 창하면 태허정〔최항의 호〕이 차운하였으며, 신숙주 등 8명의 學士들은 5-7언 율이나 절구로 화답하였다.

신숙주는 이 시에서 화려한 장미의 모습을 다양하게 묘사하여 유미주의적이고 서정적인 자아의식을 표출한다. 이 유미주의적인 경향은 황금빛 자태와 비단 휘장, 수놓은 장막 등의 호화로운 사물들의 등장시켜 표현함으로써 사대부적인 취향을 여실히 드러냈다. 후반부에 노란 장미가 사나운 광풍으로 이리저리 흩날리는 모습을 포착함으로써 아름다움에 부서져버린 상황에 대한 애상적인 감정을 표출하고 있다. 삶의 현장에서 표출되는 정서를 직접적으로 드러내지 않고 슬픔의 정서 자체를 인위적으로 조장한다. 오직 아름다움을 탐닉하려는 이러한 감상주의적인 태도는 이 시가 유미주의적 경향으로 표출되어 나타난 것이다.

우리나라에서는 언제부터 이꽃을 금전화라고 했는지는 알 수가 없다. 다만 조선 초기 안평대군의 〈비해당사십팔영〉 중에 금전화의 이름이 있는 것을 보면, 그 유래가 퍽 오랜 것을 알 수 있겠다. 신숙주가 안평대군에게 올린 시 「금전화」는 다음과 같다.

金錢箇箇弄秋風 동글동글 금동전이 가을바람에 흔들리니
鎔鑄都因造化功 주조해 만들어낸 것 모두 조화의 공일세.
安得栽培遍天下 어찌하면 온 천하에 두루 재배 하여
憑渠一一濟貧窮 그것으로 가난한 이들을 하나하나 구제할 수 있을까.

이 시는 「금전화金錢花」 꽃의 이름을 금전(동전)로 치환한 시다. 꽃 대신 금전으로 치환하여 동전이 가을 바람에 흔들이는 장면으로 그려놓았다. 이 금전은 사람이 만들어낸 것이 아니라 천지의 조화에 의해 주조해놓은 것이라는 표현은 자연 속에 꽃이 스스로 피어났음을 암시함은 물론 인간의 물욕에 의해 물든 재화가 아니라는 것을 뜻한다. 이 금전을 온 천하에 재배하여 가난한 백성들을 하나하나 구제해주고 싶다는 자신의 이상을 밝히고 있다. 따라서 시인은 귀족적이고 향락적이기 보다는 시를 통해 자신이 꿈꾸어온 이상을 실현해보고자 한다. 비록 유미주의적 궁정체의 시를 쓰면서도 경세의지를 표출하는 등 개성적인 시를 창작했다는 점에서 집현전 학자들의 경세제민의 이상을 엿볼 수 있는 것이다.

「금전화金錢花」 라는 꽃은 국화과의 여러해살이풀 금불초金佛草인데, 그 이름은 '황금부처 꽃'이라는 의미로 금불화金佛花라고 하여 금물을 입혀 놓은 불상처럼 꽃이 샛노랗다. 꽃의 특징은 꽃모양의 아름다울뿐만 아니라 낮에 피었다가 밤에 짐으로써 자오화子午花라는 별명이 있다. '자오'의 '자'는 자정이란 말이요, '오'는 정오란 말로 자오화라 함은 이 꽃이 낮에 피어서 밤에 진다는 의미이다.

당나라 백거이白居易의 시에 "삼추의 풍경을 능히 사겠네能買三秋景"고 한 구절이 있고, 소동파의 시에도 "금전화의 빛깔이 가을 곁일세金錢色傍秋"라고 한 구절이 있는 것을 보면, 이 꽃이 일찍부터 당송의 대시인에게 사랑을 받았던 것을 알 수 있다. 그 당시에도 이미 금전화라고 불렸던 모양이었다.

다섯째, 그가 남긴 교유시를 통해 교유하는 사람과 주고받는 수많은 수창시를 보면 인간관계의 폭이 넓었음을 알 수 있고, 진솔한 내면의식을 알 수 있다. 신숙주는 초년에 주로 성삼문, 백팽년, 하위지 등의 집현전 학사와 교유하였고, 중년 이후에는 권람, 한명회 등 계유정난의 중심인물과 교유하였다. 그 중에서도 신숙주는 성삼문과 많은 시를 주고받았는데, 운서를 질문하기 위한 내용과 수창시에 다량의 두보 차운시가 포함되어 있는 것으로 보아 세종의 어문정책 실무자로서 성삼문과 깊은 교유하는 관학의 적통으로서의 교유시를 남겼다. 그리고 한명회, 권람 등과의 교유시, 시문에 조예가 깊은 진관사의 임암스님과의 오랜동안 교유하면서, 일암을 통해 말년에 강희안 형제, 서거정 등과 시문을 주고 받는 폭 넓은 인간관계로 수많은 교유시를 남겼다. 일암과 주고받은 수창시 현편을 소개하면 다음과 같다.

「一菴專師가 楓岳으로 가는 것을 보내며送一菴專師遊楓岳」昔與聯詩覆鼎

山 옛날 복정산에서 더불어 聯句(한시의 댓구)지을 때

松風萬壑夜將闌 솔바람이 온 골짜기에 밤새도록 끊이지 않았지.

當時坐客無餘予 그때 앉았던 손들은 나만 빼고 없으니

十六年光彈指間[14] 16년 세월이 손가락 사이에서 튕겨나간 듯.

　일암과 수창시를 주고 받았다가 잠시 잠잠해지더니 1457년에 일암
이 금강산으로 떠날 무렵부터 빈번하게 일임과의 수창시를 남겼는데,
배웅하며 지은 4수 가운데 첫 번째시이다. 1,2구는 진관사에서 젊은 문
사들이 한시의 댓구를 지을 때를 회상하고 있으며, 후반부는 그때의
문인 중에 자신만 남았다는 것과 16년 세월이 순식간에 지나갔다는
사실을 말하였다. 신숙주와 일암의 젊은 시절 교유관계를 회고하는 것
으로 보아 일암과 신숙주의 교유가 오랫동안 지속했음알 수 있으며 신
숙주의 심적 고통을 일깨우는 존재였다는 사실이 밝혀진다. 이후 신숙
주는 일암과 각별히 지냈는데, 일암이 도성에 올 때마다 자주 신숙주
를 방문하였고 그때마다 그들은 시로서 회포를 풀었다. 특히 신숙주는
일암을 매개로 강희안(1417~1464) 강희맹(1424~1483) 형제, 서거정
(1420~1488)과 가깝게 지냈다.
　여섯째, 신숙주는 화가들과 그림에 덧붙이는 제화시에 중국역사 인
물을 평한 인물시와 이념적, 이상적 가치에 대한 주관적 감상과 의론
을 전개하는 등 수많은 제화시를 남겼다.
　신숙주의 인물 제화시의 대상으로는 하간왕, 장량, 제갈량, 모용각,

14　保閑齋集 권4. 七言小詩

우문헌, 송겨으 곽자의, 이항, 악비, 문천상, 유수부 등 한·남북조·남송의 인물들이 고루 섞여 있다. 그의 제화시의 특징은 그림 자체에 대한 묘사는 없고 그림 속 인물에 대한 평설을 다룬 내용들이 대부분이다. 이것으로 보아 그의 제화시는 15세기에 거세게 불어 닥친 회화의 공리성, 경계의 기능에 대한 인식이 확대되는 풍토와 맥락을 함께 하고 있다. 그림에 대한 묘사와 시인의 이상적 가치와 논평을 위주와 說理性이 강하게 나타났던 15세기 한시의 성격의 새로운 측면을 보여주는데 이러한 의론화 경향은 조선 전기 한시가 화려한 문학적 기교가 강조되고 내용도 결여됐다는 부정적인 평가에 대해 논란의 여지를 남겨놓고 있다.

「題古畵屛十二絶」
稚泰博浪爲韓仇(치진박랑위한구) 한나라의 원수를 갚고자 진시왕을 저격했고
手揣乾坤借筯籌(수췌건차곤근주) 손으로 세상을 주무르며 젓가락 빌려 계책을 알려주었네.
赤松四皓終何用(적송사허종하용) 적송자 상산 사호가 끝내 무슨 소용있는가
黃石同歸士一丘[15] (호석동귀사일구) 누런 들과 함께 일개 흙무덤으로 돌아갔구나.

---

15 「題古畵屛十二絶」,『保閑齋集』권7. p.60.

장량의 그림에 부친 제화시다. 장량은 한나라의 재상이며 책략가로 소하, 한신과 더불어 한나라를 건국한 3걸 중 한 사람이다. 그는 유방을 도와 진나라를 멸망시켰고, 한나라를 건국했으며, 한나라의 기틀을 마련하는데 공헌한 인물이다. 기원전 206년 진나라가 완전히 멸망하고, 기원전 202년 유방이 한 고조로 즉위했을 때, 장량이 유방을 도와 한漢나라를 건국하는 데 일생을 바친 까닭은 오직 조국 한韓나라를 멸망시킨 진시황제에 대한 복수였다고 한다.

　　신숙주의 장량의 제화시는 장량의 행적 중에서 고국 한나라의 원수를 갚기 위해 진시황을 저격하려 했던 일과 몸이 허약했던 장량이 장막 안에서 천하를 평정할 책략을 세웠던 점, 한 고조에게 젓가락으로 여덟 가지 계책을 조목조목 설명한 것을 1-2구에 압축했다.

　　세속의 일을 모두 잊어버리고 적송자를 따라 고고하게 살겠다고 다짐해놓고서는 도가의 양생술을 행하며 말년을 보냈다. 3-4구는 그러한 장량의 선택을 비판하고 있는 것이다. 특히 장량은 『태공비법』을 전수받은 노인의 예견대로 황석을 가지고 와서 제사를 지냈으며 끝내 황석과 함께 묻혔다. 신숙주는 장량이 뛰어난 책략가로 세상을 좌지우지했지만 신선방중술에 빠져 신선도 못되고 돌과 함께 묻혔다는 사실을 비판하는 것이다.

　　신숙주의 제화시가 의론화 경향으로 흐르게 된 까닭은 과거 역사에 대한 성찰을 현재의 정치적인 자기 삶을 뒤돌아보며, 문학의 현실적인 효용성을 충실하게 수행한 결과일 것이다.

3) 보한재 신숙주의 문학 활동과 그 의미

보한재 신숙주의 문학 활동은 조선 시대 전기의 한시 특성을 개략적으로 드러내는 지표로서의 역할을 하고 있음을 알 수 있다. 정치적 격변기의 상황과 집현전 학사들과의 정치적 노선을 달리함으로서 편협한 역사의식에 의해 그의 문학적 업적이 묻혀버렸으나 최근에 한류 바람을 타고 한글의 세계화가 이루어짐으로써 한글을 창제하는데 음운학자로서 지대한 역할을 했다는 점과 당시의 여러 문인들과 교류한 교유시, 수창시에서 그의 인간적인 고뇌와 관직에 대한 허무의식 등을 엿볼 수 있다. 그럼에도 관심이 많아 제화시를 통해 중국의 인물들의 끌어와 비판적인 관점에서 묘사하고 진술하는 등 천재적인 문학적 기량을 발휘하고 있음을 알 수 있다.

어린 시절 금성산 자락의 나주 금안동에서 태어나 고향을 그리워했으며 편협한 역사의식으로 광주전남에서조차 매도되어 한글창제의 공적이 묻혀버린 감이 없지 않다. 따라서 신숙주의 재평가 작업이 활발하게 전개되어 한글의 세계화 바람에 편승하여 광주전남의 자랑스런 인물로 위상을 재정립하는 게 마땅할 것이다.

4. 고봉 기대승의 문학 활동과 그 의미

1) 고봉 기대승의 생애와 업적

1527년 11월 18일 한성부 청파 만리현(현. 서울특별시 마포구 공덕동)에서 아버지 기진(1487~1555)과 어머니 진주 강씨 강영수姜永壽의

딸(1501~1534) 사이에서 차남으로 태어났다. 아버지 기진은 어머니 숙인 김씨가 1528년에 돌아가시자 1530년(중종 25) 3년상을 마치자, 아들 3형제와 가솔들을 데리고 부인 강씨의 고향인 영광군 인근 광주 고룡리 금정 마을로 이사하였다.

가대승은 어린 6세 때부터 언행이 어른처럼 무게있게 행동하였으며, 7세 때부터 1533년 가정에서 학업을 시작하였다. 8세가 되던 1534년 어머니 진주 강씨가 돌아가시자 애통해하며 3년상을 치뤘다. 10세가 되던 1536년 부친 물재공을 따라 산사山寺에서 글을 읽고 글씨를 익혔다. 11세 때인 1537년 마을 서당에서 스승 김공집金公緝 밑에서 글을 배웠는데, 너무 총명했고, 두뇌가 명석하여 서당에서 배우는 글을 모두 통달했다. 나주의 김집金緝이 기대승이 육갑과 오행성쇠의 이치를 훤히 알고 있음에 탄복하였으며, 15세인 1541년 늦은 봄 『서경부』西京賦 130구를 지어 주위 사람들을 놀라게 하였으며, 이 글을 본 용산 정희렴鄭希濂이 극찬하였다.

1549년(명종 4) 23세에 식년시 생원·진사 양시에 합격하여 그 명성이 사림에 알려졌으며, 그의 문장을 필적할 사람이 없었을 정도였다. 1554년 가을에 동당향시東堂鄕試의 시험에서 장원, 1558년 식년시 문과 을과 급제하여 권지승문원부정자에 제수, 1565년 병조좌랑, 성균관 직강, 이조정랑·지제교에 제수, 1566년 사헌부 지평, 홍문관 교리, 사간원 헌납, 의정부 검상에 제수되고, 의정부 사인으로 승진하였다. 1567년 의정부 사인舍人으로 원접사 종사관, 사헌부 장령, 의정부 사인, 홍문관 응교, 홍문관 전한 겸 예문관 응교, 1568년 승정원 동부승지에 제수되었으나 병으로 사임하였다. 1569년 대사간, 좌승지, 성균관 대사성에 제수되었으나, 을사위훈 논란으로 물러났다.1570년 2월에 대신들에게 허물을 입었다 하여 사직하고 귀향했다.

고봉 奇大升(1527~1572)은 한국 지성사에서 이퇴계 선생과 토론을 벌릴 정도로 실력을 갖춘 학자였다. 31세에 주자대전을 발췌하여 『주자문록』(3권)을 편찬하는 등 주자학에 일가를 이루었고, 32세에는 이황의 제자가 되어 그와 12년 동안 서한을 주고받으며 논쟁을 이어갔다. 주로 문학은 정희렴과 송순으로부터, 경학은 이항(1499~1576)의 영향을 받았다. 이밖에도 김공집, 김인후, 정지운, 노수신, 양응정 등을 스승으로 모셨다. 그러나 그의 대단한 명성에도 불구하고 문인들에 대한 자료는 풍성하지않는 까닭은 46세의 짧은 나이로 세상을 떠났기 때문이었다.

기대승은 정몽주鄭夢周·길재吉再·김숙자金叔滋·김종직金宗直·김굉필金宏弼·정여창鄭汝昌·조광조趙光祖·이언적李彦迪·기준 등으로 이어지는 학통을 계승하고 있다. 그의 주자학설 가운데 중요한 위치를 점하는 사단칠정론은 이황·정지운·이항 등과의 논쟁을 통하여 체계가 이루어졌다. 그는 이황과 정지운의 이기이원론이 지나치게 〈주자어류〉와 운봉호씨설에만 근거한 것이라고 비판했다.[16]

기대승은 면앙정 송순과의 만남을 통해 18세 때부터 호남의 풍류문학을 익혔다. 퇴계와의 만남은 32세 때부터였으며, 주로 학문을 배우는 입장이었다. 그는 짧은 46세라는 생애동안 449편 764수의 한시를 남겼다.

---

16 https://100.daum.net/encyclopedia/view/b03g0797b

고봉 기대승의 업적은 조선 유학의 전개에 커다란 영향을 미친 주자학자로써 지치주의적 이념으로 왕도정치를 펼치려 했으며, 그의 주자학설 가운데 중요한 위치를 점하는 사단칠정론은 이황·정지운·이항 등과의 논쟁을 통하여 체계가 이루어졌다. 그는 조광조의 지치주의 사상을 이어받아, 전제주의 정치를 배격하고 민의에 따르고 민리를 쫓는 유교주의적 민본정치·왕도정치를 이상으로 삼았다. 1558년 이황과의 만남은 사상 형성의 커다란 계기가 되었다. 그뒤 이황과 13년 동안 학문과 처세에 관한 편지를 주고받았다. 그 가운데 1559년에서 1566년까지 8년 동안에 이루어진 사칠논변은 조선유학사상 깊은 영향을 끼친 논쟁을 벌렸다.[17] 퇴계는 자기 문하의 수많은 제자가 있음에도 기대승을 통유로 인정했다. 통유한 학문의 최고의 경지에 이른 사람을 일컫는 말이다.

고봉 기대승이 남긴 저술에는 〈주자문록朱子文錄〉이 있다. 1557년(명종 12) 고봉이 31세에 정리를 마친 방대한 100여 권『주자대전』과 『고봉집』 등을 남겼다.

2) 고봉 기대승의 문학적 특질

고봉 기대승은 설리시(設理詩)를 주로 썼다. 설리시란 송나라 때 성리학의 영향으로 유행하였던 시인데. 12세기 남송 시대 주희가 집대성한 주자학, 세계를 이理와 기氣의 상즉相卽으로 보아, 기를 형이하形而下의 실재라고 보고 이것과 상즉인 이理는 만물의 생성을 관장하는 근본

---

17   다음백과사전, 기대승 편

인根本因 또는 질서인秩序因으로서 객관화시켰다. 이러한 이理는 인간에게는 본연의 성性으로서 만인에게 구비되어 있는데, 인간은 기를 통하여 구체적 실재가 되기 때문에 그 구체적인 성性은 기질의 성性에 지나지 않는다. 기질의 성은 그것이 혼탁한 정도에 따라 개별적 차이가 생긴다. 사람은 내관적內觀的인 수양, 즉 '거경'居敬을 통해 기질의 혼탁을 극복하고 보편적인 본연의 성에 이를 수 있다. 결국 세상을 '이와 기'로 파악한 것이 주자학의 핵심이다.

이러한 사상을 바탕으로 풍경이나 사물을 묘사하는 것처럼 보이나 사실은 자신의 깨달음을 표현한 시가 설리시說理詩이다.

첫째, 기대승의 설리시에는 중국의 공자, 맹자를 비롯한 성현들의 道心을 노래했다. 성현들의 도심道心을 상기하는 설리시 한 편을 소개하면 다음과 같다.

讀書
讀書求見古人心(독서구견고인심) 글 읽을 때는 옛사람의 마음을 보아야 하니
反覆唯應着意深(반복유응착의심) 반복하며 마음을 깊이 붙여 읽어야 하느니라.
見得心來須體認(견득심래수체인) 보고 얻음 마음에 들어오면 반드시 체험해야 하며
莫將言語費推尋(막장언어비추심) 언어만 가지고서 추리하여 찾으려 하지 말라.

독서는 책의 내용을 숙독해야 마땅할 것이다. 첫구에서 고봉 기대승은 성현의 글을 일고 성현의 마음과 합치가 가능해진다는 점에서 독서 방법의 중요성을 일깨우고 있다. 승구承句에 이르러 고봉은 자신이 깨달은 독서의 방법에 대해 구체적으로 진술하고 있는데, 그 방법은 책을 여러 번 되풀이 읽으면서 글의 숨은 뜻이 무엇인지 파악하여야 독서의 진수를 음미할 수 있다는 것이다. 이처럼 전구轉句와 결구結句에 나타난 고봉 기대승의 독서 태도는 책 속에 들어 있는 성현의 말씀을 암기하는 것이 중요한 것이 아니라 성현의 말씀을 스스로 실천하면서 체득한 공부가 더 중요하다고 말하고 있다.

둘째, 안분지족의 마음을 담아냈다. 안분지족安分知足의 이치를 실천하며 겸허하게 생활하는 청빈한 선비의 생활 모습을 그대로 진술하고 있다. 그의 시 「知足不辱」(만족함을 알면 욕됨이 없음)에서처럼 고봉 기대승은 안빈낙도安貧樂道의 경지를 실현한 안회顔回의 정신을 닮고자 한다. 나물밥을 먹으며 마의麻衣를 입고, 봄가을을 보내는 모습을 통해 지족知足의 이치의 삶을 살아온 고봉의 안빈낙도의 자세를 알 수 있다. 영욕榮辱으로 살아가는 속인俗人들은 도저히 도달할 수 없는 것이 바로 군자의 초연한 삶임을 보여주며 시를 통해 안분지족의 마을 담아냈다. 고봉이 평소 유학자다운 생활 태도가 드러나는 그의 시 「老儒」(늙어가는 선비)를 소개하면 다음과 같다.

老儒 늙어가는 선비
山林白首意酸寒 산림에서 백발로 사니 세상맛이 시고 찬데
鏡裏衰顔已減丹 거울 속의 쇠한 얼굴 붉은 빛이 줄었네.

薄畝揮鋤雖作苦 척박한 땅 호미질에 몸은 비록 고달프나

茅軒容膝可占安 조그마한 띳집에서 편안함을 누린다오.

唐虞世去遊心遠 요순堯舜 세상 가 버리니 노닐 마음 멀어지고

周孔人亡行路難 주공周公 공자孔子 떠났으니 길 가기가 어렵구나.

歲暮窮城還自喜 해 저문 궁성에 도리어 절로 기쁘니

不求肥馬挾金丸[18] 금환 끼고 살진 말 타기를 원치 않네.

이 시에서 고봉이 평소 생각하는 바람직한 유학자儒學者의 모습이 드러난다. 시제詩題로 한 노유老儒는 안분지족安分知足을 실천하는 유학자儒學者의 모경(暮境 : 해가 질 무렵의 경치)을 형상화한 것이다. 이 시는 고봉이 꿈꾸어왔던 노유老儒의 삶을 있는 그대로 묘사한 것이 특징이다.

함련(頷聯 : 한시 율시에서, 제3구와 제4구를 이르는 말)에서 보이는 바와 같이 늙어가는 선비의 자연과 벗삼아 살아가는 생활이란 것은 쇠약해지는 몸으로 손수 밭 갈고 경작하는 수고가 있어야 하는 것이지만, 조그만 띳집에 사는 것만으로도 만족하며 편안한 마음으로 생활하는 자세에 가치를 두고 있음을 알 수 있다. 이렇게 함으로써 고봉 기대승은 안분지족安分知足의 가치가 중요하다는 것을 일깨우고 있다.

경련(頸聯 : 율시에서 함련 다음의 두 구를 말함)에서는 요순堯舜의 시대 같은 세상이 돌아오지 않는 현실에서 주공周公과 공자孔子의 가르

---

18 기대승, 『高峯全書』, 「續集」卷1, 〈老儒〉.

침에 따라 살아가기가 매우 어려운 오늘의 세상을 바라보고 있는 고봉의 심정이 드러난다. 따라서 그는 미련(尾聯: 경련 다음의 두 구)에서 금환 끼고 살진 말을 타는 것에만 혈안이 된 속인俗人들이 넘쳐나는 도성에서 멀리 떨어진 궁벽한 시골에서 사는 것이 참으로 기쁜 일임을 고백하고 있다. 이 시의 '늙어가는 선비'는 유가儒家의 가르침을 마음의 중심에 두고 생활하는 고봉의 모습을 보여준 것이라 사료된다.[19]

셋째, 그의 시는 산수자연에 대한 동경, 자연의 지취旨趣에 대한 觀照의 세계를 노래한다. 조선조 중기에는 주자의 「무이도가」를 심오한 도학사상을 담은 入道次第의 造道詩로 이해하는 것이 사대부 문인들의 통념이었다. 하지만 고봉은 '因物起興'의 서정시로 보았다. 「무이도가」는 단지 무이구곡의 경치를 감상함에 따라 느낀 바를 드러냈고 또한 그 느낀 意와 境이 참되어 그 말에 저절로 깊은 旨趣가 있게 된 것이지 경치 감상과 도학적인 교훈을 함께 얻으려 하면 자칫 본래의 의도를 잃을 수 있기에 주자가 入道次第의 생각으로 도학적인 이치까지 함유시킨 것은 아니라고 고봉은 주장하였다.[20]

고봉의 주장에 따르면 시는 物로 말미암아 생겨난 興을 그려 낸 것일뿐이다. 여기에서 '物'은 武夷九曲의 자연이다. '興'은 아름다운 경물을 감상함에 따라 발로되는 인간의 감정이다. 오직 物에 의하여 생긴 진실된 感興을 표현한다면 그 속에 性情이 표현되고 그 성정이야말로 만물에 내재하는 하나의 理 즉 天地의 道라는 것이다. 세상만물에는

19 이정화, 「高峯奇大升의 說理詩研究」, 『韓國思想과 文化』第88輯, 2017, p.20.
20 이황, 『兩先生往復書』, 국립중앙도서관, 1788.

관통된 하나의 理가 있고 또 그 理에 의하여 존재하고 움직이고 있기에 物과 我도 하나이고, 心과 性情과 道도 하나이다. 따라서 시는 인간의 性情之發을 의미한다. 고봉은 作詩에서 진실된 정감의 발로를 중히 여겼는데 이는 비록 도덕적 교화나 심성수양적 내용을 다루지는 않았지만 진실한 정감의 발로이기에 天地의 道를 표현했다고 할 수 있다.[21]

조찬한이 고봉집 「발문」[22]에 의하면 고봉의 문학은 程子, 朱子 그리고 陶淵明, 韓愈, 歐陽脩 등에 근원하였다고 하였다. 고봉에게 있어서 산수자연은 자신의 몸과 마음을 수양하고 存心養性하는 공간, 이치를 찾고 궁리할 수 있는 공간으로 인식되었을 뿐만 아니라 자연 본연의 아름다움을 향수하고 미적 쾌감을 느낄 수 있는 공간으로서도 인식되었다. 그는 눈앞에 펼쳐져 있는 산수자연의 아름다운 경치를 미적 대상으로 삼고 그 자체를 시로 형상화하였으며 산수자연을 감상하는 가운데서 얻은 흥취를 시로 표현하였다.

蒼蒼月出山, 푸르고 푸른 월출산은
海岸寔高峰. 바닷가에 높이 솟았네.
塵蹤阻探歷, 진세에 묻혀 탐승을 못하니
歲暮心不已. 늦도록 마음에 잊지 못하였네.
今來亦何慊, 지금 왔으니 또한 무엇이 부족하랴

---

21 권미화, 「高峰 文學觀의 性理學적 양상」『洌上古典研究』33, 2011, pp.90-91.
22 기대승, 『高峯先生文集』卷三「高峯集跋」: "文章乃其餘事, 而雄深雅健, 一出於渾然. 長詩逼韓, 短篇近陶, 辨論如歐韓."

一盪胸中滓, 가슴속의 찌꺼기 모두 씻어 버렸네.

矯首試俯瞰, 머리를 들어 멀리 바라보니

開豁無依倚. 확 트여 걸림이 없구나.

茫茫附地山, 망망한 땅에 붙은 산이요

渺渺接天水. 아득한 하늘에 닿은 물이로다.

北極庶可攀, 북극성도 거의 만질 만하고

扶桑想如咫. 부상도 지척처럼 생각되네.

巖溜滴成坎, 바위에 떨어지는 물웅덩이 파이고

龍跡亦奇詭. 용의 발자국 또한 기괴하구나.

迥立遡長風, 높이 서서 긴 바람 거스르며

貳觀元始氣. 다시 원시의 기운도 관람하노라.

玄機一震蕩, 현묘한 기틀 한 번 움직이니

融結自有理. 풀어지고 맺힘 절로 이치가 있네.

休將太空中, 태공을 가지고

擬諸微塵裡. 가는 티끌 속에 비기려 마소.

默識庶得之, 묵묵히 생각하면 거의 얻으리니

强揣眞妄矣. 억지로 헤아리면 참으로 망녕이라.

反求心地初, 본연의 마음에서 반성해 찾으면

妙用亦如是.[23] 그 묘용 또한 이와 같으리라

---

23 기대승『高峯先生文集』卷一 詩.「登九井峯四望(구정봉에 올라 사방을 바라보
    다)」

이 시는 구정봉에 높이 올라 그 주위의 경관을 바라보면서 느낀 바를 표현한 시이다. 고봉은 시에서 월출산에 오르고 싶었으나 진세에 묻혀 탑승 못하는 아쉬움을 먼저 읊음으로써 산수자연에 대한 동경을 표현하고 있다. 그리고 산 정상에서 보이는 주위의 자연경관과 그로 인해 올라오는 감흥을 시적으로 형상화하였다. 산정상에 오르자 "북극성도 거의 만질 만하고 부상도 지척처럼 생각되"듯이 시인은 이미 속세를 벗어나 마음속의 어지러운 것들을 모두 씻어 버린 것과도 같이 느끼고 있다. "逈立遡長風, 貳觀元始氣.(높이 서서 긴 바람 거스르며 다시 원시의 기운도 관람하노라)"라고 하면서 서정적 자아는 자연과 渾然一體가 되어서 그 이치를 깨닫게 되는 것이다. 천태만상의 자연만물과 그 현상에는 "풀어지고 맺힘 절로 이치가 있다". 사람도 자연만물과 형태만 다를 뿐 그 속에 내재한 理는 똑같은 것이니 본연의 마음에서 반성해 찾으면 그 이치를 깨닫게 된다는 것이다. 고봉의 心性論에 의하면 사람의 마음 곧 心은 理와 氣의 合인데, 發하는 것은 氣이고 發하게 하는 所以然은 理이다. 발하지 않았을 때의 心은 性이면서 理가 된다. 따라서 본연의 마음도 바로 未發의 心이며 이는 곧 性이며 理인 것이다. 理는 바로 "사물이 생성되는 所以然" 즉 우주만물에 관통되는 법칙이며 원리이기에 본연의 마음에서 반성해서 얻은 理나, 자연만물을 궁구하여 얻은 理나 똑같은 理이다. 고봉은 구정봉 山頂에서 본 자연경치와의 합일을 통하여 자연의 미적 지취를 관조하였고 자아성찰의 이상을 실현했던 것이다.[24]

---

24 권미화, 「고봉 기대승 한시의 산수전원 의식 연구」, 『열상고전연구』 한국어와문학, 2019, p.200.

넷째, 고봉은 도가적 탈속 추구와 仙界에 대한 동경을 표출하는 시를 썼다. 옛 성현들이 걸어왔던 학문의 길을 따라 걸으며, 학문의 도리와 자연의 원리를 통해 자신을 수양하고, 그렇게 함으로써 현실적인 정치, 즉 治人을 실현하려고 하였다. 그러나 현실은 그렇지 못했다. 그럴 때마다 고봉 기대승은 현실정치의 모순을 느끼고 그 현실을 초월하려는 소망과 내면적 이상형을 그려왔고 그것을 실행하려고 했다. 그런 닭으로 그가 여러 차례 귀향을 했던 것이다.

고봉에게 있어서 초월적 세계는 부조화의 세속적 굴레를 벗어난 淸淨한 자연산수의 세계였다. 그는 세속과 단절된 청정하고 조화로운 자연에서의 은거를 동경하였다. 때로는 道家的 脫俗으로, 仙界에 대한 동경으로 표출되었다. 그래서 그는 山寺의 스님들과의 교유하였고, 山寺를 찾아 그들과 시를 주고 받으며 초탈을 추구하였던 것이다.

> 此身何幸得優閒 이 몸이 한가로움 얼마나 다행인가
> 笑對山僧說買山 웃으며 중을 대해 산을 사는 이야기했네.
> 巖洞不殊雲谷勝 바위 골짝 운곡[25]의 경치와 다를 것 없고
> 鑿耕寧患夏畦艱 파고 갈매 하휴의 어려움 어찌 걱정할까.
> 乘春芟剗須無負 봄을 틈타 잡초 베기 부디 잊지 말아주오
> 趁歲追尋亦可還 세월 따라 추구하면 돌아갈 수 있으리니.
> 書釰半生終做錯 글과 칼 반생에 착오되고 말았으니

---

25 『朱子大全』卷78「雲谷記」福建省 建陽縣 서쪽에 있는 산으로 이름은 본디 蘆峯인데, 朱子가 그곳에 晦庵草堂을 짓고 글을 읽으며 운곡이라고 불렀다.

洗心猶欲樂幽潺[26] 마음을 닦으려고 잔잔한 물 즐기리라

　　- 고봉의 「*逢僧性眞 說蘆山勝槩*(중 성진을 만나 노산의 경치를 말하다)」

　이 시는 제목에서 보여 지듯이 중 성진을 만나 노산의 경치를 말하면서 자신의 생각을 읊은 시이다. 전편 시에서 고봉의 속세를 벗어나 산수전원에 살고 싶어하는 탈속의 염원을 읊고 있다. 1, 2句에서 고봉은 자신의 몸이 한가로운 것이 얼마나 다행인가 하면서 중 성진에게 '산을 사는' 이야기를 했다고 하였는데, '산을 사는' 이야기는 바로 晉나라의 중 支道林이 深公의 소유인 印山을 사서 은거하려고 하자, 심공이 말하기를 "巢父와 許由 가산을 사서 숨어 살았다는 말은 듣지 못하였다."고 한 고사를 用事한 것이다. 여기에서는 고봉이 은연 중에 은거의 뜻을 갖고 있음을 제시한 것이라 볼 수 있다. 3, 4句에서는 노산의 경치가 주자가 晦菴草堂을 짓고 은거했던 운곡의 경치와 다를 것이 없으니 태평 시대의 사람처럼 세속을 초탈하여 아무런 욕심 없이 은거하면서 아첨하지 않고 살고 싶음을 말하였다.

　5, 6句에서는 혹시 세월따라 산중에 은거할 수 있으니 봄에 자라는 잡초 베기를 잊지 말라고 하면서 이 역시 산에 돌아가 살고 싶다는 염원을 나타내고 있다. 마지막 7, 8句에서는 벼슬에 얽매인 반평생을 회의하면서 속세에서 벗어나 청정한 자연에서 마음을 다스리며 보내고 싶다는 의지를 그리고 있다.

26　기대승, 『高峯先生文集』 卷一 詩. 「逢僧性眞 說蘆山勝槩(중 성진을 만나 노산의 경치를 말하다)」

유학자들은 흔히 속세의 티끌 즉 현실적 삶에서의 정신적 갈등을 해소하기 위하여 도가적 탈속을 지향하게 되는데 이는 흔히 仙界나 신선을 동경하는 것으로 표현된다. 고봉도 어지러운 현실정치에서의 정신적 갈등을잊으려 세속을 벗어나고자 했으며 초월적 이상향을 동경하였다. 그 초월적 이상향은 바로 세속적 굴레에 얽히고 정치적 명에가 씌워진 시대인의 내면 가운데 존재하는 자아와 세계의 不調和를 완충하고 보상하는 자연공간인 것이다.[27] 고봉은 청정한 자연세계를 仙境에 비유하면서 신선이되어 仙遊를 즐기는 것으로 탈속의 경지에 이르고자 하였다.[28]

　다섯째, 退溪 李滉(1501~1571)과 高峰 奇大升(1527~1572)이 和答한 매화시 8수에서 퇴계가 고봉을 통유로 인정하고 주고받은 매화 화답시 미의식을 엿볼 수 있다. 퇴계의 매화시 8수는 각기 다른 시기에 2수씩 네 차례에 걸려 창작한 것이다. 첫 번째 두수 제1, 2수는 독서당의 망호당 앞에 핀 매화를 읊은 것이고, 제3, 4수는 예천 동헌의 뜰에 핀 매화를 읊은 것이고, 제5, 6수는 예천에서 도산으로 돌아가 도산의 매화를 보고 지은 것이고, 제7, 8수는 서울에 우거하면서 매화 화분을 보면서 지은 것들로 되어 있다.

　퇴계는 매화를 매우 아끼고 좋아했는데, 매화시에서는 매화를 정결하고 절개있는 여인으로 의인화하고 매화에게 묻고 답하는 문답시과 대화와 독백으로 구성되어 있다. 여기에 화답한 고봉의 매화시 또한

27　조기영, 『河西 金麟厚의詩文學 研究』, 아세아문화사, 1994, p.82.
28　권미화, 앞의 논문. pp.203-204.

이러한 미의식이 바탕에 깔려있다. 고봉의 매화 화답시 8수는 다음과
같다.

제1수 「望湖堂尋梅(망호당에서 매화를 심방하다)
望湖堂裏一株梅 망호당 가운데 한 그루 매화
幾度尋春走馬來 널 보자고 몇 번이나 달려왔던가
千里南行難負汝 천리 남행에 너를 잊기 어려워서
敲門更作玉山頹 다시 또 찾아와 술에 취해 누웠네

제2수 再用前韻答景說(재차 앞의 운을 써서 경열에게 답하다)
聞道湖邊已放梅 소문에 들으니 망호당에 매화 활짝 피었다는데
銀鞍豪客不曾來 은장식에 말탄 호걸들은 찾아온 이 없다하네
獨憐憔悴南行客 초췌한 남쪽 나그네만이 유독 그를 사랑하여
一醉同君抵日頹 종일토록 그대와 함께 쓰러질 때까지 마셨네

제3수 問庭梅(뜨락의 매화에게 묻다)[29]
風流從古說孤山 풍류는 예부터 고산을 말하는데
底事移來郡圃間 어인 일로 관아의 뜰로 옮겨 왔는가
料得亦爲名所誤 그 명성 그르친 것 깨닫게 한 것이니
莫欺吾老困名關 내가 그의 명성만 따진다고 욕하지 말라
제4수 梅花答(매화가 대답하다)

─────
29 기대승, 『고봉속집』 권1, 「存齋謾錄」, 「仰次退溪先生梅花詩」.

我從官圃憶湖山 나는 관아의 뜰에서 고산을 생각하고
君夢雲溪客枕間 그대는 객관에서 운계를 꿈꾸겠지
一笑相逢天所借 서로 만나 웃게 한 것 하늘의 뜻
不須仙鶴共柴關 사립문에 선학이 없은들 어떠하리

제5수 陶山訪梅(도산에서 매화를 방문하다.)
爲問山中兩玉仙 산중의 두 옥선께 문안드리니
留春何待百花天 꽃 피는 봄까지 어찌 견디었소
相逢不似襄陽館 서로 만남은 예천과는 또 다르니
一笑凌寒向我前 추위를 무릅쓰고 나를 향해 웃어주네

제6수 梅花答(매화가 대답하다)
我是逋翁換骨仙 나는 바로 포옹으로 환골한 신선이요
君同歸鶴上遼天 매화 그대는 학을 탄 요동 선비 같구려
相逢一笑天應許 서로 만나 한 번 웃음 하늘의 뜻이니
莫把襄陽較後前 예천 매화에게 먼저 말했다고 화내지 마오

제7수 漢城寓舍 盆梅贈答(한성 우사에서 분매와 증답하다)
頓有梅仙伴我涼 매화 신선 쓸쓸한 나의 짝이 되어주니
客憁瀟灑夢魂香 객창은 상쾌하고 꿈속 혼이 향기롭네
東行恨未携君去 돌아오는 길에 함께 못해 한스러우니
京洛塵中好艷藏 서울 풍진 속에서도 고이 잘 있으세요
제8수 梅花答(매화가 대답하다)

聞說陶仙我輩凉 도선께서 우리들과의 이별을 슬퍼한다니
待公歸去發天香 공이 돌아가는 날에 향기를 피우리라
願公相對相思處 공이시여 마주하고 그리워했던 곳에
玉雪淸眞共善藏 옥설과 청진도 함께 고이 간직해주오

  위와 같이 퇴계는 매화시 8수를 기대승에게 화답시를 요구했다. 퇴
계의 매화시에 대해 기대승이 화답해온 매화시 절구 8수에 대해 퇴계
는 오래도록 답을 하지 못하다가 에오라지 한 절구가 도의 뜻이라고
하였다.

奇明彦錄示和梅詩八絶 久未酬報 今見仲約 聊以一絶道意云」
八絶吟梅見素懷여덟 편 절구로 매화를 읊조리는 소회를 보니
我藏雲壑子銀臺 나는 구름 낀 산골에 숨고 그대는 은대에 있네
相思此日逢江夏 이 날을 생각하며 여름날 강에서 만나
恰似同衙款款杯 친구처럼 툭 터놓고 질펀하게 마셔보세

  퇴계는 후일 기대승의 매화시 8편의 화답시를 받고 자기의 시에서
밝힌 속마음을 기대승에게 들키었다고 부끄러워 한다고 겸손을 표현
했다. 기대승은 은대(승정원)의 벼슬에 있었던 적이 있다. 퇴계 자신은
도산의 구름낀 골짜기에 은거하고자 하고 기대승은 은대에 벼슬한다
는 표현을 상대적으로 표현하고 있는 것이다. 기대승의 8편 화답시에
대한 퇴계의 평가는 대단했다. 퇴계는 이날의 기억을 서로 상기하면서
여름날 강가에서 만나 친구처럼 모든 것을 털어놓고 이야기하기를 희

망했다.[30]

3) 고봉 기대승의 문학 활동과 그 의미

고봉 기대승은 그의 명성에 비하여 문인으로서의 자리매김은 너무
나 초라한 형편이다. 당시 그와 교유하였던 문인들의 문집에서조차 고
봉과 관련된 기록을 거의 찾아볼 수 없다는 것이다 당대는 물론이거
니와 후대에 와서도 고봉에 대한 평가는 거의 없고 퇴계와 긴 논쟁을
했던 대단한 인물로만 기억될 뿐이다. 퇴계의 문집에 일부 남아있지만
퇴계의 인정이 퇴계를 따르던 제자들에게 반동적인 감정을 유발했고,
퇴계의 그늘 속으로 묻혀버린 결과를 빚었다고 볼 수 있다.

퇴계는 제자들이 많지만 고봉 기대승은 마치 독불장군처럼 학문의
정점을 이루어 퇴계와 견줄 실력을 겸비했지만 46세의 젊은 나이에 세
상을 떠나 자기의 학문적인 업적을 남기지 못하고 그를 따르는 제자가
적고 성격상 올곧은 성격으로 불의를 보면 참지 못하고 철저하게 직설
적으로 바른 말을 하는 바람에 관직에 있으면서도 많은 정신적인 갈
등 속에서 고통을 받았기 때문에 모든 것을 버리고 고향으로 낙향을
여러 차례했다. 학문적인 기반이 탄탄하지 못한 호남지방의 환경적인
여건이 그를 고독하게 만들고 허무주의적인 생각과 속세를 벗어나 도
가적인 탈속으로 선계를 동경했을 것이라고 추정된다.

광주전남이 내세울만한 탁월한 인물인 고봉 기대승은 높은 수준의

---

30 신두환, 「退溪와 高峯의 梅花詩 和答의 美意識」, 『漢文古典研究』 제41집, 한국
한문고전학회, 2020,

학문적인 식견으로 주자학의 핵심인 사단칠정론의 체계를 세우는데 공헌한 천재적인 학자요, 시인이었지만 당시는 물론 오늘날까지도 그의 업적이나 문학작품의 정당한 자리매김하는데 소홀해왔다. 문학의 메카가 하는 일은 정당한 평가를 받지 못한 옛 문인들의 위상을 바로 잡는데 앞장서야 할 것이다.

5. 에필로그

광주전남은 무등산과 금성산, 수많은 섬들 그리고 영산강을 중심으로 비옥한 농토에서 산물이 풍부하여 선사시대 때 고인돌을 비롯하여 고대 마한왕국으로 찬란한 문화를 이루어온 고장이다. 그 전통은 고려시대로 이어져 후삼국시대 혼란한 역사적 상황에서 왕건이 나주에 머물면서 고려를 세우는데 기틀을 마련한 고장이기도 한다. 따라서 왕건이 나주의 거상 오다련의 딸을 고려 건국 후 왕비를 맞이했고, 장화왕후가 낳은 혜종이 왕건의 대를 이었으며, 고려의 인물들이 중앙으로 진출하여 활동하였다. 조선시대에 선조의 정신적인 영향을 받아 수많은 선비들을 배출하였고, 이성계를 도와 조선을 건국하는데 공로를 세운 정도전을 비롯하여 수많은 관료들이 유배와서 유배문학을 형성하여 문학과 예술의 고장이 되었다.

농본위주의 생활문화에서 70년대 산업화가 이루어짐으로써 농촌인구의 수도권집중 현상으로 광주전남은 전통문화가 단절되고, 천민자본주의 문화로 변질되었다. 물질적인 가치가 지배하는 오늘날 선인들의 정신문화가 퇴색되어가고 있다. 국민소득이 선진국으로 진입했지만, 전통적인 가치가 해체되고 오직 물질적인 가치를 우선하는 생활문화가 고착화되고 있다. 따라서 어린 시절 궁핍한 생활문화 속에서 살아온 습성과 발달단계에 억압된 욕망을 채우기 위해 물질에 집착, 남에게 과시하기 위한 허명의식으로 자신의 존재를 과시하려는 속물적인 문화가 오늘날 문인들의 홍수를 이루게 되었고, 이들에 의해 문학은 본질과는 거리가 먼 속물적인 문학놀이 취미 활동으로 변질되어 가는 때에 최근 광주전남 출신의 소설가 한승원의 딸 한강이 우리나라 최초 노벨상을 수상하게 됨으로써 광주전남의 긍지심을 북돋아주었으며, 문인은 좋은 작품을 창작하는 것이 문학의 본질임을 일깨우는데 큰 역할을 했다고 할 수 있을 것이다. 우리나라에서 노벨상 수상자로는 전 김대중 대통령이 노벨평화상을 받았고, 문학분야에 한강의 노벨상 수상자가 되었다. 두 사람 모두가 광주전남 출신이라는 사실은 광주전남이 문학의 중심지라는 사실을 입증하고 있는 것이다.

문인정신과 작품을 창작하려는 능력을 갖추지 못한 채 문인되고자 하는 어리석음이 속물적인 문학으로 변질되어버린 것이 오늘의 현실이다.

유사문인들의 문학놀이로 변질된 문학 풍토는 명리적 가치 실현이나 문학의 본질과는 거리가 먼 엉뚱한 활동으로 국력을 낭비하게 된다. 문학작품의 창작방법을 익혀 좋은 작품 창작에 심혈을 기울이기보다는 낭송회, 시화전, 시비 건립, 자비출판 작품집 발간, 등 자기 욕구의 충족을 위한 표현활동에 치중하거나 우수한 문학작품이 아니라 저급한 문학작품으로 부정한 방법으로 각종 문학상 수상 경쟁, 문화

재단의 복지기금이나 지원금 타는데 경쟁하는 속물적인 후진국의 추태가 벌어지게 되는 것이다. 최근 한강의 노벨상 수상 소식은 문학놀이로 전락한 한국문학 풍토에 경종을 울렸다. 광주전남이 문학의 중심지로 당위성을 인정받는 길은 극도의 이기주의를 청산하고 조선시대 광주전남 출신 문인들의 올곧은 정신을 본받아야 오염된 문학풍토를 개선하여 문학의 본질을 되찾아가는데 향토문인들이 합심해야 할 것이다.

본고에서는 조선시대 광주전남의 문인들을 살펴보고 지대한 공로를 남겼음에도 불구하고 편협한 역사적 평가로 정당한 대접을 받지 못하고 홀대받고 있는 나주의 외갓집에서 태어난 보한재 신숙주, 퇴계 이황 선생과 토론을 벌리는 등 주자학의 학문적 체계를 세우고 귀향한 고봉 기대승, 두 분은 업적에 비해 정당한 평가와 자리매김을 받지 못한 상황에서 이 두분들에 대한 정당한 위상을 마련하고자 두 분의 생애와 시에 대해 집중적으로 조명해보았다.

문학 중심지 운동은 우리 고장 훌륭한 문인들의 정신을 고양시켜 그 정신적인 유산을 계승하고 발전시키기 위한 운동이다. 따라서 광주전남이 명실공히 현재까지 한국문학 산실의 고장답게 우리나라 최초의 노벨평화상 수상자와 노벨문학상 수상자를 배출했다. 앞으로도 계속적으로 우리나라를 빛낼 인물들이 광주전남에서 탄생되도록 문학 중심지 운동이 결실을 맺도록 합심하는 풍토가 선행되어야 할 것이다.

참고문헌

01. 정도전, 『삼봉집』 1.2.3.4.
02. 백광훈, 『옥봉시집』 上
03. 艸衣, 『一枝庵詩藁』
04. 申用浩, 「보한재의 문학세계」, 『한문학과 한문교육』(상), 보고사, 2004,
05. 조동일, 『한국문학통사』 2, 지식산업사, 1983.
06. 李睟光, 『芝峯類說』 권14, 文章部
07. 『保閑齋集』 권1,2,3,4,5,6.7
08. 『朱子大全』 卷78
09. 기대승, 『高峯全書』, 「續集」 卷1
10. 기대승, 『고봉속집』 권1
11. 기대승, 『高峯先生文集』 卷1.2.3.
12. 조기영, 『河西 金麟厚의詩文學 硏究』, 아세아문화사, 1994,
13. 이황, 『兩先生往復書』, 국립중앙도서관, 1788.
14. 최한선, 「영호남사림(嶺湖南士林)과 금남최부(錦南崔溥)」, 『한국시가문화연구(시가문화연구)』 27권, 한국시가문화학회 2011.
15. 김영수, 「申叔舟의 爲國愛民 樣相과 漢詩 硏究」, 『東洋學』 第68輯, 檀國大學校 東洋學研究院, 2017.
16. 申茂植, 「보한재 신숙주의 한시 연구」, 단국대 교육학석사논문, 1993.
17. 김종서, 「16세기 湖南詩壇 詩의 自然스러움」, 『東洋漢文學研究』 第21輯. 2005.
18. 이정화, 「高峯奇大升의 說理詩研究」, 『韓國思想과 文化』 第88輯, 2017.
19. 권미화, 「高峰 文學觀의 性理學적 양상」 『洌上古典研究』 33, 2011
20. 권미화, 「고봉 기대승 한시의 산수전원 의식 연구」, 『열상고전연구』 한국어와문학, 2019
21. 이상보, 「호남지역의 시가 문학 계보」, 『인문 사회과학연구』 1. 호남대학교 인문 사회과학연구소, 1994.
22. 신두환, 「退溪와 高峯의 梅花詩 和答의 美意識」, 『漢文古典研究』 제41집, 한국한문고전학회, 2020,

시헌 홍찬희 선생의 문학적 발자취

1. 시헌時軒 홍찬희洪纘熹 선생의 문학적 발자취

조선시대 유학을 공부하는 사람들을 선비라고 했다. 이 때 선비라는 말은 벼슬이나 신분을 강조하기보다는 고상하고 어진 인품을 가진 자로서 도의 실현을 목표로 노력하는 사람을 의미한다. 특히 예절과 의를 존중히 여기고 지조와 강인한 의지를 소유한 자로서 바른 삶의 태도를 가진 자이다. 동시에 역사적인 의식을 가지고 정도를 구현하기 위하여 끊임없이 자신의 수양을 위해 노력하는 사람들을 일컫는다. 그래서 사회와 이웃에게도 선비는 존경을 받을 뿐 아니라 도의 실현이 궁극적인 목적이기 때문에 이들을 섬기는 삶을 온전히 실천하는 사람이 바로 올바른 선비인 것이다.[01] 선비를 선비로서 확인할 수 있게 하

---

01   손윤탁(2012), 「선비정신이 초기 한국 기독교에 미친 영향」, 영남대 박사논문, p.35.

는 기준은 선비가 지닌 이념과 가치규범을 전제로 하는 '인仁'과 '의義'와 같이 인간의 타고난 성품에 근거한 덕성을 선비정신의 기준이 된다고 할 수 있다.

한말 일제 강점기에서 해방이 되기까지 마지막 선비로서 호남은 물론 전국에 각지에 시문을 남긴 나주 도래마을 출신 시헌時軒 홍찬희洪纉熹 선생(1882~1953)의 선비다운 생활모습을 소개하고자 한다.

시헌時軒 홍찬희洪纉熹 선생(1882~1953)은 전남 나주 다도 도래 마을풍산 홍씨 집성촌에서 태어난 선비요 시인이다. 도래 마을은 오늘날까지 옛 전통적인 모습을 그대로 보존하고 있는 마을로 많은 사람들이 찾는 곳이다.

호남의 3대 명촌 중의 하나인 나주 노인의 금안동과 밀접한 관계가 있는 명촌으로 조선 시대 성천 부사를 지낸 풍산 홍씨 홍수가 수양대군의 왕위 찬탈로 화를 입게 되자 아버지인 홍이가 남평 현령을 지낸 인연이 있는 나주 노안면 금안동 반송마을에 터로 피신해 살게 되었다. 그런데 홍수의 증손인 홍한의가 이웃인 다도면 풍산리 도래마을의 강화 최씨에게 장가들면서 정착하게 되면서 풍산 홍씨의 집성촌이 되었다. 전해오는 말에 의하면 홍한의가 이곳에 사냥 왔다가 최씨 처녀를 만나 자리잡게 되었다고 한다.

나주 도래 마을이 홍씨 집성촌이 되면서 조선시대 11명의 문과 급제자와 5명의 무과 급제자, 임진왜란, 병자호란 때 의병으로 활동한 분들이 수십 명에 이를 정도로 명문가의 전통을 지켜온 마을이다.

시헌 홍찬희 선생은 문과에 급제 하여 사헌부 감찰, 곡성 현감을 지낸 풍산 홍씨 10세손으로 한말에서 일제 강점기 등 한말 격동기의 올곧은 선비 상을 행동으로 실천한 호남의 한학자로 수많은 한시를 남긴 시인이다.

그가 돌아가신 뒤 1958년에 발간된 『시헌유고時軒遺稿』에 실린 글, 그리고 전국의 서원, 학당, 정자 등에 323편의 시와 600여 편의 명문을 남기는 등 문학적 역량을 유감없이 발휘해 남기셨고, 일제 강점기 일제에 항거하면서 독립의지를 시문으로 담아낸 글이 전국의 정자에 남아 그의 문학 업적을 증명하고 있다. 이처럼 문학적 업적이 많음에도 후세에 알려지는데 있어서 묻혀버리는 사례들이 지방자치제가 실시되면서 전국 각 지방마다 향토인물에 대한 자리매김이 객관적인 기준이 없이 이루어짐에 따라 자리매김의 순위가 뒤바뀌는 등 안타까운 일이 종종 일어나고 있다.

시헌 홍찬희 선생도 그가 남긴 문학적 성과가 있고 후세에 조명되어 정당한 자리매김이 이루어져야 함에도 그렇지 못했다. 따라서 그의 작품을 소개함으로써 널리 알리고자 글을 쓰게 되었다. 시헌 홍찬희 선생은 선비로써 후세에 귀감이 되는 분이다.

그는 1910년 한일합방을 전후 일제의 한반도 강탈에 의분을 참지 못하고, 나주 남평고을에서 거주하며 활동하는 홍광희洪光憙, 정도희鄭燾希, 정도홍鄭燾洪, 임언재任漹宰, 임학재任鶴宰, 홍기면洪起免, 한기설韓基卨, 안철노安哲魯 등 9인의 선비들과 빼앗긴 나라를 되찾고자 일제에 항거하는 비밀결사 단체인 유신회維新會를 조직하여 활동하다가 일본 경찰에 탄로되자 구일회九逸會로 조직을 재정비하여 항일구국 활동을 지속적으로 전개한 독립운동가이기도 하다. 고향에서 선비들과 구일회九逸會를 조직 일제에 항거하는 운동을 펼쳐 왔기에 나주 지역의 삼일독

립항쟁운동三一獨立抗爭運動은 물론 광주학생운동 진원지, 호남 일원 의병항전義兵抗戰의 구심求心점으로서의 역할을 하는 등 국권수호와 독립 의지를 몸소 실천하는 올곧은 선비 상을 제시하여 후학들의 귀감이 되고 있는 것이다. 구일회九逸會 회원들의 독립 투쟁을 기념하는 비를 지석강 수심水深 바위에 구일의적비九逸義賊碑을 세웠고, 이후 1993년 후손後孫들에 의해 남평 구름다리 초입에 기념비를 세웠다. 그러나 새로운 다리가 건설되면서 옛 다리 인근 인적人跡 없는 숲속에 기념비가 묻혀 이전이 시급한 실정이다.

2. 그의 독립의지의 시와 기행시 소개

구일회九逸會 회원들과 같이 "거의가"를 지었는데 선생의 시를 소개하면 다음과 같다.

> 義理論輕重 의리는 경종을 논한 것이요.
> 猷功酌淺深 모유의 공은 얕고 깊음을 짐작케 하리.
> 已違天下事 천하의 일이 이미 어그러졌으나
> 難奪丈夫心 장부의 마음은 빼앗기 어려울 뿐
>
> — 시헌時軒

홍찬희 선생을 비롯한 구일계九逸契 일명 구일회九逸會의 활동은 일제 강점기에 표면화할 수 없는 비밀 독립활동을 꾸준히 해왔으나 3.1만세 운동과 1929년 나주역 통학열차에서 일본학생의 한국여학생을 희롱하는 행동에서 폭발하여 광주학생운동光州學生運動의 진원지가 되었던 것은 구일회의 독립운동과 암묵적인 영향이라고 할 수 있다. 올곧은 민족자존심을 지켜나가면서 독립의지를 비밀회동을 계형식契形式으로 매년 계속하면서 나주지역의 향토사회에 직간접적으로 영향을 미쳤기 때문이라고 할 수 있다.

시헌 홍찬희 선생은 한말의 선비이자 문인으로 호남을 비롯 전국 유림에 많이 알려진 인물로 화순군 춘양면 칠송사七松司에 배향配享되었으며, 호남기록문화유산湖文化遺産과 호남절의록湖南節義錄에 등재되어 있다.

선생의 문학적 업적은 시헌유고時軒遺稿을 보면 알 수 있다. 시헌유고는 6권3책 석인본으로 체제와 내용을 살펴보면, 시편, 서편, 부록으로 구성되었으며, 권1에는 오원절구 한시가 39편, 오언율 한시가 9편, 칠언절구 한시가 52편, 칠언율 한시가 223편으로 구성되어 있다. 그리고 권2에는 서序가 다수 수록되어 있다. 권3에는 통문通文, 서序 기記로 구성되어 있고, 권4에는 발跋, 상량문上樑文, 찬贊, 모표墓表, 묘지명墓誌銘, 묘갈명墓碣銘을 수록했으며, 권5에는 행장行狀과 행록行錄, 권6에는 제문祭文, 축문祝文, 혼서書, 부賦, 전箋, 잠箴, 과제課製, 부록附錄 등 총 450여 편의 글이 실려 있다.

시헌유고집은 1958년 간행刊行 되었으며, 전국의 서원, 정자 등에 목판으로 새겨져 그의 문학적 업적을 전해주고 있다.

시헌 홍찬희 선생의 한시를 중심으로 그의 작품세계와 한시 단에 미친 영향을 시문을 통해 추적해보기로 한다.

만경대는 강원도 동해시 북평동에 있는 조선시대 누각이다. 척주팔경陟州八景의 하나인데, 정자 앞으로 내가 흐르고, 북평의 들과 넓은 동해가 한눈에 보이는 정자로 1613년(광해군 5)에 김훈金勳이 세웠으며, 1660년(현종 1)에 허목許穆이 이곳에서 경치를 감상하고 감탄하여 정자 이름을 만경이라 하였다.

1786년(정조 10) 유한준兪漢準이 이곳에서 본 경치를 시로 읊어 현판에 남겼으며, 1872년(고종 9)에 중수하면서 이돈상李敦相이 현판을 쓰고 김원식金元植이 상량문을, 이남식李南軾이 '海上名區(해상명구)'라는 글을 써서 현판을 걸었다. 만경대를 보고 시헌 홍찬희 선생이 지은 한시「萬景臺」가 유고집에 실려 있다.

그는 전국의 명승지, 정자 등을 유람하고 시를 읊조리는 데. 동해안을 유람하고 지은 시 양동대 번역으로 몇 편을 소개하기로 한다.

萬景臺 만경대

萬像不逃聽一臺 여러 풍경을 귀 기울여 들어보면
東西南北眼隨開 동서남북으로 눈을 돌리며
鹿襟蕩漱新成話 먼지 털어내고 새로운 이야기 만들어낸다
到此遊人酌盡盃 이곳에 도달한 여행객들의 모든 것을 담아낸다
                                        - 양동대 번역

만경대에서 동해를 바라보는 느낌을 노래한 시이다. 그리고「洛山寺」를 구경하고 지은 시를 살펴보자

洛山寺 낙산사

龍搏鯨鬪海門潮 용, 호랑이, 고래 바다 문을 열고
直欲通前恨未橋 직선적인 조수가 통하려는 앞쪽의 나무다리
峰月入雲還出去 봉우리의 달이 구름 속으로 나왔다가 들어가고
玲瓏疑是竹陰搖 영롱한 빛이 대나무 그늘이 흔들리네.

- 양동대 번역

    낙산사는 강원도 양양을 대표하는 관광명소이자 역사적 가치가 큰 명승지다. 강화 보문사, 남해 보리암과 더불어 한국 3대 관음성지로 꼽힌다. 동해가 한눈에 내려다보이는 천혜의 풍광이 아름다운 사찰은 관동팔경(강원도 영동의 여덟 군데 명승지) 중 한 곳으로, 해안 절벽 위에 지은 정자이자 동해안 일출 명소인 의상대, 바다를 굽어보는 암자인 홍련암 등이 있는 곳으로 낙산사를 유람하고 해안 정자의 풍광을 노래한 유람 시다.
    다음은 강릉의 경포대를 유람하고 지은 시다.

鏡浦臺 경포대

鏡水無風日日晴 경포鏡水에는 바람이 없고, 매일 맑다.
扶桑萬里亙前平 태양은 만 리 길을 비추며 앞쪽으로 뻗어나간다.
籠紗御製欽如昨 쌀 바구니에 담긴 글씨는 어제와 같이
千載猶香駕後聲 천 년 전의 향기로운 수레를 훔쳐온 듯하다.

경포대는 강원특별 자치도 강릉시 저동의 경포호수 북안北岸에 있는 조선시대 누대로 내부에는 율곡 선생이 10세 때 지었다는 「경포대부鏡浦臺賦」를 판각한 것과 숙종의 「어제시御製詩」를 비롯하여 여러 명사들의 기문과 시판詩板이 걸려 있다.

시헌 홍찬희 선생은 경포대의 풍광을 잔잔한 호수가 거울같이 날아갈수록 맑아지고 해가 뜨는 부상이 만리까지 평평하게 펼쳐져 황실비단처럼 아름답다고 극찬하고 있다.

다음은 죽서루竹西樓는 강원특별자치도 삼척시 성내동 죽서루길 37에 있는 누각을 유람하고 느낌을 시로 노래한 시다. 죽서루는 관동팔경중 하나로 삼척시 서쪽을 흐르는 오십천을 내려다보며 벼랑 위에 자연 암반을 초석 삼아 높고 낮게 기둥을 세워서 지었고, 그 자체로 자연의 일부라 여겨질 만큼 주변 경관과 잘 어우러져 있는 누각이다.

송강 정철, 미수 허목 등 고려와 조선 통틀어 이름난 문인이나 정치인들이 여기에 들러 글을 남겼다. 미수 허목은 부사 시절 '第一溪亭'(제일계정) 현판과 중수기를 남겼으며, 일제강점기를 지나 20세기 중반까지 지자체장 등으로 부임했다 하면 현판이나 중수기를 하나쯤 쓴 통에 기둥 들보마다 그것들이 다 걸려 있다.

시헌 홍찬희 선생도 죽서루에 들러 다음과 같은 기행시를 남겼다.

竹西樓 죽서루

鎭東絶景竹西樓 동쪽을 진정시키고 순수한 경치를 접하며,
壁上檜彬沙上鴟 대나무. 소나무가 절벽 산수화 한 폭
南去比來車馬客 모래 위에는 말과 수레가 지나가며,
四時無日不淸遊 사계절 내내 맑지 않는 날이 없다네.

- 양동대 번역

이 밖에도 강원도 곳곳의 정자 울진의 망향정望洋亭, 월송정越松亭 등의 시가 있으며, 한강, 인왕산을 올라, 종로구 삼청동의 형제정兄弟井, 탑동원塔洞園 등 서울 및 전국 팔도를 기행하고 소감을 시로 지은 기행시들이 있다.

3. 마무리 및 제언

향토인물에 대한 조명이 공정하게 이루어져야 마땅하다, 그러나 지방마다 향토인물에 평가기준이 명확하지 않는 관계로 조명을 받지 못하고 묻혀버리는 경우가 있을 것이다. 시헌時軒 홍찬희洪纘熹는 한말에 태어나 일제 강점기를 거쳐 해방과 6.25 사변을 겪은 근현대의 격동기 한학자요, 시인이었다. 그의 공정한 자리매김을 위해 그의 문학적 발자취를 추적해보았다.

시헌 홍찬희 선생은 나주 도래마을에 태어나 깨어있는 선비로서 고

향 나주에서 일제에 항거하는 독립운동을 하기 위해 구일회의 일원으로 활동하신 분이다. 구일회 회원들의 애향심과 암암리에 활동한 일제 저항운동으로 고향 사람들에게 독립의지를 일깨우는데 기여했으며, 그 직간접적인 영향으로 고향의 후학들이 나주에서 광주학생운동의 시발점이 되기도 하는 등 고향사람들에게 독립정신을 깨우치는데 앞장섰고, 전국각지의 서원과 정자를 유람하고 600여 편의 기행시를 남기셨다.

시헌時軒 홍찬희洪纘熹 선생처럼 생전에 문인으로써 귀감을 보인 많은 문인들에 후세에 알려지지 않고 묻혀버린 사례들이 많은데, 이들의 정당한 자리매김하여 널리 알리고 이분들의 정신을 본받을 수 있도록 모두가 합심해서 꾸준히 탐구해나가야 할 것이다.

참고문헌

01. 『시헌유고(時軒遺稿)』 6권 3책, 1958.
02. 홍건석, 『시헌유고(時軒遺稿)』 개요.
03. 손윤탁, 「선비정신이 초기 한국 기독교에 미친 영향」, 영남대 박사논문, 2012.
04. 구일회, 『九逸義蹟記』

인간애를 일깨우는 정서체험의 표출

– 나태주의 「장갑 한 짝」

 나태주의 동시 「장갑 한 짝」은 길거리에 떨어진 장갑 한 짝을 보고
화자가 느낀 감정을 진술하게 진술한 시다. 꾸밈이없이 자연스럽게 잃
어버린 사람의 마음을 자신의 경험을 들추어내어 인간애의 정서 체험
을 환기시켜 공감을 불러일으킨다.

 "눈 내리는 아침"이라는 시간적 배경과 "눈길"이라는 공간적 배경부
터 순수한 동심의 상황으로 설정되어 있다. 이런 상황은 어린이들이
가장이 가슴을 설레이는 상황이다. 장갑을 끼는 둥마는둥 우선 성급
한 마음으로 눈길로 뛰어든 어린이가 장갑 한 짝을 잃어버리고 갈 리
얼한 상황이 그려진다. 누군가 잃어버리고 간 장갑 한 짝을 보고 화자
는 "나도 장갑 한 짝 잃고/많이 속상했는데/누군가 많이 속상했겠다"
라고 자신의 경험을 들추어 장갑을 잃어버린 사람의 마음을 헤아린다.
그리고는 "나도 장갑 한 짝 잃고/많이 손 시렸는데/누군가 많이 손 시
렸겠다"라고 자신이 장갑을 잃어버렸을 때의 구체적인 경험 상황과 그

때의 느낌을 통해 잃어버린 사람을 걱정한다.

동심은 순수한 어린이 마음이다. 순수한 상황은 "눈 내리는 아침" 상황과 유사하다. 눈이 내려 여러가지 색깔로 구분되는 사물들을 하얗게 덮어버리는 눈은 바로 동심적인 상황일 것이다.

장갑 한 짝
나태주

눈 내린 아침
눈길 위에 장갑 한 짝

나도 장갑 한 짝 잃고
많이 속상했는데
누군가 많이 속상했겠다

나도 장갑 한 짝 잃고
많이 손 시렸는데
누군가 많이 손 시렸겠다

길가에 잃어진 장갑 한 짝
마음도 한 조각.

이러한 상황에서 누군가 잃어버린 장갑 한 짝을 보고 잃어버린 사람의 속상한 마음을 헤아린다는 것은 다른 사람을 자기처럼 위하는 선한 마음이 있기 때문이다. 이처럼 누구나 공감할 수 있는 선한 마음을 전달해주는 동시가 좋은 동시라고 할 것이다.

인간의 순수한 마음 상태를 동심이라고 한다. 그것은 자신의 존재와 더불의 다른 사람이나 사물을 심미안으로 보는 상황이다. 심미안으로 본다는 것은 다른 사물의 관계를 자신과 동일하게 보는 인간애 정서 체험이라고 할 수 있다. 이런 동심을 표현한 시가 동시라고 볼 때 울림을 주는 동시는 남을 나처럼 사랑하고 배려하는 인간애의 정서 체험을 진술한 시다. 따라서 좋은 동시는 어린이의 체험 속에서 서로를 위하는 따뜻한 마음을 나태주의 「장갑 한 짝」 동시처럼 인간애 정서체험 상황을 들추어서 모두가 공감할 수 있도록 표출한 시일 것이다.

동시는 어린이의 체험 정서와 가깝고 상상력을 촉발시킬 수 있어야 한다. 어린이의 피상적인 생활을 그대로 진술한 동시는 어린이들에게 시적인 정서의 심미감을 느끼게 해주지 못한다. 「장갑 한 짝」과 같이 인간애를 일깨울 수 있는 정서 체험을 환기시켜 공감대를 자극할 수 있어야 한다. 이처럼 간결하면서도 인간의 따뜻한 온기를 느낄 수 있는 동시가 좋은 동시일 것이다.

-계간 『아동문학평론』 수록

동심으로 그린 달동네 재개발 모습

– 이옥근의 「집 걱정」

70년대 우리나라는 산업화가 진행되면서 농촌인구가 일자리를 찾아 도시로 몰려들었다. 도시로 이주한 사람들이 어려운 살림살이에 기거할 곳이 마땅찮아 도시의 변두리 산자락에 비닐 거적이나 판자 집을 짓고 마을을 이루고 살았다. 이런 마을을 달동네라고 불렀다. 그리고 집을 지은 지 오래된 마을도 재개발이나 재건축으로 새로운 건물이 들어서면 그곳에서 살던 사람들은 다른 곳으로 이사를 가게 된다.

남의 땅에 무허가 주택을 짓고 살던 달동네 주민들이나 재개발 재건축으로 새 건물이 들어서면 정착해서 살던 주민들은 살던 집에서 쫓겨나 집값이 저렴한 변두리로 이사를 가게 된다. 조세희의 소설 『난장이가 쏘아올린 공』는 바로 철거 위기에 놓인 도시 빈민들이 살아가는 1970년대의 어느 도시 재개발 지역을 배경으로 한 소설이다. 도시 빈민의 비참한 삶과 좌절을 표현한 소설인데, 70년대부터 시작한 도시 재개발, 재건축 사업은 오늘날까지도 계속 이루어지고 있는 실정이다.

이옥근의 「집 걱정」는 사회적인 문제, 즉 자기가 살던 집이 헐리게 되어 다른 곳으로 이사를 가게 되거나 날로 치솟는 전세값을 감당하지 못해 살던 집에서 다른 집으로 이사를 가야하는 도시 서민들의 생활 모습을 동시로 다루었다.

　동시도 시이기 때문에 개인의 문제는 물론 현재의 사회 문제를 소재로 다룰 수 있을 것이다. 많은 동시인들이 동심을 어린이의 생활 속에서 찾으려고 하다 보니, 어린이 일기장 같은 생활 동시가 대세를 이루는 상황에서 이옥근의 「집 걱정」은 가족들의 주거 문제를 다루었다.

　집 걱정

　이옥근

　깃발 꽂힌
　헐리게 될 빈집들

　골목 끝
　감나무에 앉은 새들의
　집 타령

　이사 갈 집
　못 구했는지

지-이, 집-

집, 집, 집-

- 동시집 『고양이 달의 전설』

  이 동시는 이옥근의 동시집 『고양이 달의 전설』에 실린 동시이다. 오늘날 어린이들은 동시인들의 어린 시절과는 생활문화가 단순하지 않고 복잡하고 다양하다.

- 계간 『아동문학 평론』 2024, 겨울호 수록

제2부

시 산
집 책

농촌생활문화의 소환과 그 의미

– 김홍균 시집『그런 시절– 등잔불』의 시세계

1. 프롤로그

김홍균 시인은 다재다능하다. 회화에도 전문화가의 이상의 실력을 갖추고 있고, 작곡, 피아노 연주 등 음악적인 재능이 있는가 하면 문학 창작 분야에도 이미 수필, 시조, 동시를 창작하여 문집을 두 차례 발간 한 적이 있다.

예술분야에 재능을 가지고 있으면서도 늘 겸손하다. 이미 훌륭한 교육자로 평생을 몸 바쳐 일 해왔고, 이제는 은퇴하여 일과를 예술 창작 활동으로 소일하면서 노후를 정말로 가치 있게 보내고 있는 걸로 알고 있다. 한때 그는 병마가 찾아와 투병한 적이 있었다. 그러나 강인한 의지력으로 극복하여 지금은 완쾌되었다. 어려움을 극복하는 그의 강인 한 의지력은 누구도 그를 능가할 수 없을 것이다.

이제 두 번째로 7080세대들이 어린 시절의 한국 전통 농촌생활문화를 소환하여 시로 진술해냈다. 70년대 이후 산업화가 되면서 수세기 동안 변화의 속도가 더디게 일어났던 한국의 전통농촌 생활문화는 한꺼번에 변화해 흔적까지도 사라지고 있다. 가난에서 벗어나 풍족하게 잘 살아보겠다는 정부 정책으로 새마을 운동이 일어나 주택개량사업으로 초가집과 돌담, 흙담이 사라지고 스레트 지붕, 벽돌담으로 교체 되었다. 농촌의 구불구불한 논둑이 경지정리 되고, 시멘트 농수로가 생겨나고, 마을의 비포장 골목길이 정비되어 시멘트로 포장되고 마을에 흔한 살구나무, 오동나무, 가죽나무, 탱자울타리 등이 모두 베어졌다.

그와 함께 농촌의 생활은 경운기, 트랙터 등 영농 방법이 기계화가 되어갔다. 오랫동안 사람의 노동력에 의존하며 살아왔던 조상들의 전통 생활 방식이 한꺼번에 모두 바뀌었다. 그것은 산업화로 궁핍한 생활에서 벗어나고자 농촌인구는 도시로 집중했기 때문이었다.

도시화가 되면서 소득이 적고 힘든 농사일을 기피하는 젊은이들이 모두 도시로 떠나 농업인구는 줄어들어 늙은이들만 빈 집을 지키고 있는 농촌이 되었다. 이러한 급속한 변화는 수세기 동안 지탱해온 가치체제를 일시에 무너뜨려 인간의 정신까지 변화되었다. 이웃끼리 서로 협력하지 않으면 안 되는 농촌생활문화는 단절되었다. 이제는 컴퓨터 앞에서 혼자 일하는 시대가 되어 협동사회의 생활문화는 개인주의와 배금주의 생활문화로 모두 바뀌어졌다.

이웃과 더불어 서로를 위하는 상부상조의 전통적인 가치관이 일시 무너진 것이다. 따라서 된장국이나 청국장과 같은 훈훈한 인간미가 없어지고, 버터나 치즈와 통조림 등 가공식품 같은 대량생산 대량소비를 목적으로 동일한 규격으로 상품화된 삭막한 정서의 시대로 탈바꿈했다. 그러니까 간장된장의 식물성 문화에서 통조림, 베이컨 등 동물성 문화로 바꿔 역동적이나 삭막해진 것이다.

그래서 김홍균 시인은 한국의 전통 농촌생활문화를 두 번 째로 소환했다. 삭막한 오늘의 상황에 대해 이러한 물질적인 가치추구의 생활 환경이 우리에게 인간다운 행복 생활을 가져다주었는가? 우리는 무엇을 위해 열심히 살아왔는가? 우리가 어떻게 살아가는 것이 인간답게 사는 것일까? 우리가 잃어버리고 살아가는 것은 무엇인가? 하는 전통 생활문화에 가치를 다시금 재인식하게 하는 계기를 마련해 주었으며, 우리에게 인간 존재에 대한 철학적인 의문과 성찰의식을 촉구하는 것이다.

그는 급격하게 사라진 전통 생활문화를 시를 통해 소환함으로써 전통생활문화에 대한 가치의 중요성을 다시금 일깨워주었다는 데에서, 이 시집은 그 의의가 크다고 본다.

70년대 산업화라는 변화의 소용돌이 속에서 산업화의 주역으로 활동하다가 뒷방에 앉은 7080세대들이 그리워하는 향토적인 농촌생활문화의 현장을 생생하게 소환한 김홍균 시집 『그런 시절-등잔불』의 시 세계를 살펴보기로 한다.

2. 농촌생활문화의 소환과 그 의미

우리나라 농촌은 근현대화가 되면서 다양한 변화가 나타났다. 자급

자족하는 농업에서 상품경제 생산농업으로 바뀌었다. 가축을 이용한 농업 형태에서 농기계를 이용한 형태로 바뀌면서, 공동노동 형태가 사라지고 농기계를 이용한 개인노동 형태 농업으로, 바뀌었고, 농한기의 단축되었으며, 머슴 제도가 사라졌다. 여성과 노인의 농업노동 증가, 영농후계자 젊은 농민에 의한 고령 농민 영농교육, 단위 농업 노동시간 단축 등으로 여가 시간이 늘었다. 비닐하우스를 지어 특용작물을 재배하는 농업, 화훼 농업, 대단위 비육소 사육 능가의 증가하는 등 의식주 문화가 획기적으로 변화했다.

농업생산 구조의 변화는 농촌사회와 농민문화를 변화시키는 주요한 요인이 되었다. 산업화가 진행되면서 농촌 사회관계가 변화하고, 농촌 인구의 감소, 노부부 가족이 급증했다. 영농 방법이 가축을 이용하지 않고 농기계로 바뀌었고, 가부장의 권위가 추락되고, 마을 주민간의 공동체의식이 약화되었다. 그나마 전통방식의 사회조직이 해체되었고, 신기술 도입해 영농하는 농가의 사회경제적 지위가 향상되었다. 특히 마을 단위 농민문화의 농경의례와 농민들의 놀이문화, 농민들의 여가활동, 음식과 주거에서 획기적인 변화가 일어났다. 수세기동안 이어온 풍년을 기원하는 두레풍물이나 노동요, 주술 행위 등이 사라졌다. 또한 마을회관을 중심으로 한 여가활동, 작목반별로 단체 관광활동이 생겨나고, 구황음식은 사라지고 서리 관행을 묵인했던 문화가 살벌하게 농작물 절도로 변질되었다. 농업용 소를 기르던 외양간은 비육소를 키우는 가축사로 옮겨져 소죽을 끓여주는 모습은 볼 수 없게 되었고, 보일러 난방으로 인한 아궁이 생활문화는 물론 잿간이 없어졌으며, 외부 화장실 문화가 주택개량 사업으로 실내 화장실 문화로 전환되었고,

마당의 두엄자리가 없어졌다.

초가집 형태의 주택은 모두 양옥 형태나 한옥 형태로 현대식 건물로 개조되고 우물도 상수도 시설로 교체되는 등 의식주 생활문화가 현대식으로 바뀌어 옛 생활문화를 찾아보기 힘들게 변했다.

전통생활모습을 보려면 민속촌이나 전통 민속마을에서나 볼 수 있게 되었다. 이런 급격한 전통 농촌 생활문화의 변화 소용돌이를 경험한 기성세대들은 이제 과거의 생활모습을 찾아볼 수 있게 되었다. 그런 이유로 도시화가 되면서 고향을 떠나 도시에서 생활하는 기성세대들에게는 사라진 고향에 대한 그리움이 사무칠 것이다. 특히 자신의 자녀들에게 자신의 어린 시절의 생활상을 생생하게 전달해주지 못한, 전통의 단절감은 애환으로 남게 되는 것이다. 따라서 자녀들에게 다소나마 자신이 살아왔던 어린 시절의 전통생활문화를 체험해주고 싶어 한 사람들은 자녀와 함께 농촌체험활동에 나서는 것이다. 농촌에서 아직도 조부모가 생존해계신 가정에서는 정기적으로 고향을 방문하거나 명절마다 귀성길에 올라 성묘를 하기도 했지만, 이제는 조상들의 묘소도 수도권으로 이주한 가정이 많아짐에 따라 명절 때마다 귀성하는 풍습도 점차 사라지고 있다. 이제 고향에 살고 있는 친척이 없는 도시가정에서는 휴가를 농촌문화체험마을을 찾아 가족단위 체험활동으로 휴가를 보내는 도시민들이 있으나 많은 가정이 여전히 해외여행으로 휴가를 보내는 등 정체성의 정립이 필요한 때이다.

최근 "나는 자연인이다" 방송 프로그램이 인기리에 방송되는 것도 산업화이후 경제적인 풍요를 맞이했으나 정신적인 허기를 채우려는 오늘의 시대적인 풍속도일 것이다. 도시화로 인해 고향을 잃어버린 세대들이 도시의 답답한 생활에서 벗어나고자 자연을 찾고자 하는 열망이 커졌기 때문이고, 어린 시절의 농촌생활문화에 대한 향수 때문에 시청률이 높아진 것으로 볼 수 있다.

최근 도시인들이 여가 시간을 활용하여 농촌을 찾아 농촌생활문화 체험이 늘어나고 있다. 그 이유는 농촌의 아름다운 자연환경 속에서 쾌적한 공기를 마음껏 들이 마시면서 힐링 하면서 조상들이 살아왔던 전통농촌생활을 체험함으로써 자신의 정체성을 찾으려는 귀소본능 때문일 것이다.

농촌생활문화 체험은 농산물수확체험, 농산물 재배체험, 짚풀 공예 체험, 농산물 가공체험, 농촌 생태체험, 천연 염색체험, 세시 풍속체험, 꽃 음식체험, 한옥마을 체험 등등 다양하며, 휴가를 농촌체험마을에서 보냄으로써 도농 간의 소득격차를 완화하고 도농 간의 다양한 교류를 통해 국민의 일체감을 조성하는 효과가 기대된다.

이러한 시대적 상황에서 김홍균 시인의 시집『그런 시절-등잔불』은 시로 감상 함으로써 전통농촌 생활의 소환하여 정서체험을 가능하게 하는 시집이다. 기성 서대에게는 고향으로 귀향하여 자연의 품에 안겼을 때의 포근함 마음으로 힐링하게 되고, 밀레니얼 세대에게는 다양한 전통농촌 생활문화를 간접 체험을 통해 전통문화의식과 정체성을 확립하는 기회를 제공해주는 시집으로 발간의 의의가 크다고 할 수 있을 것이다.

이 시집은 100편의 사향의식思鄕意識을 노래한 시를 각 20편씩 5부로 나누어 수록 했다. 각 부별로 그의 시를 살펴보기로 한다.

1) 산업화 이전의 농촌의 자연환경과 생활모습의 재현 – 제1부 산그늘

산업화 이전의 농촌 생활은 전통적인 한국의 농촌의 모습 그대로다. 마을 사람과 끈끈한 유대감이 형성되어 있으며, 한마을이 공동체를 이루며 가족과 같은 인간적인 교류가 이루어졌던 시대이다. 고즈넉한 초가집의 곡선의 풍경 속에서 이웃과 정을 나누며 자연의 동식물들과 더불어 공생관계가 형성된 향토사회이다.

그는 유년 시절을 농촌의 자연환경 속에서 보냈다. 그래서 자연과 더불어 뛰어 놀았던 고향의 생활모습을 「산그늘」로 재현해놓았다. "메뚜기 잡으려다/풀무치를 만났네// 풀무치 쫓아가다/산새 알을 보았네//어미 새/걱정할까 봐/못 본 척 돌아섰네.-「산그늘」"은 음지의 그늘이 아니라 자연의 품이다. 마을의 뒷동산 풀밭에서 메뚜기, 풀무치를 쫓아가다가 우연하게 발견한 산새 알을 보고 어미 새가 걱정할까 봐 못 본 척 돌아서는 동심이야말로 자연과 공생하며 살아가는 모습이다.

가부장적인 문화 속에서 어머니는 아침밥상 머리에서 "우두둑!/돌 씹는 소리/커지는 아버지 눈/졸아드는 식구들 가슴/-내가 조리질했어라-「조리질」에서"라고 쩔쩔매고 살았다. 궁핍한 시대 아버지는 농사일에 열심이었고 어머니는 빨래. 식사 준비, 제사 준비 등 집안일에 바쁘셨다. 특히 "숯불이/둥근 다리미 안에서 이글거릴 때/왼손으로 빨래 한쪽을 잡고/다리미 손잡이를 잡은/어머니의 오른손이 바쁘다.-「다리미질」" 옷을 다리미질 하는 등 가사 일뿐만 아니라 육아를 하면서도 틈틈이 농사일을 했는데, 육아들 돌보아줄 사람이 없기 때문에 "아기는 어떻게 집을 보았을까?/엄마는 아기 허리에 긴 끈 묶어 놓고/다른 한쪽 문고리에 묶어 놓은 채/재 너머 황토밭 김매러 갔는데-「아기가 혼자 남아서 집을 보는 일이 허다했다. 그리고 어머니는 농사일이 바빠서 아이의 돌봄은 맏딸이 어머니의 육아를 대신하며 어머니의 일손을 도와야 했다. "못밥 이고 가는/엄마 따라 걷는다,/아홉 살 옥자.//한 줌 작은 등에 포대기 둘러/어린 막내 업고/한 손에 술 주전자 들고/세 살 경자 손을 잡고/구불구불 걷는 논길에/단발머리/살랑/바람에 날린다.-맏딸"처럼 농사일은 온 가족이 나서서 도와야 했다. 그러면서도 남존여비 사상 때문에 겨우 초등학교만 마치고 중학교에 진학하지 못하고 농사일을 도와야 했다. "뒷집 영숙이가 중학교에 간다고?/아니, 살림살이가 넉넉한 집도 아니잖아?/아들도 중학교에 못 보내는 집이 많은데-「딸자식」"라고, 부모들은 딸을 교육할 필요성을 없다고 생각했다. "시집 가버리면 그만인 딸자식을/저렇게 애써 가르쳐서 무엇에 쓰려나?"라는 생각이 지배적이었다. "우리 동네 계집애 중 혼자 가는 거지?" 이처럼 「맏딸」이 중학교에 진학한 가정은 부잣집의 경우였다. 대부분의 가정의 맏딸들은 학교에 진학하지 못하고 동생을 돌보았으며, 어머니는 아기를 갓 낳은 상태이면서도 산후 조리할 여유도 없이 시어머니의 눈치를 살폈다. 그래서 자진해서 가족들의 밥상을 준비하기 위해 「봄나물」을 키러나가야 했다. "비틀걸음으로/뒷산 언덕에 올랐다.//-딸 낳은 게 벼슬이냐, 몸조리하게?/시어머니 잔소리 듣기 싫어/몸 푼 지 하루 만에 아침밥 지어놓고/바구니 들고 봄나물 캐러 나온 옥천 댁"은 바로 농촌 부녀들의 고된 생활 모습이었다. 그나마 남존여비 사상이 지배적이어서 딸을 낳은 부녀자들은 푸대접을 받기 일쑤였다. "딸만 내리 다섯 낳은/점순이 어머니/마침내 대를 잇게 되었다고/사함 받은 죄인인 양/동네방네 자랑하고 다녔다.-「자랑」"라고 다섯이나 딸을 낳고도 죄인처럼 살다가 아들을 낳은 점순이 어머니는 당시 농촌의 부녀자들의 생활 모습이었다.

그런 중에도 제삿날은 오랜만에 고기 전을 먹을 수 있는 기회였다. 쌀밥도 실컷 먹기 어려운 시절 육류 고기 맛은 제삿날이나 생일날, 명절 때 뿐이었다.

부엌 앞 장광 옆
큼직한 돌덩이들 그 위에
가마솥 뚜껑 뒤집어 놓고
불을 때며, 엄마는 전을 지진다.
고소한 그 냄새
눈치 보며 가만가만 다가서면
- 저리 가라, 부정 탄다.
그러나 피어나는 고기 냄새는
어린 발걸음을 묶어 놓아
마당 한 바퀴 돌고 들여다보고
또 한 바퀴 돌고 들여다보고
엄마는 일부러 그러셨을까?
전 한 귀퉁이 떨어졌는지, 떼어냈는지
젓가락으로 얼른 집어 입에 넣어주신다.
그 맛
돌아가신 할아버지 덕분에
모처럼 먹어보는

고기전.

– 「제삿날」 전문

김 시인의 유년 시절의 고향 모습을 생생하게 재현했다. "부엌 앞 장광 옆/큼직한 돌덩이들 그 위에/가마솥 뚜껑 뒤집어 놓고/불을 때며, 엄마는 전을 지진다."에서 농촌 주택의 일반적인 구조와 가마솥 뚜껑을 뒤집어 제사음식인 고기 전을 지지는 모습과 그 음식을 먹고 싶어 하는 궁핍한 시대의 동심이 드러난다. 그리고 이런 제사나 명절을 지내려면 제사 지낼 때 사용할 "놋그릇을 닦는다./짚을 구겨 만든 수세미에/곱게 빻은 기와 가루 묻혀서/이마에 땀방울 맺히도록/문지르고 또 문지른다.-「유기」" 그릇을 닦는 것이 우리 조상들의 생활모습을 재현해 보여주고 있다.

2) 궁핍한 유년 시절의 생활문화에 대한 회상의 미학 – 제2부 정월 대보름

산업화가 진행되기 이전의 6,70년대의 우리나라 농촌은 궁핍한 생활을 했다. 그러면서도 어린이들은 그런 생활 속에서도 항상 밝게 웃으며 생활에 적응해 살아왔다. 밤이면 전짓불이 들어오지 않아 등잔불과 호롱불로 어둠을 밝혔다. 긴 겨울밤이면 농사일에 필요한 새끼를 꼬아 생활도구인 덕석이나 망태와 도롱이를 만들기도 했다 이때 새끼는 오른쪽으로 꼬았으나 왼쪽으로 새끼를 꼴 경우는 아기를 낳은 집에서 대문 앞에 금줄을 만들고 할 때 였다. "만삭인 아내 몸 푸는 날/사립문에 걸쳐놓을/금줄 만들려고 왼새끼 꼰다.-「왼새끼」를 꼬아서 새끼에 고추와 숯 등을 꼬아 넣었다, 사내아이의 경우에는 숯덩이와 빨간 고추를 간간이 꽂고, 계집아이의 경우에는 작은 생솔가지와 숯덩이를 간간이 꽂아놓았다. 부정을 막아 아기를 보호할 목적으로 외부인의 출입을 삼가달라는 표시였다.

이 무렵은 궁핍한 시대이라서 봄이 되면 식량이 떨어져 춘궁기의 고통을 감내해야 했다. "보릿고개 깔딱고개/긴긴 하루 해//송기 벗겨 절구 찧어/으깨어 놓고//찹쌀 대신 멥쌀 대신/쑥을 버무려//밥 대신 죽 대신/몇 날 먹더니//칠득이네 식구들/부황이 났다.-「보릿고개」"라고 굶어죽지 않기 위해 풀뿌리로 연명하다가 부황이 나기가 일쑤였다. 이런 어려운 생활환경 속에서도 동심은 밝았다. "여치집/여치 울음/그 소리 쓸쓸하여/싱그러운 풀밭 속에/ 여치/도로 놓아 주었네.-「여치 울음」"처럼 작은 생명이라도 죽이지 않고 공생의 길을 모색했다. 당시 농촌에서는 집집마다 닭을 길렀고, 달걀은 유일한 단백질의 공급원이었다. 이 달걀을 모아 열 개씩 지푸라기로 꾸러미를 만들어 장에다 내다 팔아 가용으로 쓸 경비를 마련했다. 그리고 뽕나무를 심어 누에를 치고 누에에서 명주실을 뽑아냈다. 어린 시절 명주실을 뽑아내는 할머니가 건네주는 먹은 번데기 맛은 " 번데기는 참말로 고소했었지./받침돌 안에서 장작불 타오르면/받혀진 냄비 속에서 펄펄 끓는 물/물결 따라 춤추는 하얀 누에고치/고치에서 뽑힌 실이 물레에 감길 때/할머니는 긴 젓가락 들고/끓는 물속에서/번데기 건져 내어 내게 주었지.-「번데기」"라고 잊지 못한다.

느라죽(고무줄총)으로 참새를 잡는 것이 겨울철 농촌 어린이들의 놀이였다. 그러다가 "빗나간 돌멩이는/물 길어 오는 뒷집 아줌마/물동이를 맞췄다네.-「느라죽」의 돌맹이의 오탄에 남의 유리창이 깨거나 지나가는 아주머니의 물동이를 깨뜨리는 일이 가끔 벌어지기도 했다.

그 당시 어린이들은 보름날 밤이면 달집태우기, 논둑에 불 지르기, 불 깡통 돌리기 등의 민속놀이를 했고, 이른 아침 친구 집에 가 친구의 이름을 부르며 더위팔기 했다. 추석이나 명절, 제사 등 집안에 큰 행사가 있을 때 떡을 했다. 떡도 명절마다 각각 다른 종류의 떡을 만들었는데, 설날에는 떡국 떡을 만들거나 떡살이 찍은 떡을 만들었는데, "판화라는 이름만 달지 않았을 뿐/우리는 나무나 도자기에 새긴 문양을/떡"에 떡살로 눌러 문양을 만들었다. 떡을 만들 때 곡식을 가루로 빻는 도구로 맷돌이 있었다. 맷돌로 곡식을 넣고 돌리면서 노래를 부르기도 했는데 이것이 「맷돌가」다. 맷돌로 곡식을 빻아 가루를 만들어 떡을 만들었다. 명절을 앞두고 이발소에 들려 이발을 했는데, "머시매들 머리는/ 바리캉으로 빡빡 미는데/가끔씩 머리털도 뽑히는지/영식이 찡그리며 목을 움츠리고/기계총 허연 상필이 머리는/맨 나중에 밀었다.-「이발」라고 당시 마을 아이들의 이발하는 모습이다, 지금은 볼 수 없지만 그 당시 어린이들 중에는 머리가 하얗게 변한 기계총이 있는 아이가 더러 있었다. 기계총이란 머리 밑 생긴 피부병 "두부 백선"에 걸려 다른 아이에게 옮길까봐 항상 맨 나중에 머리를 깎았다.

「합수통」은 전남 지방의 방언으로 변소에 해당되는데, 당시 화장실 문화가 좋지 못하여 용변을 볼 때 "뒷간에 쭈그려 앉아 끙! 힘을 주는데/퐁당! 똥덩이 떨어지면서/합수통 물이 튀어올랐다.-「합수통」" 그리고 당시에는 개울가나 논에 우렁이나 미꾸라지가 많았다. 당시의 농촌 어린이들은 개울가나 논의 물꼬랑에서 "통통한 미꾸라지 한 마리 잡아/검정 고무신에 담아서/집으로"가는 일이 있었다. 지금처럼 마땅히 담아갈 비닐이나 페트병이 없었기 때문이다. 그리고 밭에 목화를 재배하는 농가가 있었는데, 목화 꽃이 피고 열매를 맺을 때 그 열매를 먹었다. "허기진 입에 물면/입안 가득 흘러드는/달짝지근한 물, 그 맛." 그 맛은 달짝지근해서 주인 몰래 목화 열매를 따먹다가 혼줄이 나기도 했다. 그런데 그 열매를 「미영다래」라고 했다.

농촌 어린이들의 생활은 항상 자연이 교과서였다. 자연 속에서 자연을 선생님으로 모시고 산교육을 받으며 살았다. 어린이들은 자유로 왔지만 어머니들은 할 일이 너무 맡았다. 집안일에서부터 자녀 돌보기, 농사일 거들기 등 할 일이 많아 선잠을 자는 분도 많았다. "해남댁은/언제나 웃고 살았는데./시어머니 구박에도 속없는 듯/남편 투정에도 속 넓은 듯/그렇게 웃고만 살았는데.「가슴에 피」"도 남에게 말 못하고 혼자 끙끙 앓다가 화병에 걸린 분들이 많았다. 이 화병은 병원에 가면 이상이 없다는 의사의 진단이 나온다. 이 병을 「가슴의 피」라고 했다. 궁핍한 생활도 지나고 보면 그리운 추억이 되는 것이다. 김홍균 시인의 다시는 되돌아오지 않는 사라진 유년 시절의 고향에서의 체험을 떠올려 시로 진술했다. 그 중에서 어머니와 등잔불을 밝히며 단란했던 유년 시절, 궁핍했지만 그 궁핍한 생활 속에서 오직 자식들을 위해 헌신하신 어머니의 모습을 통해 천진난만하게 뛰어 놀았던 유년시절의 고향에서의 생활을 재현해 가슴을 뭉클하게 하고 있다.

성냥을 그어
석유 등잔에 불을 붙인다.

새끼손톱만 한 불꽃이
심지 위로 살며시 고개 내밀면
방안 가득하던 어둠은
한 발짝 물러서고

어슴푸레한 그 공간에서
바느질하시는
어머니 손목이 가냘프다.

가끔씩
꺼질 듯 흔들리는
가녀린 불꽃은
그러나 말없이
자신의 영역을 밝히며
긴 밤을 새우고

어머니는
저 가는 손으로
물 길어 밥을 짓고
호미 들어 밭을 매고
빨랫방망이 두드리며
어린 자식들의 삶을
등불처럼 지켜간다.

밤은

얼마나 깊었을까?

바느질 끝나 등잔불 끄고

비로소 눕는

어머니의 고단한 몸을

가만히 덮어오는

어둠, 그 고요함.

- 「등잔불」 전문

「등잔불」은 그의 사향의식을 유발하는 매개물이다. 그는 등잔불을
통해 유년시절 어머니를 떠올린다. 밤늦게까지 바느질하는 모습이 가
장 가슴을 울리는 것이다. 아름다운 꽃을 보고난 뒤 오랫동안 그 꽃의
이미지가 각인이 되어 벌과 나비들이 날아드는 것과 같이 그는 등잔
불을 매개체로 어머니의 모습을 떠올리는 것이다. 지나간 것은 아름답
다. 꽃이 아름다운 까닭은 벌과 나비들에게 꿀을 주고 사람들에게 아
름다운 마음과 향기를 선물하고 사라지기 때문이다. 그 어떤 대가를
바라지 않고 주기만하는 어머니의 사랑과 같기 때문이다. 궁핍한 유년
시절의 생활문화, 특히 정월 대보름과 같은 명절날의 추억은 지워지지
않는 영상으로 남아 우리에게 사향의식을 촉발하게 하고, 재현 미학을
시로 형상화하여 보여주고 있는 것이다.

3) 농촌의 농사 체험과 농경생활 문화의 재현 – 제3부 장마철
농촌 어린이는 어릴 때부터 농사 체험을 하게 된다. 마을 사람은 물

론 부모님으로부터 어깨 너머로 보고 배운 것을 스스로 체험해 보려고 노력한다. 그래서 어릴 때부터 농사를 일을 거들어야 한다. 「낫질」은 기초적이고 필수적인 농사도구 사용법이다. 당시 검정고무신을 신고 논둑에서 낫질하여 꼴을 베는 것이 농촌 어린이들의 생활상이었다. "아침 일찍 망태 메고 들로 나갔다. 풀잎 이슬이 발등을 적시며 흘러내려 고무신이 미끈덕거린다. 논둑에 쭈그려 앉아 꼴을 베는데 중학교 가는 진수가 저만치에서 손 흔들며 웃는다./아침 햇살에 새 교복이 눈부시다./덕칠이도 마주 보며 웃어주다가 그만 베이고 말았다. 피가 방울방울 솟는 왼손 엄지를 입에 물고 다 못 찬 꼴망태 메고 집으로 왔다.-「낫질」" 소를 먹일 풀을 베어오는 일, 꼴값으로 밥을 얻어먹을 수 있었다.

당시의 시골은 비포장도로였다. 버스도 잘 다니지 않아 교통이 불편했다. 지금과는 격세지감을 느낄 정도이다. 명절은 고향에서 보내야 한다고 도시에 나가살던 자녀들이 고향을 찾았다. 그런 모습이 70년대 명절 무렵의 풍속도였다. 이제 도시로 전 가족이 이주하여 고향을 떠난 사람들이 많은 결과 귀성 인구가 점점 줄어들고 있고 오히려 도시에서 명절을 보내기 위해 귀경하는 사람도 늘어나는 등 농촌의 풍속도가 변하고 있다. 그 당시 추석을 고향에서 보내기 위해 버스를 타지 못한 사람은 걸어서 귀성하는 사람들도 있었다. "미어터질 듯 손님을 싣고 울퉁불퉁 신작로 황톳길을 헉헉대며 기어가는 완행버스 뒤범퍼 위에 발만 겨우 올려놓고 버스 유리창에 거머리처럼 달라붙은 고향이 그리운 사람들이 바퀴가 일으키는 흙먼지를 고스란히 뒤집어쓰고 있다.-「추석」" 라는 6.70년대의 추석 무렵 농촌의 생활 모습이다.

농사를 지으려면 소가 있어야 했다. 소가 쟁기질을 하고 써레질을 하는 등 농사일을 도맡아 했다. 축력을 이용한 당시의 농경생활을 「소1」과 「소2」에서 재현하여 진술하고 있다. - "이랴" 하면 이리 가고/"저랴" 하면 저리 가고/"워워" 하면 멈추고/소귀에 경 읽기라고/누가 그랬나?//농부의 말을/저렇게 잘 듣잖아?-「소1」-라고 농부가 쟁기질하는 농경생활 모습을 그렸다. 그리고 쟁기질하는 모습을 "산비탈 자갈밭/갈아엎는데/쟁기 끄는 누렁이/멈추어 선다./이랴 끌끌 독촉해도/꿈적도 안 해/곡괭이 집어 들고/땅을 파보니/커다란 돌덩이/땅속에 박혀 있어/하마터면/보습날 상할 뻔했다.// 누렁아,/네가 나보다 났구나!-「소2」라고 쟁기질 하다 돌덩이에 보습날이 부딪혀 보습 날을 잃어버릴 상황을 이야기 하고 있다.

또한 모내기를 할 무렵 논에는 거머리가 많았다. 「거머리」는 모을 심기 위해 논에 들어간 농부들의 장딴지에 달라붙어 피를 빨아먹는 등 농사일을 방해했다. 어린 시절 모내기를 돕다가 거머리가 달라붙은 곤혹을 치렀던 경험을 시로 형상화하여 생생하게 재현해놓았다. 그리고 모내기를 하고 벼가 어느 정도 성장하면 벼와 모양이 비슷해서 구별하기 어려운 잡초인 피가 벼와 함께 자란다. 이런 잡초인 피를 뽑아주어야 벼가 튼실한 결실을 맺게 되기 때문에 농부들은 피가 열매를 맺기 전에 피를 뽑내냈다. "사흘에/피죽 한 그릇 못 얻어먹었느냐는/속담을 보면, 옛날에는/분명 곡식이었을 피를/ 벼농사에 해로운 잡초라 하여/보이는 대로 뽑아낸다.-「피사리」"라고 피를 뽑아내는 일을 속담을 끌어와 재미있게 진술해 감동을 준다.

이밖에 농촌의 농사 체험했던 사례로 「도리깨질」을 들고 있다. 주로 농촌에서 알곡 또는 콩이나 팥을 수확할 때 「도리깨질」로 곡식을 털어냈다. 그런데, 도리깨질 하는 일은 쉬운 일이 아니었다, "도리깨 자루 잡고/힘껏 내리쳤다가/자루 끝을 땅에 박아/도리깨만 망가졌다.-「도리깨질」"라고 도리깨질의 농사일 체험에서 실패담을 진술하고 있다.

이런 힘든 농사일을 하는 농부들의 고통을 이겨내게 하는 것은 막걸리었다. 농부들은 막걸리 한 사발을 들이키고서 힘겨운 농사일을 견디어냈다. 그런데 당국에서는 주조장에서 만든 막걸리만을 사먹게 하고 집에서 막걸리를 담가먹지 못하게 단속했다. 집에서 만든 막걸리는 밀주라 하여 담근 사람을 처벌하는 어처니 없는 정책을 펴왔다. 밀주 단속원들이 가끔 밀주를 담근 농가를 수색해 법적인 처벌을 했던 때가 있었 다. 그 당시의 처사에 대해 김 시인은 "어디 감히 농주와 비교한단 말이냐?/솔직히, 양조장 술을 팔아/세금 더 걷으려는 수작 아니냐?"라고 농민의 편에서 통렬히 비난한다. 그리고 당시에 벼의 수확량을 늘리기 위해 「통일벼」라는 새 품종의 벼를 심어 획기적으로 수확량을 늘렸는데, 통일벼 품종으로 지은 밥은 다른 품종의 벼와는 현저하게 맛이 없었다. 그런 경험 사례를 "우리나라의 식량부족이 해결될 거라고/통일벼 예찬론을 늘어놓는 선생님께/통일벼로 지은 밥은 맛이 없다고 했다가/호되게 꾸지람을 들었다./지금 우리가 입맛 따질 때냐고.-「통일벼」"라고 밥맛이 없다고 선생님의 말씀에 반박했다가 꾸중을 들은 경험을 진술하고 있다. 그 당시 「종오벼」라는 볍씨를 사온 마을 사람의 이름으로 벼품종에 관한 에피소드를 소개하고 있다. "마을 사람들을 대표해서/읍내에 심부름 간 종오가/ 한 해 농사지을 볍씨를 사왔다.-「종오벼」" 그래서 붙은 「종오벼」는 종오가 무슨 품종인지 몰라서 마을 사람들이 볍씨를 구해 온 사람의 이름으로 바뀐 「종오벼」는 대풍을 가져왔으나 이듬해 다시 심지 못했다는 일화다.

어린 시절 농촌에서 살면서 농사일을 체험하고, 당시의 농경생활 문화를 생생하게 재현했으나 그 당시 장마철이면 농부들은 벼농사에 피해가 있을까봐 걱정하곤 했다. 가뭄이 들어도 걱정, 장마철에 비가 많이 와도 걱정, 농부들의 걱정은 오직 벼농사를 잘 지으려는 생각 때문이었다. 그런 장마철 농심을 김 시인은 다음과 같이 표현하고 있다.

눅눅한 세간살이
곰팡이 핀 묵은 벽지

논골의 벼 이삭들
얼마나 여물는지

개일 듯
이어지는 비
야윈 가슴 시름처럼.

— 「장마철」 전문

해마다 벼꽃이 필 무렵인 7,8월이면, 장마가 찾아오곤 했다. 장마가 오래 지속되면 벼 수확이 지장을 초래했다. 만약 홍수가 들어 벼가 물에 잠기는 일이 벌어진다면 벼농사는 망치게 된다. 농부들은 장마철이면 비옷을 입고 물꼬를 살피느냐 장마철이면 삽을 들고 논둑을 살피곤

했다.

어린 시절 마을 사람들의 이런 모습을 보고 자란 김 홍균 시인은 자신이 경험했던 농촌의 농사 체험과 농경생활의 문화를 시로 형상화하여 당시의 농촌의 모습을 생생하게 그려냈다.

4) 도시로 이주한 동심의 눈으로 본 도시생활 문화 – 제4부 오시午時

제4부 오시午時는 김홍균 시인의 어린 시절, 농촌생활에서 도시로 이주해 도시생활을 시작하면서 동심으로 본 이모조모의 도시생활문화를 재현한 시들이다.

"초등학교 1학년 때/전학 온 도시에는/거리마다/사람들도 많고/높은 2층집도 많고/상점들도 많고//한 간판에 써진 글이/"관발이호경"/이게 무슨 뜻일까?/가만히 다가가 들여다보니/ 아!/알겠다./그런데 간판 글씨를/왜 거꾸로 썼지?-「간판」"에서 본 동심은 「불량식품」, 「달고나」, 「고물자」, 「옷핀」, 「오징어」, 「공식」, 「만화방」, 「순경 아저씨」, 「헌병」, 「자게꾼」, 「첫 손님」, 「개사」 등 시제만 보아도 도시생활의 이모조모 모습이라는 것을 알 수 있다.

초등학교 1학년의 눈으로 본 도시 생활은 낯설고 호기심을 자극하기에 충분할 것이다. 특히 간판 글씨가 거꾸로 인 것처럼 농촌생활모습으로 볼 때 도시생활모습은 거꾸로 보일 것이다. 60년대 농촌의 등잔불 문화에서 도시의 전깃불 세상은 딴 세상이었을 것이다. 당시는 전기 사정이 좋지 않았다. 그래서 "우리 집은 일반선/밤 아홉 시가 되면/전기가 나간다.-「전깃불」"라고 당시의 일반선과 특선으로 구분되어 전기를 공급해주던 도시생활모습을 재현하고 있다. 어린이들은 길거리

「불량식품」에 관심을 집중했었다.

"저것 좀 봐/얼마나 예뻐?/좌판에 가지런히 놓여있는/투명한 삼각 비닐봉지 안에/빨강 파랑 노랑/저 물 색깔 말이야./땡볕에, 흐르는 땀방울 훔치며/가만히 쭈그리고 앉아/어느 색을 고를까,/한참을 망설이다가/에라, 그냥 하나 집어서/비닐봉지 한쪽 끝을 이빨로/살짝/물어뜯는 순간,/입안으로 흘러드는/아,/시원한 그 물/달콤한 사카린 맛!-「불량식품」이라고 여름날 불량식품이라고 할 수 있는 사카린 색소 음료수는 어린이들이 먹고 싶어 하는 음식이었다. 어린이들은 몸에 해로운 불량식품이라는 것을 몰랐다. 그런 것을 파는 어른이 문제인 것이다.

당시 학교 앞이나 공원 길거리에는 「달고나」 장수가 어린이 손님을 기다리고 있었다.

이번엔 성공할 것 같았어.

연탄불 위에 올려놓은 국자에
설탕과 소다를 섞어 만든 달고나
철판에 부어 납작하게 편 다음
문양판을 대고 가만히 눌러준다.

바삭하게 마른 과자에 콕 찍힌 무늬
그대로 떼어내어 아저씨에게 주면
공짜로 한 번 더 띠기를 할 수 있어
침까지 발라가며 조심조심 뜯는데

이번에도

아까처럼

또 그전처럼

톡! 끊어지는 가느다란 모가지

아이고 아까워라

한 번 더

할까, 말까?

- 「달고나」 전문

「달고나」는 기성세대 어린 시절의 음식놀이 문화였다. 설탕을 녹여 여러 가지 문양이의 철판으로 눌러 그 모양을 손상되지 않게 조심조심 떼어내는 놀이다. 문양을 그대로 유지하고 떼어내는 것은 무척 어려웠다. 도중에 문양이 떨어져 성공확률이 낮은 놀이였다. 온 신경을 집중하여 조심조심 문양을 살리면서 조금씩 떼어내려고 수차례 되풀이하면서 떼어난 「달고나」 조각을 맛보는 재미는 기성세대의 어린 시절 생생한 놀이문화였다.

「달고나」가 음식놀이문화였다면, 「만화방」은 어린이들의 독서문화 놀이 중 으뜸이었다. 학교보다 어린이들에게 친근한 장소였고, 가격이 저렴해서 용돈을 쉽게 쓰는 곳이었다. 어찌나 재미있었던지 만화 속에 빠지면 옆에서 불러도 몰랐고, 만화 속의 주인공이 되어 무한한 꿈속을 헤매는 독서공간이었으나 어른들은 만화책을 읽는 것은 좋지 않는 일이라고 극구 말렸다.

그 당시 가난한 우리나라는 미국의 원조물자 "밀가루 포대에/미국

국기를 배경으로 그려진/악수하는 그림은/흔하게 볼 수 있었지.-「고물자」 구호품을 받아 식량이 부족한 국민들에게 나누어 주었다, 지금은 경제성장으로 잘 사는 나라가 되어 못 사는 나라에 구호물자를 보내주는 나라가 되었지만, 당시 가난한 우리나라는 미국의 구호물자로 우유, 옥수수 등을 초등학교 학생에게 나누어 주었었다.

　도시로 이주한 동심의 눈에 보이는 어른들의 생활모습은 천태만상이었다. 가게 문을 연 상인이 물건을 사지 않고 그냥 갈 때 "에이, 재수없어./아침부터 이게 뭐야?/마수걸이 손님이라고 찾아와서는/이것저것 헤집고 뒤적거리다가/맘에 드는 물건이 없다고 그냥 가다니/아니,/내가 정말로 간절하게 말했잖아/손해 보고 팔 터이니/제발 하나만 사달라고/그런데도 그냥 가?/그래서 욕 좀 했다.-「첫 손님 1」라고 손님과 싸우는 장면을 보았으며, "끙!

　/한 가닥 작대기에 의지해/온몸으로, 지게 위에 얹힌/바위 같은 짐 짝 밀어 올리며/천천히 일어"서는 「지게꾼」의 모습을 보았을 것이다. 모두들 도시로 이주해 가난에서 벗어나려는 도시이주민들의 삶 속에서 이태리 가곡 〈산타루치아〉의 가사도 개사하여 "내 배는 살 같이 바다를 지난다/산타루치아, 산타루치아"를 "네 배만 고프냐 내 배도 고프다/쌀 타러 가자, 쌀 타러 가자."라고 바꿔 부르고, 군가의 노랫말도 "전우의 시체를 넘고 넘어"를 "전우의 시래깃국에 밥 말아 먹고서"라고 바꿔 불렀으며, 동요조차 "나의 살던 고향은 꽃 피는 산골/그 속에서 놀던 때가 그립습니다."를 "나의 살던 고향은 ○○ 형무소/꽁보리밥에 된장국이 그립습니다." 또는 "하늘나라 선녀님들이/하얀 가루 떡가루를" 뿌려준다고 바꿔 부르는 등 궁핍한 시대의 생활 문화를 동심의 눈으

로 노래했었다.

돌이켜 생각해보면 오시午時의 한 장면인지도 모른다. "따가운 여름 햇살/실바람도 잠든 마당//장독대/받침돌 아래/홀로 웃는 채송화."처럼 사라진 생활문화 속에서 옛 문화를 생각하며 "홀로 웃는 채송화"는 바로 오늘날 우리나라가 잘 사는 나라로 변신하게 만든 주역들인 기성세대들의 자화상인 것이다.

5) 사라진 것들에 대한 향수, 지나온 발자취에 대한 그리움 – 제5부 실개울

사라진 생활문화는 향수를 유발한다. 60년대 학교에서는 펜으로 잉크로 묻혀 글씨를 썼고. 만년필은 잉크를 넣어 오래 쓸 수 있었다. 잉크병이 쏟은 실수를 누구나 경험했을 것이다. 김 시인은 잉크병이 엎질러져 "책도 공책도 엉망이 되었는데/나는 그나마 다행이지/어쩔거나,/잉크가 바지에 쏟아진 내 짝꿍은.-「잉크」처럼 곤란한 상황에 놓인 일화다. 지금은 볼 수 없는 일이다. 그리고 학교에서 우등상은 공부를 잘해주는 상이지만 개근상은 학교를 하루도 빠짐없이 나온 학생에게 주는 상이었다. "그 옛날 학교에서는/공부 잘해 받는 우등상보다/결석 한 번 하지 않은 개근상이/더 값지다고 했었는데-「개근상」 지금은 개근상 제도가 없고 특별한 사정이 있어서 학교를 결석할 때에는 체험학습원 제출하여 출석하는 것으로 인정하는 등 제도가 많이 바뀌었지만 과거에는 개근상은 성실성을 높이 평가하였다.

그리고 겨울철 학교에는 화목난로가 교실마다 설치해서 나무로 추운 겨울을 따뜻하게 보냈다. "장작을 품고 태워가며/교실을 덥혀주는 무쇠 난로 위에/차곡차곡 쌓여 있는 양은 도시락.//위아래 도시락을 바꾸어가며/난로의 온기를 골고루 나누기도 하고/날에 따라 순번을 정해/도시락을 교대로 올리기도 하며/점심시간이면/도란도란 꽃이 피는 이야기 속에/우리의 학창시절/겨울은 그렇게 따뜻했다네.-「난로」 라고 겨울철 난로는 현대식으로 보일러 난방으로 모두 바뀌었지만, 그 시절 화목 난로는 지금은 모두 사라졌지만 김 시인의 학창시절 친구들과 정겹게 지냈던 추억속의 난방문화였다.

궁핍한 시절에 화목연료를 구하기 위해 학교에서는 아이들이 산에 올라가 솔방울 주워와 겨울철 난롯불을 피울 화목으로 대체했다. "수업시간에/공부 대신 일을 하러 왔는데/소풍이라도 온 양/재잘재잘 장난도 치며/솔방울을 주워 담는다.-「솔방울」 어린이와 교사가 함께 자연학습 겸 난로 땔감을 구하는 현장체험학습이었다.

지금은 사라졌지만 극장의 맨 뒷자리는 「임검석」이 있었다. 임검석이란 청소년 관람불가의 영화를 단속하는 경찰관이나 소방을 점검하기 위한 소방관이 앉는 좌석을 말한다. "극장마다/ 임검석이 있었다./ 극장 양쪽 뒷 출입문 들어서면/뒷벽 한가운데 조금 높게 위치한/그 자리는 항상 비어있었다.-「임검석」

그리고 극장에는 관람요금이나 개봉영화의 상영여부에 따라 일류극장, 이류극장 등으로 구분하였다. "동시 상영하는 동방극장에서는/한 번 입장하면/영화를 두 편이나 볼 수 있었지.-「이류극장」 이류극장에서는 싸구려 극장으로 입장권 한 장으로 이미 개봉된 영화 두 편을 감상할 수 있었다. 지금은 쾌적한 CGV영화관으로 바뀌었다. 국민소득의 수준에 따라 모든 문화도 고급화되기 마련이나 60년대 이전에는 극장의 등급이 정해져 있었다. 그리고 극장 입구에는 「기도」라는 극장 문지기가 있었다. 궁핍한 시대 영화표를 끊을 돈은 없고 영화를 보고 싶은 청소년들이 기도 아저씨가 자리를 비운 틈에 재빨리 극장으로 들어가 영화를 보는 경우가 있었는데, 그런 경험을 "정말로 어쩌다 한 번 기도 아저씨가 자리를 비운 사이 극장 안으로 재빨리 숨어들어 공짜로 본 그 영화는 진짜로 재미있었다."라고 「기도」로 진술하고 있다.

물건을 맡기고 돈을 꾸어주눈 「전당포」 문화가 있었다. 지금까지도 더러 사라지지 않고 남아있는 「전당포」가 있지만, 전당포는 오늘날의 신용카드 문화로 바뀌었다. 60년대에는 "시계를 찾았다./맡긴 지 한 달 만에/빌린 돈 천 원에/이자를 백 원이나 붙여주고/돌려받았다.-「전당포」」

발목 찬 시린 물에
물방개 소금쟁이

세월 속 잊어버린
여울물 맑은 소리

눈 감아
다시 듣느니
젖어 드는 이 가슴.

－「실개울」 전문

생활문화는 소득 수준이나 사람의 기호에 따라 달라진다. 산업화로

1차 산업에서 2차 산업, 3차, 4차 산업으로 산업구조가 바뀜에 따라 자연에서 노동력을 가하여 직접 채취하는 1차 산업의 생활문화에서 대량생산, 대량소비의 공업생산품이나 서비스산업의 형태로 새로운 디자인이 자주 변화하면서 고급화로 생활문화가 바뀌었다.

사람이 함께 모여 일하는 시간이 줄어들고 컴퓨터 매체를 통해 소통하는 디지털 시대 자연과 가깝게 지냈던 농본주의 생활전통은 모두 사라져갔다. 개인과 개인, 나라와 나라 사이에도 생활문화의 격차가 심해지고 있다.

그래도 사람들의 생활문화가 급격하게 변화했지만 자연은 변화의 속도가 느리다. 「실개울」의 여울물 소리는 변하지 않기 때문에 통시적, 공시적으로 추체험이 가능하다. 우리의 가슴 속에는 사람들끼리 좋은 관계를 맺으며 다 같이 행복하고 즐겁게 살아가려는 「실개울」같은 인간적인 사랑의 개울물이 흐르고 있다. 나만의 행복을 위해 흐르는 개울물을 가두어놓고 있는 것이다. 각자가 가슴속에 연못을 파고 그곳에 물을 가두고 하늘만 쳐다보고 있는 것이다.

김 시인이 듣고 싶은 "여물물의 맑은 소리"는 지나간 유년시절의 고향의 소리이고 우리 조상 대대로 흘러내려운 「실개울」과 같은 통시적인 생활문화인 것이다. 그는 사라진 것들에 대한 향수와 지나온 발자취에 대한 그리움을 동시대를 살아온 사람들에게 잊혀진 생활문화를 재현함으로써 다 같이 여물물이 되어 흐르고 싶은 것이다. 이러한 소망을 통해 메마른 시대에 한사발의 청정수를 들이켰을 때의 황홀한 쾌감을 느껴보시길 기대한다.

3. 에필로그

70년대 들어서면서 우리나라의 농업기술은 획기적인 발전이 이루어졌다. 국가적인 차원에서 품종개량으로 다수확 풍종인 통일벼와 유신벼를 개발하여 보급했다. 댐건설과 양수시설, 기계화 영농을 위한 경지정리 작업과 수리시설이 갖추어졌고, 비닐하우스 설치로 특용작물과 1년 2-3작이 가능해졌다. 그리고 1980년대에는 트랙터, 콤바인과 같은 대형 농기계가 보급되고, 농가주택이 새로운 모습으로 개축, 신축되는 등 농촌의 생활모습이 변했다.

따라서 축력을 이용한 재래농사법은 그 자취를 감추었다. 소를 기르던 외양간은 전문적으로 가축을 기르기 위해 축사를 짓고 비육우를 기르는 농가가 늘어났다. 따라서 전통적인 농촌 생활문화는 흔적도 사라지고, 70년대 산업화가 진행되면서 농촌인구의 도시집중화 현상으로 농촌에는 빈집이 늘어나고 떠나지 못한 노인층의 인구가 많아지고 남아있는 농촌 총각들은 독신으로 살거나 다문화가정을 이루고 사는 사람이 많아졌다. 농촌의 일손이 부족하여 외국인 노동자들이 농어촌의 일손을 돌보는 시대가 되었다.

반세기 급격한 농촌의 생활문화의 변화는 변화의 소용돌이 속에서 보낸 7080세대들은 고향을 잃어버렸다. 어린 시절의 생활문화와 오늘날의 생활문화가 상존하면서 충돌을 일으킴으로서 옛 생활문화에 대한 향수가 그 어느 세대보다 강하게 작용하고 있음을 알 수 있다.

김홍균 시인은 유년 시절 농촌에서 생활하다가 도시로 이주한 전형적인 6,70년대 경제적 격동기의 삶을 살아왔다. 밀레니럴 세대와 생활

문화에 따른 의식구조의 차이는 세대차이로 이어지고 디지털문화의 확산은 세대 간의 원활한 소통이 불가하게 되었다. 따라서 6.70년대의 농촌과 도시의 생활문화와 정서경험을 소재로 100편의 시를 한데모아 엮은 김홍균 시집 『그런 시절-등잔불』은 동시대의 농촌생활 체험을 공유한 사람들에게 정서적인 교감과 정신적인 안식처를 제공하는 7080세대의 유년기 정서의 사진첩이라고 할 수 있을 것이다. 그리고 이런 경험을 하지 못하고 자란 젊은 세대들에게는 조상들의 전통생활문화를 이해하고 그것을 통해 통시적으로 흘러온 정서의 동맥을 잇는 작업으로 의의가 크다고 할 수 있을 것이다.

시는 경험이다. 경험을 소재로 상상력으로 형상화해서 정서경험을 환기시켜주었을 때 공감력을 획득하게 된다. 김홍균 시인은 6.70년 농촌의 생활문화 경험을 소환해 진술했다. 동시대 동세대들에게 공시적으로 도농의 생활문화를 소환해 공감력을 획득했지만, 오늘의 시대를 살아가는 세대들에게 전달을 위해서는 과거의 경험을 상상력과 결합하여 이미지로 어떻게 형상화하느냐에 따라 간접 정서경험의 공감도가 달라진다는 사실을 염두에 두어야 할 것이다. 사라져가는 것은 아름답다고 한다. 사라진 생활문화를 재현하여 시로 진술한 그의 시집 『그런 시절-등잔불』은 많은 이들에게 시를 읽는 기쁨을 느끼게 해줄 것이라고 확신한다. 출간을 축하드리며 이 시집의 발간을 계기로 원숙한 시적 성숙도가 더해지길 기원한다.

자연(숲)에 투사해 그린 자화상

― 김종대 시문집 『숲, 나를 그린다』의 사족蛇足

1. 프롤로그

김종대 시인의 『숲, 나를 그린다』는 48편의 시와 김소월에 관한 연구를 비롯한 4편의 평문을 엮어놓은 그야말로 시문집이다. 그의 시문집을 한마디로 압축한다면, 자연 특히 숲에 자신을 투사해서 언어로 그린 자화상이라고 할 수 있다. 그가 평소에 가보았던 여러 곳의 자연 풍광과 일상에서 보고 듣고 느낀 것들을 소재로 한 시편들이다. 주로 사물을 시적 대상으로 자연 사물 속에 자신을 투사해 언어로 그려낸 자화상이다. 그는 생활 속에서 경험한 자연 사물에 자신을 투사하여 언어로 자화상을 그려내는 작업을 통해 자아를 성찰하고 자기 존재의 의미를 찾아가는 것이다.

그가 자연(숲)에 투사해 언어로 그려낸 자화상을 따라 그의 내면세계를 추적해보고자 한다.

2. 역사적 상상력으로 확장된 자화상

오늘날 농경사회에서 산업사회로 변화되면서 도시화가 급격히 진행되었다. 도시와농촌 간의 경제적인 격차와 물질주의적인 사회환경 속에서 살아가는 오늘날. 사람들은 자신이 행복하기 위해 물질에 집착하는 등 치열한 생존경쟁으로 치달아 각종 스트레스에 시달리며 살아간다. 도시화로 인해 복잡한 인간관계의 갈등. 심각한 환경오염으로 인한 질병의 증가, 등 산업사회 이후 자연과 인간이 분리되고, 인간이 자연을 지배하고 관리해야 한다는 기계론적 세계관으로 환경오염 문제, 생태계를 파괴가 지속되었으며, 인간은 기계의 부속품처럼 개별화되어 개인과 개인, 개인과 가족, 사람과 사회, 사람과 자연이 별개로 분리되어 살아가고 있다. 따라서 사람들은 나만 잘살면 된다는 이기주의에 빠져들게 되고 공동체 의식이 점차 사라지게 되었다. 2020년 코로나 팬데믹 상황이 지구촌을 휩쓸고 간 이후 우리의 생활방식과 사고방식은 더욱 개인주의적인 고립문화로 고착화되어 갔다. 그런 중에도 김종대 시인은 문학을 통해 꾸준히 자아를 찾아가는 작업을 실천하여 48편의 시와 소월에 관한 연구와 문학치료 등의 평문을 써왔다.

동서양을 막론하고 사람들은 인간관계망 속에서 자신의 존재에 대한 궁금증을 풀기 위해 부단히 자신이 살아온 과거를 되돌아보고 자기성찰을 하면서 살아왔다. 서양 경우에는 전통으로 인간관계망 속에서 자신의 존재를 독립적·주체적으로 해석하는 성향이 강해왔고, 동양의 전통에서는 상호의존적인 관계 속에서 자아라는 존재의 의미를 탐색해왔다. 자아를 성찰한다는 것은 불교적인 관점으로 보면, 참나를 찾아가는 행위라고 할 수 있을 것이다. 진정 '나'는 무엇이며, 어떻게 존재하는 것이 진실로 '나'로서의 가치를 유지하며 존재할 수 있는 것일까? 하는 화두로 끊임없이 번민하고 살아가는 철학적인 명상의 과정, 이것이 곧 자아 성찰이라고 할 수 있다.

김종대 시인은 자신을 모델로 자연 사물 속에 자신을 투사하여 언어로 그림을 그리는 창작행위를 통해 자신의 실존적인 의미와 자기 정체성을 찾아가고 있다. 모든 예술의 본질이 근본적으로 스스로 자기 탐구와 이해에서 시작된다는 인식을 바탕으로 한다는 점에서 김종대 시인의 자화상 그리기 시 창작의 행위도 그러한 맥락에서 동일하다. 자신에 대한 탐구가 없이는 타인에 대한 이해 또한 제대로 이루어질 수 없는 것은 당연할 것이다.

김종대 시인이 그린 자화상은 한 개인의 차원에 머무는 세밀화라기보다는 통시적인 관점에서 역사적 상상력으로 확장된 자화상이다.

"안개 걷힌 산정이 얼굴을 내밀고/청잣빛 하늘이 열리는 숲속에/백두대간 넘어오는/한 사내의 거친 숨소리 들리는가-「백두대간 연가」"처럼 그는 직접 산행을 통해 자연 속으로 뛰어 들어간다. 그리고 마침내 "구름을 이고 물소리를 베고/반도의 숨결 심연에 솟아/이 강산 푸른 꿈을 노래하며 흘러가리라."라고 민족공동체의 삶은 지속될 것임을 통시적인 관점으로 명증한 예언으로 종결한다.

그의 자화상은 자신의 정체성을 증명해줄 뿌리 의식에서 찾는 것이다.

고구려 용병 말발굽 소리에
만주벌판 길이 열리고
진군의 북소리에 동북 3성이 달려온다

광개토대왕비를 지린성에 세우고
북두칠성 문곳성이 하늘에서 내려와
낙성대에 태어난 강감찬 장군이
영웅적 귀주대첩 전공을 거두니

……중략……

일어서라!
범국가적 공론과 학술교류로
발해 유적이 있는 북한과 일본사기
중앙아시아 러시아 연해주 사료까지
자주적 역사의 바로 알기로
민족문화 틀을 세워 가야 하리라

　　　　　　　　　　　　　－「역사의 숨결은 살아 있다.」

　주변국들이 자기 나라의 입장만을 내세워 역사를 왜곡하는 상황에서 그에 맞서 우리 대한민국도 당당하게 자주독립적인 우리 역사로 바로잡아야 함을 역설하고 있다.

　이처럼 그의 확고한 역사의식은 수려한 대한민국의 자연환경 속에 존재하는 자신을 발견하고, 그 자연 속에 뿌리를 둔 자신을 투사한다. 그리고서 그 풍광을 언어로 그려내는 그림, 즉 자화상을 그려낸다. 이러한 작업이 바로의 김종대 시인만의 개성적인 시 창작의 방법론이라고 할 수 있다. 따라서 그의 시는 광활한 자연속에서 채취해온 파편화된 자화상이라고 할 수 있을 것이다. 이러한 자화상을 그리는 작업으로 빚어낸 시는 대상화된 자연 사물이 주체가 되고 타자가 된다. 동시에 언어화된 미적 생산물이자 사유의 대상이 되는 것이다.

나라는 존재를 내가 바라보는 주관적인 존재로서의 나와 자연 사물에 투사하여 그려낸 자화상은 기호 이미지로써 바깥에서 객관적으로 자기를 응시하고 내면의 자아를 탐색하는 자아 성찰의 과정에서 그 의미가 산출된다. 또한 김종대 시인 자신이 처한 상황에서 문학적 통찰을 통해 조화와 부조화, 균형과 불균형, 화합과 갈등, 친화와 불화, 행복과 고통 등을 발현시키는데, 주체로서의 자신의 존재성을 드러낸다.

김종대 시인의 자아정체성의 근원지와 시정신의 뿌리를 형성하는 것은 바로 어머니다. 모성의 끈끈한 사랑이 자신을 지탱해주는 원동력이며, 시 창작의 에너지는 물론 동시대를 살아가는 사람들과 즐겁게 공존할 수 있는 기틀을 형성하고 있는 것이다.

당신이 사랑하신 이 땅
눈 맑은 초록 잎들이
오월을 노래하고 있습니다

당신의 등 뒤에서

가슴 적시던 그날
민들레 홀씨 이정표 없는
먼 곳으로 날아가고 있었습니다

봄이면 여전히 새들이 노래하고
여름의 신록과 가을꽃 향기
동화 같은 순백의 겨울이 와도
사무치는 그리움은
당신을 보내지 아니하였습니다

어머니
당신이 계신 그곳은 어떠한가요
그곳에서도 새벽닭 울음소리에 깨어
가꾸실 텃밭이며
꽃밭은 있는지요

— 「어머니」 전문

어머니는 바로 김종대 시인이 창작행위로서의 문학을 하는 근원지
이다. 그가 언어로 그린 자화상은 무의식에서 나오는 욕망의 신호라고
볼 수 있다. 정신분석학의 입장에서 보면, 자아뿐만 아니라 세계와 타
자 혹은 이웃들 간의 관계망을 통해 그의 잠재된 무의식에서 나오는
욕망의 신호이며, 이것은 타인의 눈길로 포착된 사회 연대의식의 근원
으로 대체된 언어라고 할 수 있다. 융은 무의식은 내가 인지하지 못하

는 마음의 세계로 여러 가지 방법으로 자기의 모습을 드러내기 마련이다. 그럼으로써 우리에게 그것을 볼 수 있는 기회를 제공한다. 따라서 모든 인간은 자기가 원하든 원하지 않든 자신의 무의식을 인식하고 실현하는 능력과 기회를 제공하고 있다. 원래 투사(projektion)라는 말은 프로이트의 정신분석학의 심리적인 방어기제이다. 방어기제란 사람이 자기의 무의식에서 올라오는 용납할 수 없는 충동에 직면할 때 겪는 불안으로부터 자아를 지키려는 심리 기제를 말한다. 그는 일상의 대인관계에서 오는 갈등과 불안에서 해방되기 위한 돌출구로서 자연 사물에 자신을 투사하여 언어로 자화상을 그림으로써 심리적인 압박감에서 벗어나고자 하는 것이다. 다시 말해서 그가 그린 자화상은 자신이 처한 외적 세계에서 발현된 자의식의 정체성을 드러내려고 하는 경향과 자아의 본질에 대한 내적인 물음으로서 고유한 심층 심리를 나타내는 내면적인 거울과 같은 효과를 나타내고 있다.

3. 비유적 언술과 내면세계의 표출

숲은 그의 내면세계의 총체적인 관계망이다. 숲은 생명과 주체적인 자아의 근원지이다. 그는 숲을 시적 대상으로 하여 비유적 언술로 자신의 내면세계를 표출한다. 따라서 시적 언어인 은유와 이미지로 시를 역동적으로 표현한다. 비유적 언어의 대표적이라고 할 수 있는 은유로 자아와 세계의 동일화를 표출하고자 한다. 은유란 이질적인 두 사물의 결합을 통해 두 사물 사이에서 동일성 또는 유사성을 발견하는 힘을 얻게 되므로 은유의 힘을 차용한다. 이 동일성의 발견은 김준오가『시론』에서 "자아와 세계를 발견하게 하는 일, 사람의 마음과 외부 세계를 결합하고 마침내는 동일화되고 싶어 하는 욕구"를 실현할 수 있기 때문이다.

휘파람새는
숲속의 음반인 양
세레나데를 윤창하고

솔바람은 현을 타듯
숲속의 연주가
녹색 음반에 펼쳐진다

- 「은유의 노래」 전문

숲속에는 온갖 산짐승들의 보금자리이다. 휘파람새는 물론 여러 새들이 노래하고 여러 산짐승들이 생명활동을 유지하는 숲의 생태계가 형성되어 있다. 그는 숲을 산책하면서 일상적인 자아와 잠재적인 자아를 통합하여 심리적인 안정을 취한다.

시인이 시를 창작하면서 은유를 활용할 때는 먼저 자신과 세계 사이에서 감정이입이라는 절차를 경험하는 과정을 거친다. 그리고 그 경험을 은유로 형상화할 때 독자에게 정서적 공감과 소통이 가능해지는 것이다. 감정이입은 보는 사람이 하나의 인물이나 대상과 동일화되는 과정을 의미하는데, 이 과정에서 그는 자신이 지각하는 신체적인 자세나 행동에 자신이 참여하고 있다는 느낌을 갖게 된다. 사전적인 의미로 감정이입은 비자의적으로 자신을 대상 속에 투사하는 것으로 관찰자 측에서 해석하면 내적 모방의 결과라고 말 할 수 있다. 그런데 이 용어가 심리치료에서는 공감으로 번역된다. 자신을 잃지 않고 타인의 개인적인 세계를 알고 느끼고 공유하며 자신이 직접 경험하지 않고도 다른 사람의 감정과 거의 같은 수준으로 이해하는 의미로 사용되고 있다

그는 동시대를 살아가는 이웃들과 함께 인간적인 정을 나누며 살아가는 평범한 소시민으로서 애환을 이웃들과 같이하며 공감하고 소통하면서 살아가고 있다. 사람이 사람답게 살아가기 위해 문학을 하고 예술을 하는 것이다. 지구상에 존재하는 모든 생명체는 일정한 시간 동안만 생명 활동을 하다가 때가 되면 자기 유전자를 번식시키고 소멸한다. 그게 자연의 법칙이다. 그러나 생명 활동의 지속하는 기간은 사람마다 다르다. 따라서 동시대에 태어나 친분관계를 맺고 살다가 먼저 저세상으로 간 친구를 그리워한다.

가슴을 파고드는 그리움이
가을 하늘에 물들어 간다.

들길에 망초꽃
하얗게 피는 계절
스쳐 가는 바람에도
가슴을 삭히더니

영혼만 남겨두고
속세의 인연을 놓아버린
친구야!

……중략……

이생에 남겨둔 여한일랑
갈랫길 여정에서 푸시게나
긴 영면으로 잠든 친구여
고이 쉬시게

- 「천상의 친구에게」 일부

    모든 생명체의 생명은 유한하다. 사람이 태어나서 죽을 때까지 일생을 살아가면서 사람답게 선행을 실천하면서 살아가는 사람을 성자라한다. 대부분은 자기가 살아온 습성대로 살아가기 마련이다. 살아가는 동안 부와 지위를 누리며 살아가는 사람이 있는가 하면 가난 속에서 고통을 받으며 살다간 사람 등 다양하게 살다가 죽음을 맞이한다. 천수를 누리고 살다간 사람이 있는가 하면 각종 불의의 사고로 일찍 죽는 사람들도 있다.

    불교에서는 인간 개개인이 직접 실행한 행위와 행위의 결과에 따라서 끊임없는 윤회를 한다고 믿는다. 살아가면서 생로병사, 고통의 삶을 되풀이하다가 죽음을 맞이한다고 한다. 이러한 윤회의 고통에서 벗어나기 위한 해결책은 삼라만상의 진리를 깨달아서 윤회의 사슬을 끊는 것이라고 말한다. 그러므로 불교에서의 구원이란 절대적인 신에 의지하는 것이 아니라 인간 개개인의 자유의지에 의한 해탈이라고 주장한다.

살아가면서 자기보다 불쌍한 사람에 대한 측은지심을 갖고 실천하며 살아가는 것이 인간답게 살다 가는 바른 길이다. 그는 천형인 나병으로 고통받는 사람들이 사는 소록도의 모습을 "갈매기 울음소리/귓전에 젖는데//생의 촛불 하나/기도할 수 없는/멍울진 눈망울//빈혈기 어린 햇살이/머문다//댓돌 위에/하얀 고무신 한 켤레···-「소록도의 기도」", 그리고 "찾는 이 없는 추모비/목백일홍은/눈시울만 불혀 있네//수용소 담쟁이 벽을 지나/중앙공원에 이르니/능수매화 노니는 하얀 나비/뉘의 애처로운 넋이런가"-「소록도」 등과 같이 언어로 생생하게 소록도의 풍광을 그림을 그려내어 측은지심을 환기하는 등 과거의 생활문화를 소재로 시를 빚는다.

그리움으로 걷는 옛길

성긴 마음에 아득히 남아 있는

토담의 수채화

얼룩진 기억도

모두 그리움인 것을······

- 「옛길」 전문

누구나 과거는 미화되기 마련이다. 과거에 견딜 수 없는 고통스러운 순간도 지나고 보면, 눈길을 걸어온 발자국처럼 선명하게 클로즈업되고 그리움의 정서로 남아 가슴을 아리게 하는 것이다.

김종대 시인은 지나간 경험 속에서 잊히지 않는 자연 사물과 풍광을 반추하며 비유적 언술로 그림을 그리듯이 자신의 내면세계를 수채화로 그려내 감동을 자아내고 있다. 따라서 그의 시는 대부분이 그리움과 애절함, 허무함과 쓸쓸함의 정서가 일관되게 흐르고 있다는 점이 김종대 시인만의 시적인 특성이다.

4. 잘못 기술된 김소월 연구 바로잡기 실천

김종대 시인은 그가 평소 존경하는 김소월 시인에 대해 잘못 알려진 사실을 바로잡기 위해 솔선하여 김소월에 관한 연구논문과 인문학 성찰의 중요성, 문학을 통한 남북교류 문제, 문학치료에 관한 평론 등을 묶은 시문집 『숲, 나를 그리다』을 펴냈다. 모두 문학의 중요성을 일깨우고자 하는 의도요, 유명시인에 대한 바른 이해를 돕고 끊임없이 문학에 관한 연구를 실천하려는 의도에서였다.

김소월은 32년의 짧은 생애를 살다가 시인지만 그의 시에 대한 연구논문은 수천 편이 넘는 남북한 모두 추앙받는 시인이다. 「진달래꽃」, 「엄마야 누나야」, 「산유화」, 「초혼」, 「접동새」 등 그의 많은 시가 노래로 불리는 등 시공을 초월하여 지속해서 사람들의 사랑을 받고 있다. 서울대 사회과학연구원 이지순의 「김소월 개념의 전유와 분단-남북한 문예사전을 중심으로」라는 논문에 의하면, "김소월은 남북한 모두에게 민족시인으로 호명됐다. 그러나 자세히 들여다보면 북한에서의 김소월은 애국적 시인, 저항시인, 향토 시인, 즉흥시인, 인민적 서정시인,

사실주의적 시인, 비판적 사실주의 경향의 대표적 시인, 진보적 시인 등의 라벨을 달고 있다. 이 라벨의 일부는 남한의 독자들에게는 낯설고 이질적이다. 우리에게 익숙한 호칭은 민요시인, 서정시인, 국민시인, 한의 시인, 여성적 정조의 시인 등이다."라고 남북한 모두 극찬을 받는 시인이다."라고 극찬을 하고 있다.

이러한 김소월 시인을 김종대 시인이 연구하여 평문을 쓴 까닭은 벽초 선생의 딸과 김소월이 혼인했다는 터무니없는 이야기를 사실확인 절차도 없이 연구자들이 받아들일 우려때문에 이를 바로잡고자 김소월을 연보와 홍명희 연보를 비교하여 시기적으로 전혀 맞지 않았다는 사실과 벽초와 김소월이 태어나고 활동한 공간적 배경, 사회적인 활동의 영역 등을 소상히 밝혀 전혀 사실무근임을 명확하게 증명하여 김소월을 연구하는 후학들이나 향수자들에게 벽초와 관계가 전혀 없음을 알리는 등 김소월의 전기적 사실을 바로 잡고자하는 의도에서라고 할 수 있다.

오늘날 거짓 정보를 일부러 생산하여 인터넷상에서 퍼뜨리는 못된 사람들이 종종 있다. 이런 진실이 왜곡하는 일은 없어져야 하지만, 학문연구에서도 연구자들이 출처가 불분명한 정보를 잘못 인용하거나 허위 사실을 유포하게 되면 많은 사람에게 영향을 미치게 됨을 깨닫고 신중해야 함을 실증적으로 보여준다고 하겠다.

한 인물에 대한 평가도 기술하는 사람의 관점에 따라 그 업적의 평가가 상이하게 다르게 기술되는 사실을 우리는 경험해왔다. 예를 들면, 일제강점기, 일본 측을 두둔하는 역사학자들이 식민지 역사관점으로 역사서를 집필하여 역사적 사실를 일본을 침략을 교묘하게 정당화하는 등 우리나라의 주체적인 역사를 왜곡시켜왔다. 한번 왜곡된 역사로 많은 사람이 받아들이게 되면 좀처럼 왜곡된 역사 인식이 바뀌기 어렵게 됨을 우리는 경험하였다.

다시는 가짜뉴스 같은 터무니없는 정보가 학문의 영역에서 버젓이 자리를 잡는 일은 없어져야 마땅하다.

김종대 시인은 김소월의 연보에 엉뚱하게 벽초 선생과 전혀 관계가 없음에도 그분의 누가 되게 터무니없는 정보를 생산한 파렴치한 연구자의 무사안일한 자세에 대해 자성을 촉구하며 김소월의 전기적 사실을 바로잡고자 그의 시문집에 김소월 평전을 게재한 것이다.

5. 에필로그

김종대 시인은 진실로 문학인의 삶을 실천하며 살아가는 인간미가 넘치는 시인으로 알고 있다. 그가 이번에 발간하는 시문집 『숲, 나를 그린다』라는 자연, 즉 숲에 그린 자화상이다. 조선 시대 유명한 화가 공재 윤두서가 그린 자화상은 국보가 되었다. 그가 그린 자화상은 보는 사람이 똑바로 바라볼 수조차 없으리만큼 화면 위에 박진감이 넘쳐난다. 그리고, 자신과 마치 대결하듯 그려놓은 자화상으로 우리나라 초상화에서 그 유례를 찾을 수 없다는 평을 받고 있다. 김종대 시인은 마치 윤두서의 자화상이 예리한 관찰력으로 그림으로 그려낸 것과 같이 자연 사물 속에 자신을 투사해서 언어로 그려놓은 자화상이라고 할 수 있다.

현대시와 현대시 이전의 고대 가사, 근대시 등과의 구별 점은 바로 언어와 노래가 결합하였느냐 언어와 그림이 결합하였느냐는 하는 데서 명확하게 구별된다. 우리나라에 현대시가 도입될 때 현대시 이전의 노랫말의 성격인 시가들이 모두 사라졌다, 정형률에 얽매여 음악적 효과를 내던 것들이 사라지고 오직 시조 장르만 오늘날까지 그 명맥을 유지하고 있다. 현대시를 실험하는 과정에서 외국의 다양한 문예사조를 수용한 실험이 행해졌고 본격적으로 현대시로 체질이 바뀐 분수령을 1930년대 시문학파의 순수시와 모더니즘의 시부터라고 할 수 있다. 김소월은 낭만주의적 경향의 시를 쓴 시인으로 한국인의 사랑을 가장 많이 받은 시인이었다.

김종대 시인은 소월 시풍의 낭만적인 정서를 그대로 살리면서 그림과 이미지로 구성되는 현대시의 시작법을 수용하려고 노력한 시인이다. 그리움이나 애틋함 등 감성적인 관념적인 시어를 사용하여 과거 생활 경험과 정서를 환기시키는 현대시다운 서정시를 쓰고자 노력하는 시인이다. 그러나 지나친 정서적 관념어나 한문 투의 시어의 빈번한 사용을 절제하는 것이 좋을 것같다는 생각이다. 사랑, 행복, 정의 등 관념이나 한문 투의 언어는 노래가사에서는 가능하나 시어로는 부적당하다. 시어로 사용하려면 구체적인 상황을 그림이나 이미지로 상징하는 시어로 대체해야 하는 것이 원칙이다. 오늘날 사람들에게 널리 알려졌으나 현대시가 아니라 근대시와 같은 사랑타령을 일삼는 노래가사와 같은 시를 쓴 시인들이 많다. 시적인 안목이 없는 사람들이 좋아하는 시를 쓰는 엉터리 시인이 장삿속으로 인기를 누린다고 부러워할 필요는 없다. 묵묵히 자신의 시세계를 구축하며 살아가는 시인이 진정한 문학인의 자세일 것이다.

김종대 시인은 자연(숲)을 시적 대상으로 하여 자신을 자연에 투사하여 자아를 인식하고, 그 모습을 그림을 그리는 마치 자화상을 그리는 화가처럼 시로 빚으며 낙천적으로 세상을 살아가는 시인이다. 그의 유유자적하고 호방한 여유와 문학에 대한 열정으로 시문집『숲, 나를 그리다』 발간하는데 사족蛇足을 붙이게 되었다. 시문집 발간에 축하를 보내며 문인에 대한 잘못된 전기적 사실 바로잡기에 솔선하는 그의 열정과 후학들에게 시창작 강의를 하는 등 시인들의 발표 무대를 제공과 문학적 성장을 돕기 위해 문예지『메타문학』을 발간하는 실무자로서 노력하는 그의 열정에 찬사를 보낸다.

참 자유인의 자아성찰과 심미감審美感의 표출
― 맹숙영의 시집『햇살 월계관』의 시세계

1. 프롤로그

　시지프의 신화에서 시지프스 무거운 바위를 산꼭대기까지 끊임없이 굴려 올린다. 산꼭대기로 올려놓은 바위가 산 아래로 굴러 떨어지면, 시지프스 다시 바위를 산꼭대기로 올리는 되풀이 해야만 하는 참으로 고통스러운 형벌을 수행하게 된다. 이처럼 우리들도 시지프스 같은 운명처럼 끊임없이 굴러 떨어지는 돌을 반복해서 산꼭대기로 올리고 있는 삶을 하고 있는지도 모른다. 문학이나 예술 활동 등 창작 행위를 하는 자체가 시지프스의 형벌을 스스로 인내하며 창작 행위를 스스로 하는 것과 유사할 것이다.
　맹숙영 시인이 또 시집『햇살 월계관』을 발간했다. 시지프스가 바위를 산꼭대기에 굴려 올리는 것처럼 시를 쓰는 창작을 꾸준히 하여서 70여 편의 시를 묶었다. 산꼭대기에 올려놓은『햇살 월계관』의 눈부신

반짝거림을 바라본 소감을 이여기 하고자 한다.

시집『햇살 월계관』은 시인이 쓴 영광스러운 월계관이다. 밝고 맑은 참 자유인의 자아성찰과 심미감을 표출한 집념의 결과물이라고 할 수 있다. 신실한 기독교 신앙으로 살아가는 시인으로서 참 자유인으로써의 긍정적으로 세상을 바라보고 살아가는 시인이다. 그의 시집의 시세계를 장자의 소유요逍遙遊 사상과 견주어 살펴보기로 한다.

2. 참 자유인의 자아성찰과 심미감審美感의 표출

신앙인으로서 참 자유인이란 다음의 성경 구절에서 "예수께서 자기를 믿은 유대인들에게 이르시되 너희가 내 말에 거하면 참으로 내 제자가 되고 진리를 알지니 진리가 너희를 자유롭게 하리라"(요한복음 8:31~32). "그리스도께서 우리를 자유롭게 하려고 자유를 주셨으니 그러므로 굳건하게 서서 다시는 종의 멍에를 메지 말라."(갈라디아서 5:1)라고 참 자유인의 삶을 이야기하고 있다. 따라서 참 자유인이란 신앙인의 믿음으로 현실세계의 고통 속에서도 밝은 이상세계를 지향하면서 참 자유를 누리며 살아가는 긍정적인 삶을 말한다. 그는 시지프스처럼 시 쓰는 일을 운명으로 여기고 꾸준히 시를 써서 시집으로 묶어낸다. 이번에 묶어낸 화려한『햇살 월계관』은 시인의 자기 성찰과 아름답게 세상을 바라보며 기독교 신앙인으로 살아온 시인의 내면세계를 적나라하게 보여주고 있다.

참 자유인은 동양사상으로 말하면 장자의 소유요에 해당한다. '소요유'逍遙遊의 주체는 '마음心'인데, 온갖 고통과 부자유운 마음에서 벗어나 자유로운 정신세계에서 한가롭고 편안하게 유유자적하며 참 자유를 누리며 살아가는 것을 말한다. 소요유逍遙遊란 구속이 없는 절대의 자유로운 경지에서 노니는 것이다. '어슬렁어슬렁 노닌다.'는 뜻을 지닌 '소요유逍遙遊'는 현실세계에는 아무런 구속도 받지 않고 자유로운 세계에서 마음을 노니는 경지의 삶으로 권력과 신분, 도덕과 권위, 삶과 죽음, 가난과 부유 등의 여러 가지 양가적인 차별을 초월하는 세계다. 현실의 구속에서 벗어나 초월적인 자유로운 경지에서 노닐 때 비로소 참된 행복을 얻게 된다는 것이다.

시인은 시를 쓰는 행위를 통해 소유요하며 참 자유인으로서의 삶을 살아가는 시인이다. 참 자유인으로 살아가고자 소망하는 맹 시인이 시를 창작하며 소요유의 생활을 한 그의 내면세계의 보고서라 할 수 있는 시집 『햇살 월계관』의 시 세계를 각 부별로 살펴보기로 한다.

맹숙영 시인의 시집 『햇살 월계관』은 제5부 72편의 시를 수록했다.

자연의 세계를 노래한 제1부 꽃이 피는 자리 15편, 자연에의 몰입과 황홀경의 심미감을 표출한 제2부 황홀 13편, 기독교적인 믿음의 긍정적인 자기성찰을 보인 제3부 은혜 안에 15편, 코로나 바이러스 사회 현상의 고통 해방에 대한 소망을 진술한 제4부 팬데믹에서 엔데믹으로 16편, 기독교적인 신앙으로 자기 성찰과 심미감을 표출한 제5부 사람 세상 13편, 그리고 서시로 구성된 시집이다.

1) 자연의 관조와 참 자유인의 자아성찰 – 제1부 꽃이 피는 자리

꽃이 피는 자리는 자연의 심미공간이다. 우리 인간은 자연의 일부이다. 지구촌에 살고 있는 수많은 생명체를 지배하며 살아가는 인간은 지혜가 발달하여 모든 자연을 인위적으로 바꾸면서 자신들의 욕망을 채우기 위해 다른 생명체를 생존의 도구로 이용하며 살아간다.

최첨단 과학문명으로 전자 기기를 이용하여 서로가 정보를 교환하고 소통하고 살아가는가 하면, 자동차, 기차, 비행기 등 먼 거리를 빠른 시간에 이동할 수 있는 교통수단의 이용한다. 좋은 잠자리와 일할 공간을 마련하기 위해 자연을 훼손하여 도로를 건설하고 빌딩, 아파트, 주택 등을 짓고 살아간다. 그뿐만 아니라 지하에 묻힌 화석원료를 이용하여 전기를 발전하고 필요한 물건을 만들고 추울 때 난방을 하는 등 인위적으로 쾌적한 환경을 만들어 내는 등 의식주를 해결하기 위해 자신이 살고 있는 자연환경을 극복할 줄 안다.

최근 들어 인간위주의 생태관으로 자연환경이 훼손되고, 화석연료의 사용으로 인한 지구온난화, 그리고 산업공해로 인한 공기, 수질, 땅 오염이 심각한 상황에서 예견된 자연의 재앙이 일어나고 있는 것이다. 코로나 바이러스가 인간들의 활동을 저해하는 결과에 직면했다. 따라서 로 인간의 행복을 추구를 위한 무한한 욕망 실현에 제동이 걸어진 것이다.

수다로 만발한
언어의 꽃이
당신의 입술 위에서
하얀 백합꽃으로
피었습니다

당신의 입술 위에도
변이의 바이러스
오미크론
하얀 백합꽃 향기로
피었습니다

이 꽃들이 아름답게
이 꽃들이 향기롭게
지성소의 기도가
되기를 원하옵니다

오 하느님
세상과 사람을 사랑하십니다
당신이 참고 기다리시는
마지노선은
어느 때까지 입니까?

- 「서시」 전문

시인은 이러한 사회적인 현상을 신에게 묻고 있다. "당신이 참고 기다리시는/마지노선은/어느 때까지 입니까? 참 자유인의 생활을 제한하는 코로나 바이러스는 시인 자신뿐만 아니라 지구촌 모든 사람의 활동을 제한하고 있다.

특히 시인은 다른 시인들보다 해외여행을 자주 가는 편이다. 얼마 전에 유럽 명소를 기행한 사진 시화집을 펴내기도 했다. 소요유의 생활로 여러 곳의 여행을 한 소감을 사진을 곁들인 시로 묶어낸 것이다.

꽃길 따라 걸어가면/보랏빛 종소리 은은히 들리고/황홀한 풍경에 숨이 막힌다/시간이 멈추어 선 듯 마법에 빠지는/아름다운 힐링 숲이다-「할레보스 숲」은 벨기에를 기행하고 "헤레보스의 숲"을 관조하고 참 자유인의 자아성찰을 보인다. 그의 자연의 관조는 해당화 꽃을 객관적인 상관물로 공간을 초월하는 상상력를 펼친다. 사람의 인품을 상징하는 해당화는 장소에 관계없이 시인의 심미감을 표출하게 한다.

명사십리도 아닌
섬마을도 아닌
도시의 콘크리트 벽 아래
붉은 꽃 곱게 피어
자태 또한 아름답다

아 무슨 꽃일까
감동으로 다가온다
노란 꽃술의 향기
해풍에 밀려오고
나는 꽃물에 붉게 젖는다

꽃이 피는 자리 따로 있나
어디에서 핀들

해당화가 해당화 아닐까

사람도 좋은 사람
어느 무리에 섞여 있든
그 인품에서 빛을 발하고
감동을 주듯이

- 「꽃이 피는 자리-해당화」 전문

시인은 꽃을 좋아한다. 「해오라기난초」, 「범부채꽃」, 「쥐오줌풀꽃」,
「불두화」, , "금잔화"-「고추잠자리 붉은 무도회」, 「입춘 즈음에」는 매화
향기, 등 꽃은 향기와 아름다움으로 심미감을 자극하기 때문이다. 그
래서 「봄비 내리는 날」에는 "서랍 속의 꽃씨 봉지"를 꽃씨를 뿌린다. 「처
서處暑 날에」는 가을바람에 실려오는 풀내음과 귀뚜라미를 상상하며
커피를 마신다.

꽃이 핀 자리는 아름다움을 만들어내는 맹 시인이 시를 쓰는 공간
이다. 해당화가 바닷가에만 피어서 심미감을 자극하는 것이 아니라 시
인의 가슴 속에 뿌리내려 해마다 향기를 품어내는 것이다. 그것은 마
치 "어느 무리에 섞여 있든/그 인품에서 빛을 발하고/감동을 주듯이"
고고한 자태로 피어나는 것이다.

오늘날 현대사회는 시끄럽다, 가치가 전도되어 혼란스럽다. 사람들
은 자신의 존재조차 인식하지 못하고 타인과 자신을 비교하고 상대적
빈곤감을 호소하거나 상대를 능가하기 위해 치열한 경쟁을 일삼고 있
다. "불협화음의 아우성 제멋대로인/힘의 논리/탐욕으로 움켜쥔 검은

손을/어찌할 수 없이 바라만 보고 있는/창백한 모습의 군상들"-「거꾸로 돌아가는 시계」를 보는 듯하다. "겉 볼 안이라는 속담 있다/겉을 보면 속을 알만하다/

어찌 된 일인가/오이도 아니고 고추도 아니다/겉은 고추인데 고추 맛은 아니고/오이 모양새는 찾을 수 없는데/속맛은 딴판 오이다/헷갈린다/겉과 속이 다르니/겉 볼 안이 아니다"-「겉 볼 안」과 같은 세상을 우리는 살아간다. 「찢어진 우산」이나 「데스 벨리」의 악조건에 서로가 담을 쌓고 살아간다. 이러한 혼탁한 현실에서 시인은 인간다운 삶을 살아가기 위해 주체적인 인간으로서의 꽃을 사랑하고 자연을 관조하며 참 자유인의 자아성찰을 위해 시를 쓰며 인간답게 살아가기를 희망하는 것이다.

2) 자연에의 몰입과 황홀경의 심미감 표출 – 제2부 황홀

자연에의 몰입은 자아성찰에서 비롯된다. 인간도 자연의 일부이기 때문에 자연에의 몰입은 자아성찰을 동반하게 된다. 오늘날 사람들은 자연과 멀어져 살아간다. 도시화가 되어 일과 인위적인 사물 속에서 살아간다. 그래서 답답하다. 그런 결과, 그러한 도시인들의 심리적인 압박감을 해소해주고자 최근 들어 텔레비전 방송에서 "나는 자연인이다"라는 프로그램이 방영되어 높은 시청률을 보이고 있는 것이다. 그리고 일요일이면 예배당을 찾아 목사님이나 신부님의 설교를 듣는 다거나 깊은 산속 사찰을 찾아가 스님의 강론을 듣는다. 그나마 시간이 없는 사람은 종교방송을 시청하면서 자아를 성찰한다.

자아성찰이 없이는 자기정체성을 찾기 힘든 시대이다. 살아간다는 존재의 인식에서 출발하고, 존재의 인식조차 바쁜 일상으로 못하고 살아가는 현대인들은 잊어버린 자아를 자연 풍광을 텔레비전 화면으로나마 시청함으로써 잊고 살아가는 자신을 발견하게 되는 것이다.

> 살아 있다는
> 생명에 대한 경외감
> 이 광활한 우주에
> 작은 한 점
> 나의 존재 인식이
> 나를 깨운다
>
> 눈 뜨면 빛 부시게
> 다시 떠오르는 태양
> 찬란하게 붉게 물들이며
> 서서히 사라지는 저녁 노을
> 이슬 맺힌 꽃들이 피어나고
> 지저귀는 새들 바람소리
> 가족들과의 즐거운 대화와
> 좋은 소식 유쾌한 통화
> 이러한 일상의 작은 일들이 항상
> 나의 생애에 눈뜨면서부터
> 나를 황홀하게 한다
>   -「황홀·1-존재의 인식」 전문

하루를 시작하는 아침, 잠에서 깨어나는 순간 우리는 자신이 살아 있다는 자기 존재를 인식하게 된다. 따라서 시인은 하루가 시작되는 아침을 통해 오늘 하루 자신과 남들을 위해 할 일을 생각하며 "나는 황홀하게 한다"는 존재 인식을 하게 되는 것이다.

그런 다음. 주부는 가족들을 위해 식탁을 준비하고, 일터로 나가 다른 사람과의 관계 속에서 일을 한다. 관계는 사랑의 인식에서 출발한다. 그러나 "그 황홀하고도/그 쓸쓸한/이율배반"-「황홀·2-사랑」의 감정을 느끼게 한다. 그 다음에 꽃을 통해 시인은 시인르서의 심미감을 표출함으로써 자신의 존재를 재인식하고 스스로 황홀경에 빠진다.

답답한 집안을 나서 외출함으로써 주부로서의 황홀한 기분을 만끽한다. 사람이 살아가면서 황홀감은 특별한 일에 있는 것이 아니라 소소한 일상의 작은 것들에서 느끼는 것이다. 가을 날 일상이지만 외출하면서 황홀경의 심미감에 빠져든다.

사자성어로 중추가절仲秋佳節
추석 명절 지난 지 한참이지만
아직 음력 팔월이다
외출하기 좋은 날이다
실내에서도 밖을 내다보면
눈이 부시다
햇살 월계관 쓰고
화려한 외출 한다
큰아들 생일 선물인

명품백 어깨에 사뿐 걸치고

로마 명품 거리에서 사준

작은아들 생일 선물인 스카프

길게 목에 늘어뜨리고

외출한다, 혼자라서

더욱 화려한

－「황홀·4-햇살 월계관」 전문

그의 외출은 「햇살 월계관」을 쓰고 "화려한 외출"을 하는 것이다. 해외에 살고 있는 작은 아들이 로마 명품 거리에서 사준 생일 선물인 명품 스카프를 걸치고 외출하는 즐거움이다. 노년에 자식이 잘 된 것은 부모로서의 큰 기쁨이며 무엇보다 「햇살 월계관」을 쓴 기분일 것이다.

자연에 몰입한 심미감은 오랫동안 기억에 남는다. 시간은 흘러가면서 존재의 모습은 변하지만 기억 속의 자연에의 심미감은 항상 변함이 없는 것이다. 따라서 「황홀·5-시간」를 초월한다. 오늘이 지나고 내일을 다시 맞이하는 「황홀·6-다시 오는 새벽」의 "다시라는 말/언제나/설레고 벅차다"라는 사실을 인식한다. 그리고 꽃들이 피는 때 「황홀·7-꽃들의 계절」에는 황홀경의 심미감의 농도는 짙어진다. 장독대 옆 복수초가 민머리를 내미는 봄이면 시인은 「봄 엽서」를 쓰고 싶어지고, 봄날 "노루귀 솜털 쫑긋 세우는 소리", " 복수초/침묵 깨고 노란머리 내미는 날"이면 맹 시인은 「詩꽃 피다」로 시심에 젖는다. 그리고 능소화 담장위로 얼굴내밀 때는 어김없이 「능소화 연가」를 부르며, 시적인 심미감에 빠져들곤 한다. 특히 "강변 둑 위" "왕벚꽃"이 활짝 필 때는 "「꽃잎 카펫」/걸어가는 마음/황홀경恍惚境으로/출렁 출렁인다"-「꽃잎 카펫」라고 시인 자신의 심미감에 빠져든다고 진솔하게 말하고 있다.

그의 자연에의 몰입과 황홀경의 심미감을 "여고시절 수학여행/토함산 해맞이", "청량리역에서/밤기차 타고 갔던 정동진"-「간절곶」의 기억은 시인의 가슴속에 변함없이 남아서 시심을 자극하는 황홀경의 심미감을 자극하는 근원이 되고 있는 것이다.

3) 기독교적인 믿음의 긍정적인 자기성찰 – 제3부 은혜 안에

시인은 신실한 믿음으로 기독교적인 신앙을 생활화하며 살아가는 시인이다. 항상 긍정적인 마음으로 신앙인으로서의 자기 성찰을 하면서 시를 창작하는 기쁨으로 살아간다.

창밖으로 올려다본
지난밤 하늘엔
별 무리 찰랑찰랑 눈웃음치며
소곤거리고 있었죠

그 아래
별보다 밝게 반짝이며
사방으로 퍼지는 빛의 스펙트럼이
세상을 아름답고도 황홀하게
비추고 있었죠

별빛도 불빛도 사라진 오늘
다시 오는 새벽은
설렘으로 무한 감동입니다

존 키팅 선생이 생각납니다
"현재에 충실하라"고
"죽은 시인의 사회"에서
학생들에게 외친 말입니다

생육하고 번성하라고
땅에 충만하라고
신이 인간을 축복하신 땅에서
각자에게 주어진
황금 같은 복된 하루를
충실하게 행하며 감사해야합니다

시간은 무한하지 않고
언제 다가올지 모르는
인생의 끝을 이제는
생각할 때가 되었나 봅니다

사랑하는 사람들을
두고 떠나지 않으면 안 될

자꾸만 뒤돌아보게 될

영혼의 모습을 그려봅니다

언젠가 다가올

인생의 끝 아름다움

그 황홀한 잔치를

어떻게 치를 것인가를…

                   - 「카르페디엠, 메멘토모리」 전문

「카르페디엠, 메멘토모리」는 "현재에 충실하라 그리고 죽음을 기억하라"는 뜻이다. 사람들은 육체의 모든 기능이 멈추는 순간, 영혼도 동시에 사라지고 만다고 생각하는 유물론적 영혼 필멸설이 믿는 사생관을 가지고 있는가 하면, 육체의 활동이 멈추고 무덤으로 들어가도 그 영혼은 그대로 남아있다고 주장하는 영혼 불멸설을 믿는 사람도 있는데, 동서양을 막론하고 영혼불멸설은 종교의 근간이 되고 있다.

동양에서 죽음을 맞이할 때는 서경書經의 홍범洪範편에서 말하는 오복으로 수壽, 부富, 강녕康寧, 유호덕攸好德, 그리고 고종명考終命이라고 했다. 오래오래 건강하게 남에게 베풀 면서 사람이 제명대로 살다가 편안히 죽는 고종명을 복이라고 했다. 통상적으로 기독교 신앙인들은 죽음은 하나님의 부름을 받아 천국으로 가 영생한다고 믿는다. 그래서 맹 시인도 죽음을 "황홀한 잔치"로 여기는 것이다. 서경에서 말하는 오복 중 유호덕을 실천하고, 참 자유인의 생활을 하면서 시를 쓰고 묶어서 시집을 발간하고 이웃에게 선물하는 것일 것이다.

시인은 신실한 믿음을 「기도」로 생활화하며, 참 자유인로서 소요유하며 유호덕을 실천하며 살아가는 시인이다. 「성찬·1」의 "피맺힌 절규의 소리/듣지 못하는 내귀는/영혼의 귀먹어리"라고 신앙인으로서의 자아 성찰을 보인다. 그리고 언제나 "오늘 주시는/이 생명의 떡과 잔은/한없는 은혜라"-「성찬·2」라고 신께 감사함을 잊지 않는다.

그리고 "거룩하신/성찬의 날에/먼저 드립니다/회개 기도와/눈물의 찬송"-「성찬·3」으로 기도와 찬송을 생활화하고 있는 것이다.

항상 「한 생애」를 주신 「신의 선물」을 감사하게 생각하고 살아간다. "지중해 크루즈 여행에서/나는 보았네 사이프러스 나무"-「사이프러스」을 보고, 한국의 가로수 미루나무 정경을 떠올리기도 하고, "지중해의 뜨거운 햇살 아래 자란/풍성하고 소담스런 나무"-「실버 트리Silver Tree」를 보고 노아의 홍수를 연상하고, "상트페테르부르크에서/북유럽 핀란드로 가는 길/끝없이 함께 가는 자작나무 숲"-「자작나무 숲」을 보고 "인제 원대리/자작나무 숲길"을 떠올린다.

울며 부르짖는
기도에도
침묵으로 응답하시는 분
몇 천 년 똑같으시다

침범할 수 없는
무거운 위엄
기도의 응답은

침묵으로 주신다

주의 때를 기다리는
믿음만이
침묵으로
응답을 받는다
　　　　　－「침묵 응답」 전문

　기독교적인 믿음에 대한 회의와 갈등이 올 때면, 시인은 항상 기도의 응답은 "몇 천년 똑같이" 침묵으로 응답하신다는 긍정적인 자기성찰로 감사함을 잊지 않고 살아가는 시인이다. 그리고 최근 서거한 영국의 여왕 엘리자베스 2세의 죽음을 애도하는 마음을 「여왕의 별 지다」와 「굿바이 퀸」으로 진술하고 있으며, 유럽여행으로 참 자유인의 삶을 누리면서 「춤추는 베르나우어Bernauer」를 직접 가보고, 통일 독일의 역사적 순간을 연상하며, 역사적인 민족의 기쁨 뒤에는 「카인의 나라」와 같이 동족을 무참히 짓밟은 용서받지 못할 자가 있었음을 되새겨 보며, 늘 하나님의 "은혜 안에" 여행문화를 즐기며 참 자유인의 생활을 할 수 있음에 감사하며 살아가는 것이다.

　4) 코로나 바이러스 사회 현상의 고통 해방에 대한 소망-제4부 팬데믹에서 엔데믹으로 몇 해 전에 중국 우환에서 시작한 코로나 바이러스 19가 지구촌에 살아가는 사람들을 옥죄고 있다. 답답한 현실에서 인간관계도 자유로운 만남이 이루어지지 못하고 서로를 경계해야만

하는 각자가 자기 섬에 갇혀 살아가고 있다. 이런 답답한 상황을 시인은 "육체는 죽여도/영혼을 죽이지 못하는 팬데믹/인류의 기도로 승리의 깃발 꽂는다"-「어떤 불청객」라고 신앙인으로서의 굳은 믿음의 자세를 보이고 있다. 이 불청객 때문에 「잃어버린 봄」에 대한 분노와 소망, 그리고 어쩌다 밖으로 외출하여 지인들을 만난 반가움과 설음을 「변이의 눈물비」로 진술했으며, "부모 자식의 이별 의식마저/거부하는 코로나19/육신의 울부짖음도/영혼 길 따라가지 못한다//화장장을 떠나지 못하는/통곡의 발걸음만 더디다"-「허상」라고 코로나 19인한 고통스러운 사회현실을 고발하고 있다. 이밖에도 팬데믹 사회상황의 고발은 「바이러스 도시」, 「코로나 블루」, 「꺾인 날의 슬픈 오열」, 「고도를 기다리며」 등 제4부의 전편 시료 표출하고 있다.

코로나에 대한 시인의 상상력은 "문명의 발달에 변신한 투명 사탄/인간이 쌓아 놓은 공든 탑/제멋대로 오르내리며/마스크의 행렬을 조롱하며 바라본다"-「페르소나」로 펼쳐놓고 있으며, 코로나에 걸려 하늘 길이 닫히고 크루즈가 떠돌이 신세가 되어버린 우수짱스러운 상황을 「삐에로의 몸짓」으로 풍자하고 있다.

> 해 질 녘이 다 되어서야
> 깨소금 사러 재래시장으로 급히 발걸음 서둘렀다
> 깨소금 두 봉지 사서 들고 나오는데
> 옆집 아줌마 "도라지 고사리 좋아요, 국산이에요."
> 불러 세우는 손짓 외면 못하고 다가서니
> "사모님 좀 팔아주세요, 아직 개시도 못했어요."

"아니 아직 개시도 못하셨어요?"

"예에 요즘 같으면 식구들 입에 풀칠하기도 힘들어요."

찡그린 얼굴에 곧 울상이다

시장 곳곳에 상인들의 울음이 탄다

깨소금 담은 검정 비닐봉지를 든

또 다른 손에 힘이 빠진다

저린 듯 통증이 온다

                    - 「울음이 타는 재래시장」 전문

  특히 팬데믹의 현장, 「울음이 타는 재래시장」의 고발 시편은 더욱 생
생하게 울림으로 다가온다. 최근 코로나의 펜데믹의 상황은 서민들의
모든 생활을 고통스럽게 하고 있다. 재래시장 상인들의 하소연하는 사
회현장 모습을 「울음이 타는 재래시장」으로 생생하게 고발하고, 그들
의 고통을 함께 공감한다. 그리고 그들을 위해 "시장통 안에 불던 상인
들의 꿈이/파도처럼 부서진다/다시 잔잔해지리라는 믿음으로/무릎 꿇
고 두 손 모은다"-「시장통 상인의 꿈」이 무참히 짓밟힌 현장을 안타까
워하며 기독교 시인다운 자세로 그들의 고통스런 상황을 하루빨리 벗
어나게 해달라고 기도한다.

  그리고 "바이러스가 할퀴고 간 자리를 보면/실망하고 좌절만 할 것
인가/전염병이라 하는 역병/인간의 손에서 만들어 낸 것이 아닌가//인
류가 문명을 앞세워/자연의 생태계를 파괴했기 때문이니/자업자득 아
닌가/반성하고 나가야 할 일이다"-「팬데믹에서 엔데믹으로」 상황이 나
아가길 기도한다. 그리하여 서시로 내민 「마스크여 백합꽃으로 피어

라」라고 소망하고 기도한다.

3. 에필로그

어느 시대 어느 사회거나 시인은 사회 현실의 고발하고 고통 받는 사람들의 소망을 대변해왔다. 맹숙영 시인은 신실한 믿음을 지닌 기독교 시인이다. 그래서 사회 현실을 보는 시선은 그 사회의 고통을 함께 나누며 긍정적인 자세로 하루 빨리 벗어나길 소망하는 기도를 잊지 않는다.

시인으로 참 자유인으로써의 긍정적으로 세상을 바라보고 살아가는 시인의 소망은 꼭 이루어져 예전처럼 이웃들과 오순도순 즐겁게 소통하는 일상을 되찾아갈 것이다.

맹숙영 시인은 유유자적하며 참 자유인의 생활을 누리면서 살아가는 시인이다. 그동안 세계 여러 나라를 여행하는 소요유하면서 그때그때의 순간들을 생생하게 스케치하듯이 시로 형상화하여 현장감 있게 생생하게 진술하는 시를 쓰는 즐거움으로 살아온 시인이다.

코로나 팬데믹 상황은 참으로 참 자유인의 생활을 제한하고 있다. 지구촌에 이 시대를 살아가는 모든 세계인들이 함께 겪는 고통이다. 답답한 코로나 사회현실의 생생한 모습과 맹 시인 자신의 겪은 체험을 육화하여 시로 형상화한 시집 「햇살 월계관」은 고통스런 팬데믹의 상황에 갇혔다가 모처럼 외출하는 즐거움을 표출했다.

다만 관념적인 진술로 구체적인 이미지를 묘사로 보여주는 현대시의 표현을 파괴하여 종교적인 관념의 세계로 끌어들임으로써 관념적인 시를 창작하고 있는 것이 그의 시적 특징이나 종교의 소재를 다룬 시들이 통상적으로 관념의 세계에 집착한 나머지 주관적 정서의 표현으로 관념어로 표현된다. 그래서 종교 소재의 시는 구체적인 이미지로 형상화되지 못하고 관념적인 진술의 표현으로 시를 빚을 수 없는 것이다. 종교 소재의 문제를 자신의 내면세계로 끌어와 생활경험 현장과 기행 경험을 소재로 참 자유인의 내면정서를 진술한 『햇살 월계관』은 종교 소재시의 밝은 월계관이 되리라 확신한다.

그의 소요유하며 살아가는 품위 있는 내면세계의 심미감을 표출한 시집 『햇살 월계관』 발간을 계기로 앞으로도 날마다 신앙인으로서 승리한 삶을 살아갈 것이다.

디카 동시 운동의 의의와 전망

– 정성수의 디카동시집 『찰칵 동시』의 시세계

1. 들어가며

2004년 이상옥의 디카시집《고성가도》출간을 계기로 출발한 디카시 운동은 문학향수자들과 시인들의 폭발적인 반응을 일으켰다. 그것은 관념의 한계를 극복하지 못하고 관념적인 유희로 시를 창작하는 오늘의 시인들이 구체적인 영상장면을 토대로 직관적인 미감을 진술하는 방식은 쉽게 시창작할 수 있다는 장점으로 많은 시인들이 디카시 운동에 동참하고 있다.

디지털문화를 생활화하고 있는 스마트폰의 대중화는 서로간의 스마트폰으로 소통하는 시대 흐름은 대중들의 폭발적인 반응으로 이러지고 있다. 이미 디카시는 한국에서 시작하여 세계 각국으로 널리 퍼져가고 있고. 디키 시조의 장르가 생겨났으나 디키 동시는 정성수의 디카동시가 시발점이 되고 있다.

디카동시는 어린이들의 직관적 정서를 자극하여 멀어져버린 동시를 스마트폰 문화로 끌여 당길 수 있는 장점을 지니고 있으며, 포스트모더니즘과 디지털문화의 시대적인 흐름에 걸 맞는 장르라고 할 수 있을 것이다.

디카시는 디지털 포엠은 전자시(E-poetry), 구체시(Concrete poetry), 애니메이션 시(Animated poetry), 하이퍼텍스트 시(Hypertext poetry), 뉴미디어 시(New Media poetry), 비주얼 시(Visual poetry), 소리시(Sound poetry) 등 다양한 용어로 불리워지는데, 이제부터 디카시조에 이어 다카동시가 시대 조류에 적합한 장르로 대중들의 열화 같은 관심과 창작 열풍에 휩싸일 것이고, 어린이들이 외면하는 동시 장르의 독자층을 다양화와 아울러 확대될 것이라고 전망된다.

따라서 여기에서는 정성수 시인이 처음으로 시도한 디키동시의 필요성과 의의, 그리고 앞으로의 전망에 대해 탐색해보고자 한다.

2. 디카동시 운동의 의의와 전망

국립국어원의 「우리말샘」에서는 디카시(dica-poem)' 대해 "디지털 카메라로 자연이나 사물에서 시적 형상을 포착하여 찍은 영상과 함께 문자로 표현한 시. 실시간으로 소통하는 디지털 시대의 새로운 문학 장르로, 언어 예술이라는 기존 시의 범주를 확장하여 영상과 문자를 하나의 텍스트로 결합한 멀티 언어 예술이다."라고 정의하고 있다.

이상옥은 그의 저서 『앙코르 디카시』에서 디카시를 "시가 먼저 씌어지고 그와 어울리는 사진 영상을 병치하는 방식인 기존의 포토 포엠 (PhotoPoem)에서 진화된 양식으로서 시적 형상을 띤 현실(사물), 사진의 예술성보다는 시적 형상의 현장감 넘치는 생생한 리얼리티, 이른바 극 현장성에 초점을 맞춘"[01] 형태의 시라고 정의를 내리고, 디카시의 장르적 특성을 다음과 같이 열거했다. 첫째, 자연이나 사물, 사건에 깃들인 시의 형상(극 순간적 감동의 형상)을 날시(raw poem)1)라고 명명, 날시를 디지털카메라로 찍는 것이 시창작의 단초[02], 시인의 상상력이 아닌, 자연이나 사물의 상상력, 즉 신의 상상력으로 시적 형상이 구축되어진, 아직 문자언어의 옷을 입지 않은 것.[03]

둘째, 디지털카메라로 포착한 날시는 여전히 침묵하는 언어인데, 시인이 그 침묵의 언어를 듣고 옮겨 놓으면 디카시는 완결되는 것이다. 날시가 디카로 포착되어 액정 모니터에서 영상화되고 이것이 컴퓨터로 전송되어 실현되고, 다시 문자 재현을 거쳐 보다 온전하게 '영상+문자'로써 형상화되면서 '날'이라는 말이 떨어져나가고 하나의 완전한 시작품(디카詩)으로 드러나는 것이다.[04]

셋째, 디카시에서 시를 쓰는 주체는 사물(현실)이 된다. 사물(현실)이 주체고 시인은 오히려 객체다. 이것이 디카시의 본질적 국면이고 이

01 이상옥, 『앙코르 디카시』, 국학자료원, 2010, pp.11-20.
02 앞의 책, p.19.
03 앞의 책, p.52.
04 앞의 책, p.64.

상이다.[05]

넷째, 언술방식은 얼마든지 자유로울 수 있다. (특정인의) 삶을 진술하는 방식은 물론, 시적 형상에 화자가 개입하는 것, 그 자체도 시적 형상의 강렬성을 드러내는 장치로 볼 수 있기 때문이다.[06] 따라서 서술 시형의 디카시도 가능하다고 말하고 있다.

다섯째, 디카시에서 시인은 사물의 말을 전하는 에이전트이지만, 에이전트로서의 시인의 화법이 직접화법만 있는 것이 아니라 간접화법도 가능하다. 그는 날시를 언어 너머의 현실 자체가 이미 시. 즉, 언어라는 옷을 입지 않고 있기 때문에 벌거벗은 존재이다. 아직 육체를 입지 않은 정신과 같기에 '날'이라는 말을 사용한다고 정의하고 있다. 따라서 디카시의 날시는 시인의 의지와 상관없이 이미 존재하고 있는 것을 의미한다. 즉 자연이나 사물에서 어떤 경우 신의 상상력으로 빚은 시적 형상을 포착할 때 그것이 날시가 된다.[07]

이상옥은 날시를 "신의 상상력" 소산이라고 말하고, 언어로 변환되기 이전, 이른바 디지털 카메라의 피사체被寫體, 시인의 상상력으로 꾸며내는 인위적인 행위가 개입되지 않은 가운데, 사물 혹은 현실 그 자체를 말하며, 창조적인 일의 계기가 되는 기발한 착상이나 자극을 받은 시인의 영감이라기보다 자연이나 사물의 상상력이라고까지 확대해석하고 있다.

---

05 앞의 책, p.37.
06 앞의 책, p.74.
07 앞의 책, p.127.

따라서 날시는 동시가 인간의 원초적인 마음인 동심을 바탕으로 창작하는 시라는 동시의 본질적인 특성과 일치한다. 어린이들의 경험을 동심의 세계로 재창조하여 시적인 형상화하는 동시창작의 방법과 일치하기 때문에 디카동시는 어린이들의 직관적 사고 기능 신장과 아울러 시적인 감수성을 기르는데 효과적이다. 실재 사물을 사진으로 담아 시적 미감으로 재창조하는 디카동시는 사진과 시를 결합한 형태의 포스트모더니즘적인 발상의 시다. 따라서 디카동시 운동의 의의는 현대의 디지털 문화 습성 적합한 형태이며, 동시와 멀어져간 어린이들의 정서를 순화하는데 기여하는 미래지향적인 운동이라고 할 수 있을 것이다. 아울러 스마트폰 문화로 친구들과 소통하기를 좋아하는 어린이들이 직관적인 사고 기능을 신장시키는데 효과적이며, 어른들과 어린이, 세대 간의 단절된 정서가 서로 소통할 수 있는 장이 열리게 됨으로써 앞으로 확산될 것으로 전망된다.

1) 자연현상과 사물을 인간생활과 비유한 상상력

자연현상과 사물을 인간과 비유하여 상상력을 펼친 디카시는 「더 예쁘다」와 「개구리에게」, 「보름달」, 「우산」 등을 들 수 있다.

더 예쁘다

꽃을 닮은
너는

어제도 예쁘더니

오늘은
더 예쁘다

꽃을 어린이와 비유하여 아름답게 보는 어른들이 어린이를 사랑하는 마음을 담아 「더 예쁘다」라고 긍정적으로 바라보는 마음을 직관적으로 표현하고 있다. 어린이를 사랑스럽게 보는 마음 자체가 동심의 본질일 것이다. 어른의 입장에서 어린이를 보는 시각이나 어린이들이 사물을 그 자체를 날마다 관찰했을 때 볼수록 정이 들어 아름답게 보는 확장된 직관의 동심을 진술한 것으로 해석할 수 있을 것이다.

「개구리에게」는 어린이들에게 친근한 양서류인 개구리의 조각품을 보고 직관적으로 조각품 감상 소감이지만 자연 생물로 간주하고 시상을 전개했다.

개구리에게

니가 왜
여기 누워있어?

해 떨어졌다

비 오기 전에 얼른
집으로 가라!

누워있는 개구리 조각품을 보고 어린이들의 생활 경험을 들추어 비가 자주 오는 여름날을 상상하고 귀가를 종용하고 있다. 조각품이지만 개구리가 누어있는 형상은 개구리가 비를 좋아하는 특성과 저녁 무렵 비가 내릴 때 어린이들이 빨리 귀가를 서둘러야 하는 상황과 불일치하는 역설적인 상황을 통해 부모들이 어린이들의 자율성을 무시하고 귀가를 종용하는 상황을 대비하여 역설적으로 어린이들의 마음을 헤아려야 한다는 메시지를 담고 있다.

「보름달」은 보름달이 뜬 날 밤, 보름달을 보고 자신을 마음을 되돌아보는 우주와 교감하는 정서를 담아냈다. 보름달처럼 둥근 마음으로 밝게 살아가기를 바라는 동심을 감정 이입하여 보름달이 구름을 헤치고 말하는 상황으로 우주와 교감의 정서를 담았다.

보름달

보름달을 두드리자 달빛이 우수수 쏟아졌다

환하게 살고 싶으면 둥근 마음을 가지라고
밝게 살고 싶으면 둥근달이 되라고

보름달이 구름을 헤치고 배시시 웃더니
내게 말했다

2) 자연을 인위적으로 구성하여 살아가는 생활의 장에 대한 상상력

「우체통」과 「횡단보도」, 「승강장에서」, 「고층 유리창 닦기」 등은 어린
이들이 길거리에서 일상적으로 마주치며 보았던 장면의 직관적인 문
화상황에 대한 상상력과 동심을 담은 동시다. 「우체통」은 디지털 문화
로 편지를 우체통에 넣는 경우가 드물어진 시대적인 현실이 드러난다.
"편지 한통 받아본지가 언제인지/우체통이 화가 났다//봐라 붉은 얼
굴" 우체통의 색깔을 화가 났을 때 얼굴이 붉어지는 상황과 비유하여
상상력을 펼쳤다.

우체통

길가에 하루 종일 서 있어도
누구 한 사람 쳐다보지도 않는다

편지 한통 받아본지가 언제인지
우체통이 화가 났다

봐라 붉은 얼굴

그리고 「횡단보도」는 횡단보도에 그어진 하얀 선을 피아노 건반으로 비유하여 "할머니 한 분이 횡단보도를 건너간다/유모차를 몰고서//피아노 건반 같은 횡단보도"를 빈 유모차를 몰고 걸어가는 농촌 현실을 통해 노후까지 건강하게 지내려면 건강관리를 잘 해야 한다는 메시지와 빈 유모차에 손주를 실고 돌아가는 상황을 통해 미래세대를 사랑으로 보살피는 한결같은 부모는 자식과 손주를 위해 희생하고 살아가고 있다는 사실을 통해 미래지향적인 사랑의 메시지를 전했다.

횡단보도

할머니 한 분이 횡단보도를 건너간다
유모차를 몰고서

피아노 건반 같은 횡단보도

도미솔 파라도 솔시레
화음도 좋다

「승강장에서」는 벚꽃 길에 있는 승강장을 보고 " 벚꽃이 한잎 두잎 집니다/친구가 등을 보이며 갔습니다" 친구와 헤어지는 쓸쓸한 마음을 표현하고 있다. 자연물과 사물의 복합적인 어울림과 친구와의 헤어짐의 상황을 비유하여 상상력을 전개한 디카동시다.

승강장에서

벚꽃이 한잎 두잎 집니다
친구가 등을 보이며 갔습니다

헤어짐도 우정의 일부라는 것을 압니다

친구야 어느 하늘아래서라도
부디 건강해라

서로가 집으로 돌아가기 위해 버스를 타는 승강장을 통해 「회자정리 거자필반(會者定離 去者必返)」-"만남에는 헤어짐이 정해져 있고 떠남이 있으면 반드시 돌아옴이 있다"는 뜻으로 세상일의 덧없음을 의미하는 말이지만, 헤어지면서도 친구의 건강을 걱정하는 인간다운 마음을 「승강장에서」를 통해 담아냈다.

「고층 유리창 닦기」는 사람들이 살아가기 위해 지은 고층 건물이 더러워질 때 청소하는 아찔한 상황을 보고 진술한 디카동시이다. 사람들이 많이 모여 사는 도시에 고층 건물을 짓고 살아가는 오늘날 도시화는 도처에 위험이 도사리고 있다. 살기 위해 이런 아찔한 장면을 연출해야 하는 고층건물 청소부를 본 소재의 날시이다. 우리는 밖을 내다보기 위해 위험한 상황을 무릅쓰고 깨끗하게 청소를 하면서 살아간다.

고층 유리창 닦기

사람이 유리창을 닦는다
유리창이 사람을 닦는다

사람이 잘 보이라고 유리창이 잘 보이라고
줄에 매달려 위에서 아래로만
닦고 또 닦는다

3) 사물 자체의 날시에 대한 해석적 상상력

사물 자체를 보고 떠오른 날시에 대한 해적적 상상력을 펼친 디카동
시는 「위로」, 「우산」, 「닮아갑니다」가 있다.

「위로」는 조형물을 보고 조형물에 대한 해석적 상상력이다. 조형물
을 감상 소감을 해석적 상상력으로 자신의 견해를 피력한 디카동시라
고 할 수 있다.

위로

힘들어하지 마
너를 위해 기도할께

지치지 마
너와 함께 끝까지 갈께

넌 잘할 수 있어

　두 사람이 앉아있고 서있는 조형물을 보고 「위로」하는 상황이라고 해석적 상상력을 펼쳐놓았다. 상대가 고통 속에서 헤맬 때 친구로서 걱정하고 위로해주는 말 한마디는 실의 빠진 사람에게 희망과 용기를 주는 일일 것이다. 사람과 사람이 서로 좋은 관계를 맺고 따뜻하게 살아가는 것이 인간다운 삶일 것이다. 동심은 바로 이렇게 더불어 함께 살아가는 따뜻한 인간관계를 지향한다. "지치지 마.너와 함께 끝까지 갈게"라는 말 한마디는 이 시대, 자신의 이익을 위해 친구의 우정을 헌신짝 버리듯이 버리는 비인간적인 현실에 대한 비판적인 해석이다.
　「우산」은 비가 내리면 우산을 쓰는데 우산을 나누어 쓰고 함께 갈 수 있는 우정을 상징하는 매개물인 「우산」으로 상상력을 펼치고 있다. 우산을 함께 쓰는 것은 동행을 의미한다. 동행은 아름다운 우정이고 따뜻한 인간관계에 대한 희망일 것이다.

우산

비가 내리면
우산이 되고 싶어

깜장우산도 파란우산도 빨강우산도
좋아 좋아

너와 함께 갈 수만 있다면

「닮아 갑니다」는 두 기와지붕이 나란히 놓여있는 상황에서 할아버지의 이마를 연상하여 상상력을 펼쳤다. 나이가 들수록 넉넉한 마음을 지닌 할아버지, 점점 나이가 먹을수록 할아버지를 닮아가고 있다는 생각에 대한 해석적 상상력이다. 사람이 서로 이마를 맞대고 자주 만나면 서로의 마음이 닮아간다고 한다. 마음이 달아간다는 것은 서로 소통이 잘된다는 의미일 것이다. 한 살 더 나이를 먹을수록 성숙해가는 것이 우리 인간들의 생활모습이다. 과거와 현재와 미래가 한데 어울러 이마를 맞댈 때 넉넉함은 더해질 것이다.

닮아 갑니다

할아버지의 이마는 나이가 들어도
여전히
넉넉합니다

내 이마는 나이가 들면서
할아버지의 이마를 닮아 갑니다

3. 나오며

코로나 시대 인간관계의 소통이 소원해져가는 오늘날, 정성수 시인
은 디카동시를 처음으로 선보인 디카동시의 선구자를 스스로 자임했
다. 어린이들의 직관적인 사고 기능 신장과 사진과 동시가 만나 구체적
인 동심 상황을 상상력으로 재구성한 정성수 시인의 디카동시는 이제
축포를 터뜨렸다. 그동안 동시를 소원하여 동시의 감수성에 멀어진 어
린이들을 스마트폰문화로 끌여들여 서로 소통하며 정서를 공유하며
함께 동심의 파라다이스를 열어갈 디카동시의 신호탄은 아동문단에
새로운 도전일 것이다. 앞으로 디지털 혁명 시대에 걸 맞는 디카동시가
널리 퍼져 우리나라 어린이 동시의 발전에 새로운 이정표를 마련한 정

성수 시인의 디카동시집 『찰칵 동시』의 발간을 계기로 디카동시라는 새 장르가 그 영역을 확장하여 많은 어린이 독자는 물론 어른들에게 까지 사랑받기를 바랄 뿐이다.

동심의 시적 형상화 방법

– 이문희의 동시 창작 방법을 중심으로

1. 프롤로그

필립 아리에스의 『아동의 탄생』에서 어린이를 인격적인 존재로 인정하기 시작한 것은 동서양을 막론하고 20세기 이후의 일이다. 16-17세기 이전에는 서양의 지배계층 조차도 아동기를 특별하게 취급하지 않았고, 20세기에 들어서도 하층민들에게는 아동에 대한 의식은 없었다. 근대에 이르러서 아동에 대한 인식이 인격적인 존재로 보았고, 우리나라의 경우는 일제 강점기 방정환이 『어린이』지를 창간하면서부터 아동의 존재를 인격적인 존재로 탄생되었다고 할 수 있다.

그러나 아동문학의 경우 아동을 인격적인 존재보다는 동심으로 미화시켜 자신의 명리적 가치를 실현하고 있지나 않았나 뒤돌아보아야 할 것이다. 어린이를 인격적인 존재로 인식하는 양심 있는 동시인 이라면 시적 표현 기능 신장을 위해 꾸준히 노력하는 자세를 보여야 당연할 것이다. 그런데도 불구하고, 자신의 명리적 가치 실현하기 위해 동시인, 아동문학에 뛰어든 사람이 있다면, 이는 어린이를 존재를 이용하여 자신의 허명의식을 채우려는 하이드일 것이다. 이는 어린이를 인격체로 존중하지 않고, 명리적 가치 실현의 도구로 이용하려는 비굴한 행동일 것이며, 미래 성인의 축소판 문화를 확대 재생산하는 일에 동참할 개연성이 상존하게 된다.

오늘날 마음껏 뛰어놀 수 없는 사회현실 속 멍든 동심을 동시로 치유하고 인간다움의 정서를 환기 시켜 위안을 주는 시 한 편을 떳떳하게 선물할 수 있는 어린이 사랑을 실천할 때다.

피상적으로 동심의 겉모습만을 보고 어린이 세계를 미화하는 동시로는 어린이들의 정서에 전혀 도움을 주지 못한다. 동심과 동시의 개념을 바로 알고, 동시 창작만에 힘쓰기보다는 그에 앞에서 시창작 기법 익히기를 병행함으로써 전문적인 동시인으로 거듭나는 피나는 노력이 뒤따라야 할 것이다.

동시는 왜 쓰는가?하는 문제에 대해 동시 쓰는 이들 모두가 진지하게 되돌아보고 자신의 시창작 방법에는 문제가 없는가 점검해보는 자세는 동시인의 사명일 것이다. 그런데 진지하게 동시 창작에 대한 자기 시론도 없는 동시인들은 어린이들이 읽는 시이니까 쉬운 시일 것이라고 뛰어들었거나 동심의 천사적인 이미지 메이킹으로 자신의 선한 이미지를 부각시키기 위해 뛰어든 유치한 문학놀이꾼들이 너무나도 많은 것이 우리 현실이다. 이들은 말로만 동심이요, 어린이 사랑을 외치면, 아동문학단체 이데올로기에 빠져 감투놀음이나 문단 정치 등 속물과 같은 문학 놀이를 즐기며 아동문학가의 가면으로 활동하며 쓰레기 작품으로 어린이들의 독서 혼란을 야기시키고 있다.

이런 상황에서 어린이 사랑을 재능기부, 기증문화에 앞장서는 등 실천하는 사람들의 좋은동시재능기부회에서 해마다 발간하는 기부동시집에서 우수 동시의 창작방법을 소개하고 있다. 그렇게 함으로써 좋은 동시가 더 많이 창작되는 풍토를 만들어나가고자 작년에 이어 두 번째 특집을 내보낸다. 이번에는 동심의 시적 형상화는 어떻게 해야 하는가?하는 문제를 놓고 해결방법을 찾아보는데, 도움을 줄 이문희 동시의 창작 방법을 소개한다.

2. 동심의 시적 형상화 방법

1) 동심의 발견과 시적 형상화

동심은 어디서든지 동심을 가지고 사물을 바라보면, 보이게 된다. 그러나 어른이 동심으로 돌아갈 때는 자기가 어린 시절에 보았거나 경험한 생활 문화 속에서 동심을 찾게 된다. 따라서 자신이 어린 시절에 생활 문화를 그대로 가져와 진술할 경우, 오늘의 어린이들이 그 정서를 공감하지 못하게 된다. 이는 과거와 현재의 사회문화 환경이 변화해 생활문화가 달라졌기 때문이다.

예를 들면 과거에 우리나라 시골에서는 장독대의 된장 항아리를 열어 햇빛을 쬐게 하는 경우 가끔 쇠파리들이 달려들어 된장 속에 알을 낳아 구더기가 생기는 일들이 있고, 시골 화장실 문화가 오늘날의 수세식 화장실과 달랐다. 어린 시절에 이런 경험을 한 어른이 과거의 생활 문화로 동심을 시적으로 형상화하여 동시로 진술하는 경우 오늘날의 어린이들이 공감을 하지 못한다는 것이다. 어린이 시절 과거의 생활 경험 자체는 동심이 아니다. 오늘날의 어린이들은 된장이 만들어지는 과정을 경험한 세대가 아니라 각 가정에서 수퍼마켓에서 사다 먹는다. 구더기가 생긴 된장을 어떻게 먹을 수 있느냐는 의문을 갖을 것이다. 소수의 시골 어린이들은 된장 항아리의 구더기를 보고 자라서 공감할 수도 있지만, 대부분은 그렇지 않다는데에서 다수의 동감을 얻기 어렵고, 요즈음의 시골에도 장독대에 된장 항아리를 사용하는 가정보다는 모두 냉장고 문화로 시골의 된장 항아리의 구더기 문화를 접할 수 없는 생활문화 환경이 되었음에도 고정관념에 사로 잡혀 장독대 된장 항아리의 소재를 시로 형상화한다는 것은 동시를 쓰는 동기나 까닭이 잘 못 되었기 때문이다. 적어도 동시를 쓰겠다고 하는 사람은 어린이들의 정서를 먼저 생각하고 오늘의 어린이들에게 정서적 미감을 길러주기 위한 사명감이 없는 그저 적당히 자신의 표현 욕구를 만족시키고, 동시인임을 과시하려는 허명의식나 명리적 가치로 출발한 무책임한 사람이라고 할 수밖에 없을 것이다. 그러나 현재 우리나라의 아동문학 하는 사람들은 대부분이 어린이 사랑을 입으로만 떠벌리고 자신의 시적 능력을 은폐하고 명리적 가치를 추구를 목적으로 동시를 쓰는 사람들이 많아져 어린이들에게 독서 선택의 혼란을 가중시키고 있는 것이다. 그럼 농촌 소재를 과거와 현재의 공시적 동심으로 이끌어낸 이문희 동시 「눈 오는 날」의 시적 형상화 방법을 살펴보기로 한다.

논밭들도
누가 더 넓은가
나누기를 멈추었다.

도로들도
누가 더 긴지
재보기를 그만두었다.

예쁜 색 자랑하던
지붕들도
뽐내기를 그쳤다.

모두가
욕심을 버린
하얗게 눈이 오는 날.

- 「눈 오는 날」 전문

이 시는 시적 소재가 농촌이지만 화자의 과거의 생활 문화를 그대로 진술하지 않고, 오늘의 생활 문화 관점에서 「눈 오는 날」의 모습을 "나누기", "재보기". "뽐내기"로 어린이들의 행동 특성을 잘 살려 동심을 시적으로 형상화해 성공한 시다.

앞의 "나누기", "재보기". "뽐내기" 등의 활동은 모두 남과 경쟁하는 데서 비롯된 행동들이다. 다만 "욕심"이라는 관념적인 주제어를 노출시키지 않고, "욕심" 대신 "지우다"는 시어로 진술했더라면 더 좋았을 것이라는 아쉬움이 남지만, 이 시는 1997년 조선일보 신춘문예 당선작으로 눈이 내린 농촌의 겨울 풍경을 동심의 눈으로 보고 형상화해낸 수작임이 분명하다. 이 시가 성공할 수 있었던 까닭은 어린 시절 농촌 생활문화 속에서 동심을 발견하고 동시의 소재를 찾아냈지만, 과거와 현재를 모두 아우르는 어린이들의 공시적 공감대를 이끌어냈다는 점이다. 다시 말해 어린이의 생활 속의 놀이문화에서 소재를 발견해 어린이와 어른 모두 공통적인 심리, 욕심과 경쟁이라는 심리적인 욕망을 주제로 시적 형상화해냈다는 점이다.

2) 대화체의 활용과 동심의 시적 형상화

동시에서는 어린이들이 조잘대듯이 대화체를 활용하여 동심을 시적으로 형상화해낼 수 있다. 이 방법은 어린이들의 정서 경험을 생생하게 전달하기에 가장 적합한 시적 표현 방법이기는 하지만, 자칫 형상화가 잘 못 되면 시적인 미감을 잃어버리고 산문적인 진술로 머물고 말아버릴 우려가 있다는 점에서 주의가 필요한 동시의 창작 방법이라고 할 수 있다. 대화체 활용한 동시 두 편은 소개하면 다음과 같다.

우리 아기는 엄마도 많다

하늘 보고 "엄마"
나무 보고 "엄마"
꽃을 보고 "엄마"
새를 보고 "엄마"

따뜻하게 해주고
시원하게 해주고
예쁜 모습 보여주고
고운 소리 들려주고

모두 함께 아기를 키우는 모양이다.

- 「우리 아기」 전문

"나리꽃"
"네"
"옥잠화"
"네"
"수선화"
"네"
물뿌리개로 물을 주며 출석을 부르자
이름을 불리지 않은 나비 한 마리
"저는 왜 안 불러요?"
주인 뒤를 자꾸 따라다닌다.

- 「꽃 가게에서」 전문

「우리 아기」는 옹알이를 하는 시기의 아기의 특성을 그대로 보여준 시이다. 아기가 옹알이 할 때 "엄" "엄"하다가 자기와 가장 가까운 "엄마"라는 말을 먼저 하게 된다. 옹알이하는 아기를 대화체 진술로 했을 때 그 상황의 정서를 가장 생생하게 전달할 수 있다는 점에서 대화체 활용 방법은 적절했다고 본다. 그리고 「꽃 가게에서」는 여러 가지 꽃들이 있는 꽃가게에서 주인이 꽃에 물을 주는 모습을 생생하게 그려내는 데 있어서, 가장 적합한 대화체를 활용했다. 다만 꽃가게에 나비가 주인을 따라다니며 자신을 호명하지 않는다는 진술은 화자의 상상력이나 꽃가게에 나비가 날아드는 특수한 상황에 대한 진술이 생략됨에 따라 허구의 진실성을 상실했다는 점이 아쉬움이 남는다. 모든 문학은 허구를 허구로 느끼지 못하게 사실성을 바탕으로 해야 한다. "꽃가게 문을 열자 나비 한 마리 날아들었다."라는 배경 설정이 되었어야 허구가 허구로 느껴지지 않게 된다. 그렇지만 동시에서 대화체를 사용해야 현장감 있게 그 느낌을 전달할 수 있는 상황이 적절했다는 점에서 대화체 활용으로 성공을 거두었다고 볼 수 있다.

3) 자연 사물의 시적 형상화

이 세상에 완벽한 시는 존재하지 않는다. 명시로 알려져 많은 사람들의 사랑을 받는 시일지라도 공간적 시간적 당시 시대의 사회문화에 따라 허점이 많은 시가 널리 알려지는 경우가 허다하다. 대중들에게 알려진 시도 시적인 완숙도와는 상관이 없는 경우가 많다. 시적인 미감이 전혀 없는 조잡한 시가 대중들의 사랑을 받기도 하고, 시적인 미감과 완숙도가 높은 시이지만, 대중들이 외면하는 시도 많다는 점이다. 과거의 시들은 자연을 있는 그대로 그린 시가 명시로 알려졌다. 그러나 오늘날은 과거와는 달리 이미지로 정서경험을 생생하게 그려낸 시가 현대시로서의 요건을 갖추었다고 볼 수 있다.

동시에서는 관념적인 시나 지은이의 주관적인 정서를 진술한 시는 어린이가 공감하지 않는다는 점에서 항상 경계해야 한다. 성인시도 마찬가지이지만 현대시와 근대 이전의 시와의 명확한 경계가 시가 노래와 결합했느냐와 그림과 결합했느냐의 여부에 있다. 현대시는 그림과 결합한 시이기 때문에 정서 경험을 이미지로 형상화하여 생생하게 그려내야 하고, 감각적인 표현으로 생동감을 불러일으켜야 하는 것이다.

이문희 시인의 산길의 풍경을 「꼬불꼬불」로 동심으로 표현, 2연의 "사뿐사뿐 뛰어/산길을 가면/다람쥐 마음을 알게 될까"와 4연의 "나풀나풀 춤추며/들길을 가면/나비 마음을 알게 될까"로 산길을 걷는 느낌과 생각을 "다람쥐 마음"과 "나비 마음"으로 진술했으며, 봄날 꽃밭의 모습을 "바람이 세차게 불어옵니다./꽃밭 가장 바깥쪽에 있는/해바라기가 바람을 막습니다./다음 안쪽에 있는/봉숭아가 바람을 막습니다./그다음 안쪽에 있는/채송화가 바람을 막습니다./쉿!/지금 막/가장 안쪽에 아기 새싹이/작은 떡잎을 폈습니다.-「쉿, 조용히」"로 진술했는데, "쉿, 조용히"라고 시제를 어린이의 행동 특성을 생생하게 잘 살려냈다.

또한 기차역에서 사람들이 붐비는 모습을 사물의 모습으로 간결하게 비유하여 "고향이 다른 사람들/고루고루/잘도 섞어 놓는다."라고 압축했다. 이처럼 시는 단순하고 간결하게 압축해서 은유해야 시적인 효과를 가져올 수 있으며 동시의 영역을 확장하여 어른들까지 독자 영역을 확장하여 나갈 수 있을 것이다. 그런데 이처럼 시적인 기초 표현 기능과 형상화 방법을 먼저 익히고 동시를 써야 좋은 동시를 쓸 수 있는 기본요건을 갖추게 되는 것인데도 많은 동시인들이 이와는 반대로 시적인 기본기능을 익히지도 않고 어린이인척 흉내내어 쓰면 동시가 될 것이라는 안일한 생각으로 동시를 쓰겠다고 동시인이 되었다면 어린이들에게 큰 죄악이 아닐 수 없다. 어린이들을 위한다는 허울로 자신의 무능과 추악한 마음을 동심으로 덧씌운 어린이 정서 교란죄를 범한 법전에 없는 양심 없는 범법자라는 사실을 인지하여야 할 것이다.

시인은 시를 쓰기 위해 소재를 취재하고 좋은 시상이 떠오르면 즉시 메모장에 기록하는 습관으로 살아가야 좋은 동시를 쓸 수 있는 것이다. 이 시인은 시 소재의 취재 모습을 동식물의 채집으로 비유하여 시제를 「시인의 채집상자」라 붙였다.

이 시인의 채집 상자 속에는 "흰 구름 몇 덩이/풀벌레 몇 마리/예쁜 꽃 몇 송이/산새들 노랫소리 몇 곡/이슬 구슬 몇 개//시인은/채집 상자 속에서/하나씩 꺼내어 날개를 달아줍니다./마음속 하늘로 날아가면/하나씩/하나씩/시가 됩니다.- 「시인의 채집상자」"라고 시의 소재를 취재하고, 시상을 펼쳐 동시로 형상화하는 과정을 압축해서 진술해놓은 시인의 시 창작 방법을 압축한 시이다.

4) 어린이들의 닫힌 놀이문화에 대한 안타까움

오늘날의 어린이들은 필립 아리에스의 『아동의 탄생』에서 어린이를 인격적인 존재로 인정하기 시작하여 현재는 많은 나라에서 어린이를 인격적인 존재로 인정하고 있다고 한다. 그렇지만 오늘날 어린이는 인격적인 존재로 인정되지만 경쟁사회라는 성인의 축소판으로 되돌아간 것 같다. 동심을 향유할 어린이 때 어린이다운 동심을 펼칠 놀이문화가 활발하게 이루어져야 함에도 학교가 끝나면 곧바로 학원으로 전전하고 과외공부 등 남보다 앞서기 위한 공부 열풍에 휩싸여 뛰어놀 시간이 없어졌다. 그나마 학교 교육을 불신하여 지나친 민주적인 인권 보호로 이기심과 버릇없는 아이로 자라고 있다. 안타까운 것은 친구들과 놀이를 즐기며 더불어 살아가는 지혜를 깨우쳐야 할 시기에 성인이 되어 높은 자리와 물질적인 부를 독차지하기 위해 경쟁해야 하는 교육 풍토가 되어 어린이 놀이문화가 있으면서도 없어진 상황을 시인은 안타까워 하고 있는 것이다.

장난치다가
목걸이 구슬이
와르르 떨어져 흩어졌다
쪼그리고 앉아 구슬을 줍느라
허리도 다리도 아팠다

나는 우리 반 목걸이 구슬 한 개
나는 우리 가족 목걸이 구슬 한 개

떨어져 나온다면
찾느라
줍느라
얼마나 고생 많을까?

- 「구슬 한 개」 전문

과거의 어린이들은 장난하기와 여러 가지 놀이하기를 즐겨 했고 지금도 마찬가지다. 과거와 현재의 생활 문화나 오늘날의 어린이들에게 마땅히 권장해야할 놀이문화이다. 따라서 어린이 장난을 치다가 실수를 저질러 벌어진 과거와 현재를 망라한 어린이들의 생활 문화를 소재했다. 보는 시각에 따라 문화적인 격차로 인식할 개연성도 있을 수도 있지만, 오늘의 어린이들도 장난치기를 좋아한다. 장난치다가 이런 상황은 언제든지 일어날 수 있다. 어린이들에게 동심을 되찾아주기 위한 개구쟁이들의 장난과 놀이문화의 소재의 시는 사회풍자 관점에서 의의가 있을 것이다. 지금도 장난치다가 구슬 목걸이의 구슬이 와르르 쏟아지는 상황이 어린이 생활에서 있을 가능성이 많을 것이다. 이런 경험을 한 어린이는 "쪼그리고 앉아 구슬을 줍느라/허리도 다리도 아팠다" 시구에 공감을 할 것이다.

"우리 반 목걸이"와 "우리 가족 목걸이"로 집단에서 뛰쳐나와 나 혼자를 고집할 때 우리가 되기 위해 힘이들다는 메시지가 강한 동시이다. 작위적인 메시지로 비약한 감은 없지 않지만, 나 혼자의 이기심을 버리고 가족과 학급집단에 어울려서 살아가는 메시지를 오늘의 어린이들에게 전달하고 있다.

5) 시인의 문학적인 인생관

동시가 어린이를 위해 쓰는 시이지만 시인의 창작행위인 만큼 자신의 문학적인 인생관을 전달하는 기능이 뒤따르게 된다. 어린이를 위하는 동심천사주의 시대는 과거의 동시창작관이었다면, 어떤 장르이건 글을 쓴 사람의 문학적 인생관이 담기지 않는 문학작품은 의미가 없

는 것이다. 이 시인은 소금과 같은 역할과 사명감으로 동시를 창작하는
데 심혈을 기울이고 있다고 볼 수 있다.

나는 소금이고 싶습니다.

푸른 바닷물에서 건져 올린 소금
바닷물을 햇빛으로
졸이고 졸여서 얻어낸 소금
한 개 한 개 소금 알갱이 속에는
햇살이 들어와 박혀 반짝이고
바다 물결이 파도 소리로 박혀있고
등 푸른 바닷물고기가
하늘 향해 뛰어오르며
자맥질하던 힘도 들어있습니다.

내가 있으므로 입맛이 돋아지고
내가 있으므로 세상은
더욱 싱싱해집니다.

나는 소금이고 싶습니다
오래도록 제맛을 잃지 않는
소금이고 싶습니다.

- 「소금」 전문

소금은 썩지 않는다고 합니다. 지구의 70%가 바다인 지구는 최초 생명체가 바다에서 출현해서 육상으로 진화했다고 진화론자들은 주장하고 있지만, 바닷물에는 소금 성분이 들어있고, 염전에서 바닷물을 건조하여 천일염을 만들어 낸다. 우리 사람들도 소금을 먹지 않고서는 살아갈 수 없는 소금은 우리 생활에 없어서는 안될 귀한 물건이다. 음식이 상하지 않게 하기 위해 소금간을 하고 우리 식탁의 기본 요리 재료로 간장과 소금이 필수적이다.

이문희 시인은 동심을 상황에 맞는 소재를 선택하고 시상을 펼쳐 이미지로 구성하려고 노력하고 있는 시인으로 알고 있다. 동심으로 시적 형상화하여 자신의 시세계를 통해 자신의 문학적 인생관을 표출해낼 수 있는 동시인은 소수에 불과하다. 이문희 시인은 자신의 문학적 인생관을 한마디로 "나는 소금이고 싶습니다."라고 압축해놓고 있다.

3. 에필로그

이문희 시인의 동심의 시적 형상화 방법을 소개했다. 이 시인의 창작 방법을 통해 좀 더 좋은 동시를 창작해내는데, 도움이 되었으면 하는 바램이다.

이문희 시인은 누구보다 동심을 잘 이해하고 동심적인 상황을 잘 표착해낸다는 점이 돋보이고, 단순히 어린이의 생활을 그대로 그려낸 어린이시와 확연히 구별되는 어린이와 어른들 모두를 위한 동시를 쓰는 시인으로 본받을 점이 많을 것으로 생각되어 창작방법을 소개했다.

이문희 시인의 동심을 시적으로 형상화하는 방법을 요약하면 다음과 같다.

첫째, 동심을 발견해내는 안목과 적절한 소재를 찾는 요령이 탁월하고, 시적으로 형상화하여 생생한 표현을 한다는 점이다.

둘째, 어린이들의 조잘대는 동심 특성을 대화체를 활용하여 생생하게 동심을 시적으로 형상화해냈다.

셋째, 자연 사물의 시적 형상화가 특출하다.

넷째, 어린이들의 닫힌 놀이 문화에 대한 안타까운 마음을 풍자적으로 잘 표현했다.

다섯째, 동시를 통해 자신의 시인으로써의 문학적인 인생관을 담아냈다는 점이다.

시간의 흐름에 따른 내면의식의 진술
– 김영업 제3시집 『시인의 길』 시평

1. 프롤로그

오늘날 한국은 시인의 홍수시대를 맞이하고 있다. 그만큼 시를 좋아하는 사람이 많다는 사실을 입증한다. 이는 한국사회가 산업화과정을 거치면서 급격한 사회 변화가 가져온 과도기적 정신문화의 변화라고 볼 수 있다. 경제개발계획의 성공으로 물질적인 풍요를 누리게 된 국민들의 정신적인 공허감을 충족시킬 대안으로서 시에 대한 집착으로 보인다.

어찌되었던 간에 시를 사랑하는 인구가 많다는 현상은 좋은 현상이나 우리나라 고질적인 허례허식의 문화가 정신문화를 선도하는 문학, 시 향유로 자리 잡았다면 사회병리적인 현상이 아닐 수 없다. 무분별하게 독자가 없는 오백여개를 웃도는 문예지들이 발간되고 있고, 이들 문예지들이 등단제도를 두어 시인자격 칭호를 남발하여 시를 쓰는 척

하고 시인 노릇을 하는 시인들을 해마다 수백여 명을 배출하고 있다. 따라서 무조건 시를 쓰겠다고 하면 시도 아닌 조잡한 글을 쓴 사람이나 시를 낭송하는 사람들까지 등단이라는 이름으로 시인 칭호를 남발하고 있어 한국시는 문학정신이 전혀 없는 시답지 않는 시를 쓰는 시인들의 홍수시대를 맞이하고 있다. 이러한 때에 김영업 시인은 『미래시학』이라는 문예지를 공동으로 창간한 주역으로 활동하면서 홈페이지를 운영하고 있는 시인으로 시인들이 지를 쓰고 발표할 수 있는 기회를 열어주는 역할을 꾸준히 실천해오고 있는 시인이다. 이번에 세 번째 시집 『시인의 길』을 발간하게 되었다. 시를 사랑하고 시에 대한 열정이 큰 김영업 시인의 제3시집 『시인의 길』를 따라가 보도록 한다.

2. 시간의 흐름에 따른 내면의식의 진술

문학은 결국 시공간에 유한하게 존재하는 인간들의 이야기다. 시의 경우 인간들의 경험정서를 압축하여 전달한다. 다시 말해서 자기가 겪은 경험을 바탕으로 상상력을 가미하여 이미지로 형상화하고, 감각적으로 구체화시켜 묘사하고 진술해 놓은 장르가 시이다. 다른 문학 장르의 글보다는 가장 짧게 압축한 글이다.

우리 인간은 고작 100년의 짧은 순간을 지구라는 공간속에서 살다가 자연으로 돌아간다. 지구상에는 수천수만 가지 생명체들이 존재하고, 이들 각각의 생명체들이 종족을 보존하기 위해 생식기능으로 대를 이어간다. 그렇지만 그 무수한 생명체들을 지배하는 가장 지혜가 뛰어난 생명체는 인간들이다. 이는 인간들이 다른 생명체에 비해서 두뇌가 발달하여 자신의 생각과 느낌을 서로가 약속된 신호체계인 언어를 통해 의사전달을 하고, 문자로 남겨 다음 세대에 전수가 가능하기 때문이다.

따라서 인간은 지구상에 존재하는 생명체 중에서 사유가 가능한 가장 발달한 고등동물이라고 할 수 있다.

문학은 사유하는 인간의 특권인 진솔한 내면의식을 언어로 표현하는 활동이다. 따라서 우리 선인들은 문학을 자신의 마음을 다스리는 재도지기 자세로 정신적인 가치를 숭상하며 작품을 창작해왔다. 그러나 오늘날 물질적인 풍요에 따른 허명의식이나 허례의식에 의한 존재감을 표출하기 위해 시인, 작가 칭호의 획득과 더불어 거짓된 문학 활동을 문학작품 창작으로 오인하는 물질주의 문학관은 우리나라의 비정상적인 문학 풍토가 아닐 수 없을 것이다.

이러한 오늘의 상황에서 김영업 시인의 제3시집 『시인의 길』를 걷기 위해 부단히 노력하는 사람으로 알고 있다.

이 시집은 제4부 88편의 시를 엮어놓은 시집이다. 제1부 여울목은 자연속의 경험정서를 끌어와 자성적인 사유를 기록한 시들이고, 제2부는 고향 생각은 가족들과 생활 경험과 측은지심으로 사회적 약자에 대해 따뜻한 애정의 눈길로 바라보는 사회적 상상력을 펼쳐놓은 시들을 모았다. 그리고 제3부 질경아 같은 당신은 사랑의 기초단위인 부부 간의 사랑과 여타 이웃 간의 소통 경험을 진술했으며, 제4부 소백산 산철쭉은 고독한 화자의 내면의식을 표출한 시들을 묶어놓고 있다.

그러나 시들이 봄, 여름, 가을, 겨울 등 사계절의 변화 순서로 묶어두었기보다는 시간의 흐름에 따른 내면의식을 진술하나 시의 배열은 내면의식의 흐름에 따라 뒤엉켜있는 화자의 혼란한 의식을 반영하여 시간 순의 배열구조가 흩어져 있음을 알 수 있다.

1) 제1부 여울목 – 자연속의 경험정서와 자성적인 사색의 기록

사람은 살아가면서 자연과의 경험정서가 무의식의 기저에 자리 잡아 자연과의 관계에 대한 정서경험이 크게 인간의 정신세계에 영향을 미치기 마련이다. 그래서 가스통 바슐라르는 모든 예술의 근원을 물, 불, 대지, 공기 등 내 개의 질료로 압축하여 물질적 상상력으로 예술작품을 분석했다. 그의 주장에 의하면 인간의 정서경험의 뿌리는 4원소에 귀착되며 어린 시절을 보낸 고향의 정서경험은 물질화되어 무의식이 작품에 투영된다고 보았다.

김영업 시인의 시적 배경이 되는 공간적 배경은 자연이나 구체적인 장소가 불분명하게 나타나고 있다. 「그 자리」에서처럼 그의 시에 등장하는 공간은 구체적인 공간이 아니라 관념속의 공간, 즉 "영혼 속에 생명의 물이 흐르는 강/그 자리에 머물고 싶다."라고 장소성 지시어 '그 자리'로 애매한 관념적인 공간을 설정하고 있다. 이 관념적인 공간은 바로 내면의식을 물질화한 강이다. 강은 흘러가기 때문에 장소성이 불분명하다는 속성을 가지고 있다. 그럼에도 굳이 장소성이 불분명한 막연한 공간의 설정은 딱히 어디라고 구체적으로 지칭할 수 없는 내면공간이기 때문이며, 시간의 흐름에 따라 연속적으로 흘러가는 강의 일정한 시점의 공간을 의미하기 때문일 것이다.

그럼에도 그의 시에서 구체적인 장소가 드러난 것은 「동백꽃」에서의 선운사 대웅전 뒤뜰이지만, 여타의 시에서는 구체적인 공간을 설정하지 않는다. 특히 「여울목」이라는 시에서는 포괄적인 공간으로 "여물목"을 설정하였을 뿐이나 "여물목"의 물도도 나중에는 강의 일부가 되기 때문에 시간의 흐름에 따른 내면공간이라고 할 수 있다. 따라서 물길이 흘러가는 여러 줄기의 냇물이 흐르다가 만들어낸 "여물목"은 강물이 되기 이전의 상태의 공간이다. 이는 강으로 상징되는 내면의식이 점점 확장되어가고 있지만, 그 좁음 공간에서 태어나 강을 따라 내려가고 결국 먼 바다까지 나아가 자라다가 죽음이 임박했을 때 자기가 태어난 곳을 찾아 거슬러 올라오는 연어의 귀향을 진술하고 있다.

낮은 곳을 향해
달려가는 물길 산골짜기를 굽이 돌아
여울목에 이르러
잠시 쉬었다가
물은 다시 강으로 흘러간다.

막아서는 바위 주위를 돌아
낭떠러지에서는 힘차게
떨어지면
소리를 지르며
여러 지류가 모여서
강을 이루고 강물은 다시
바다로 흘러간다.

여울목에서 태어나
물길을 따라
넓은 바다 구경을 하고
귀향하는 연어가
다시 찾는 여울목
연어가 대를 이어가는
터전이다.

고향으로 귀향하는 연어는
알을 낳아
대를 잇고
숨을 할딱거리며 죽어간다.

여울목은
生과 死의 갈림길
만나고 헤어지는 곳
연어의 종착역

— 「여울목」 전문

　「여울목」은 연어가 태어난 고향이다. 연어는 귀소본능이 있어서 죽을 때가 되면 다시 고향을 찾아 강을 거슬러 올라온다. 「여울목」은 화자가 안정감을 누릴 수 있는 고향과 같은 내면공간이다. 연어가 귀향을 꿈꾸고 있듯이 본능적으로 자기가 태어난 고향을 찾아오듯이 우리 인간은 안식과 휴식을 취할 수 있는 본원적인 내면공간을 찾아감으로써 각종 스트레스를 벗어날 수 있는 것이다.

　그가 「사랑의 연서」을 쓰는 것도 내면공간의 「여울목」에서의 정서 경험을 공유함으로써 카타르시스를 하기 위함이다. 「정 두고 온 자리」와 「메밀꽃」 등은 바로 「여울목」을 출발점으로 하여 자신이 현재까지 걸어 온 「길」을 걸어오며, 「보이지 않는 사랑」도 경험하고, 「잊을 수 없는 흔적」도 보았을 것이다. 그 내면공간 속에서 인연을 맺은 사람들과 「약속」도 하고, 「개나리 합주」, 「봄비」, 「안양천의 장미」, 「찔레꽃」, 「보리밭」, 「연분홍 코스모스」 등도 보고 들었을 것이며, 「고맙다」는 느낌을 받기도 했을 것이다. 따라서 살아오면서 맺은 사람들과의 관계를 계속적으로 이어가기를 희망하는 소망을 「그대는 뉘신가요?」로 진술하고 있다.

　이처럼 제1부 여울목에서는 자연속의 경험정서와 자성적인 사색의 기록하고 있다.

2) 제2부 고향 생각 – 가족들과의 생활 경험과 사회적 상상력 전개

　경자년 중국 우환에서 시작한 코로나 바이러스 19가 올해까지 지구촌에 사는 인간들의 생명을 위협하고 있다. 행복을 추구하려는 인간의 무한한 욕망을 달성하기 위해 자연을 파괴하고 화석연료를 사용하여 지구온난화를 가속시킨 결과, 판도라의 상자를 열어버렸기 때문이다. 이러한 포스트 코로나 시대 인간이 물질적인 욕망의 추구보다 생태주의 생태관으로 지구촌에 존재하는 생물과의 상생의 관계가 무엇보다도 중요함을 절실하게 깨우치게 하는 계기가 되었을 것이다.

인류는 최대의 위기를 맞고 있다. 그리고 육안으로 볼 수 없는 코로나 바이러스와 「소리 없는 전쟁」를 치르고 있다. 지구를 지배하는 인간의 오만성은 「가을 낙엽」처럼 추락했고, 「노을 바라보며」 인간이 무력한 존재이며, 「매미의 일생」과 같이 짧은 순간을 살다가는 하찮은 존재라는 사실을 새삼 깨닫게 되었을 것이다.

> 봉대산 꼭대기에
> 피어오르는 뭉게구름
> 고향 생각
> 펼쳐놓고 있다.
>
> 칠산 바닷물의 원류
> 구름도 바람도 쉬어가는
> 아늑한 곳
>
> 고향이 날 부르는데
> 잠깐 쉬어 감도 좋으련만
> 아른거리는 생각뿐이다.
>
>   – 「고향 생각」 전문

"봉대산"은 전국에 여러 곳이 있으나 여기에서는 시인이 태어난 고향 전남 무안 해제에 있는 산이다. 그는 어린 시절을 "봉대산"을 바라보며 꿈을 꾸었고, 아늑한 어머니의 품처럼 그의 내면공간에 우뚝 자리 잡아 그를 지탱하고 있다. 서울 올라와 「인력시장」의 경험과 냉혹한 도시 생활 현장에서 아웃사이더로 전락한 「노숙인의 삶」을 보면서 동시대를 살아가는 사람으로서 연민의 정을 느끼기도 했을 것이다.

뭐니 뭐니 해도 고향을 생각하면 우선 가족이 떠오를 것이다. 따라서 「母情을 생각하며」 어머니에 대한 고마움과 「남매간의 우애友愛을 강조하시던 어머니의 말씀, 그리고 살다가 운명을 달리한 「장형의 영면永眠」을 보고 가슴이 아팠을 것이다. 그리고 고향하면 떠오르는 것이 「친구」이며 그 중에는 「잊혀져가는 친구」에 대한 안타까운 마음도 들었을 것이다.

그리고 살아오면서 관계를 맺었던 인연들과의 「만남과 헤어짐」을 되풀이했다. 그때마다 그는 「나의 허물을 벗기며」 자신을 뒤돌아보았으며, 「자화상」을 그려보았다.

제2부 고향 생각에서는 고향에서의 가족과의 단란한 생활에 대한 사향의식思鄕意識을 바탕으로 어린 시절의 친구, 그리고 그 인연을 생각하며 자신을 뒤돌아보는 「나의 허물을 벗기며」, 「자화상」을 그려보고 사회의 그늘에 살아가는 사람들에 대해 측은지심으로 바라보고 사회적 상상력를 펼치고 있다.

바로 그것이 코로나 바이러스를 상황을 다룬 「소리 없는 전쟁」, 서민들의 애환을 소재로 한 「인력시장」, 「노숙인의 삶」 등이 이에 해당한다.

3) 제3부 질경이 같은 당신 – 사랑의 기초단위인 부부간의 사랑과 여타 이웃 간의 소통 경험

사랑의 가장 기초 단위는 가정이다. 옛 말에 가화만사성家和萬事成이라는 말이 있다. 가정이 평화로워야 모든 일이 잘 된다는 말이다. 『대학』의 8조목에 등장하는 고사성어로 수신제가치국평천하修身齊家治國平天下라는 말과 상통하는 말이지만, 이 말은 "천하를 다스리려는 사람은 먼저 자신부터 갈고 닦아야 한다는 말로 자신의 心氣體를 갈고 닦아야 가정이 바르게 설 수 있고, 나아가 나라를 다스릴 수 있으며, 궁극적으로는 온 세상을 평정하는 단계에까지 이루어낼 수 있다는 뜻이다. 다시말해서 모든 일에는 단계와 절차가 있고 순서가 있으며, 큰일은 작은 일을 잘 처리해야 감당 할 수 있다는 말로 사랑의 기초단위인 부부간의 관계가 원만해야 가정이 바로 서기 마련이다. 부부간에 신뢰를 쌓기 위해서는 나 스스로가 가정을 위해 헌신하는 자세가 우선일 것이다. 김영업 시인은 결혼하여 지식을 낳아 기르면서 헌신하는 아내의 고마움을 「질경이 같은 당신」으로 예찬하고 있다.

삼복더위 열기 풍기던 날
낯선 도시에서
운명처럼 만난 당신
우리의 만남을 한 올 한 올 엮어본다.

순탄치 않았던
지난날 뒤 돌아보며
빛바랜 사진첩을 꺼내본다.
눅눅한 곰팡이 냄새
어둡고 습기 찬 방에서 살았던 기억

사진첩 속 마른 질경이 잎

꿈도 많고 목표한 일을 이루어내려고
끈질기게 노력하던 당신
살갗 얇아지고 처진 눈주름
말하지 않아도 대견스럽다오.

두 아들 앞날 위해 딸라 돈으로
등록금 내고
남편 사업 자꾸 좌절의 구덩이로
한없이 빠져드는 시간 속에서도
밤이슬로 치료하고 일어서는 질경이
빛바랜 사진 속에
아직 지워지지 않았지만
당신의 멋진 모습
지금은 자랑스럽소,

　　　　　　　　- 「질경이 같은 당신」 전문

　가정을 꾸리면서 어렵게 살아온 환경을 탓하지 않고 부부일심동체
로 묵묵히 헌신해준 아내에 대한 고마움을 질경이로 환치하여 전하고
있다. 질경이는 질긴 생명력을 지닌 풀이다. 1960-70년대 산업화의 물
결이 한창일 때 고행을 떠나 도시로 이주하여 정착한 가정은 수많은
시련을 겪었다. 「질경이 같은 당신」의 끈질긴 생명력은 「선인장」과 일맥

상통하다.「첫 사랑」과「운명처럼 만난 인연」으로 젊은 남녀가 서로 부부의 연을 맺게 되고 행복한 가정을 꾸려나가기 위해 수많은 시련과 고통을 참아내며.「부부의 행복」을 가꾸기 위해 노력했을 것이다.

따라서 아내를 생각하면 장인이 떠오르고 특별히 자신을 아껴주었던 장인을 떠올리며,「흘러간 시간」을 거슬러 가서「장인의 사랑」을 반추해보고 있다. 그는 아내와 친구들과 커피를 마시며「커피 사랑」으로 중독되어「쓴맛에 담긴 사랑」의 의미를 생각해보기도 한다. 모든 일에서 은퇴했을 때 아내와 함께「인생 2막」을 꿈꾼다.

제3부 고향 생각에서는 사랑의 기초단위인 부부간의 사랑과 여타 이웃 간의 소통 경험을 다룬 23편의 시를 실었다.

4) 제4부 소백산 산철쭉 – 고독한 화자의 내면의식 표출

늙어가는 것을 실감하는 70대 "내 몸이/예전 같지 않다."는 사실을 인지할 때 화자는「유년의 가을」과「아버지」의 삶을 떠올리곤 한다. 그리고「흙으로 돌아가시던 날」을 기억하며,「뉘우치는 눈물 주옵소서」라고 기도를 올린다. 그는 아버지를 통해 그동안「인연」를 맺은 인연들과의「인생 여로」를 되새김질해보기도 하고「가을」,「낙엽」,「노을」등을 바라보고,「겨울의 노래」를 부르는 등 고독한 내면의식을 표출한다.

똥장군을 지고 언덕길을 넘어

밭으로 가시던 당신

등에 얹힌 당신의 삶에 무게는

셀 수 없는 눈물이었을 겁니다.

강남 간 제비도 돌아오는데
미라로 굳어진 얼굴
일몰에 고갯길 넘어가는 방랑자처럼
내 삶도 저물어 갑니다.

툇마루에 앉아 졸음이 들면
꿈에서라도 보고픈 당신
- 「아버지」 전문

오늘날 4050세대들은 우리나라가 산업화되기 이전의 전형적인 농촌의 경험을 해온 세대들이다. 오늘날 농업이 기계화되고 화학비료로 농사를 짓는 시대에서는 볼 수 없는 풍경이다, 옛날에는 인분을 거름으로 농사를 지었다. 그러기 위해서 인분을 퍼 담아 옮길 때 쓰는 농기구 똥장군을 짊어지고 논밭에 똥을 지게로 짊어지고 옮겨 날랐다. 주로 봄에 변소에서 삭힌 똥을 바가지로 퍼 똥장군에 담아서 짚으로 된 뚜껑을 닫아 똥지게로 옮긴다. 논이나 밭에 가서 뚜껑을 열고 작은 바가지로 퍼서 뿌렸던 풍속도를 볼 수 있었다. 김영업 시인은 어린 시절 봄날 똥장군 짊어지고 밭으로 가셨던 아버지를 「소백산 산철쭉」를 구경하기 위해 봄날 소백산을 오를 때 "거친 숨 몰아쉬며/정상에 오른 상춘객들"의 모습을 떠올리며, 자신의 고독한 내면의식을 시로 진술해 내고 있는 것이다.

제4부 소백산 산철쭉은 소백산 산철쭉을 보기 위해 등산했던 경험

을 떠올리며 봄날의 쓸쓸한 이미지와 가을과 겨울의 쓸쓸한 이미지를 병치시켜서 고독한 화자의 내면의식 표출하고 있다.

3. 에필로그

시인의 길은 험난하다. 허명의식으로 시를 쉽게 생각하고 쓰려고 하면 시는 관념으로 흐르게 된다. 문학의 대표적인 장르인 시는 슬프다. 기쁘다. 고독하다. 허무하다. 무섭다. 절망스럽다. 그립다. 등과 같은 정서를 입축하여 구체적인 경험상황을 들추어내서라고 이미지로 형상화하여 감각화시켜 보여주고 말해야 시가 되는 것이다. 그러나 대부분 우리나라 시인들은 자신이 머릿속으로 만들어낸 관념을 설명하고 그것을 시라고 한다. 따라서 사물을 보고 생각나는 머릿속의 그림을 따라서 기술하는 방식으로 시를 써왔기 때문에 주제가 불분명하고 여러 가지 정서가 뒤섞여버리거나 뜻이 넓은 관념어나 한자어로 표현함으로서 시를 쓴 화자의 생각이 독자에게 그대로 환기되는 것이 아니라 시어를 의미를 나름대로 생각하는 동상이몽의 현상이 도처에 벌어지고 있는 것이다. 이런 시를 낭송이라는 이름으로 낭송하면 그럴 뜻하게 들리지만 횡설수설 무엇을 말하는지 모르게 되는 것이다.

따라서 "사랑". "행복", "운명", "지혜" 등과 같이 눈으로 그 형상을 볼 수 없는 낱말을 관념어, 추상어라 하는데. 이러한 낱말은 그 범위가 너무 넓어서 화자가 시를 쓸 때 사용한 의미와 시를 읽은 독자가 해석한 낱말이 달라지게 되어 시가 전달되지 않게 된다. 또한 되도록 한자투의 낱말은 시어로 가급적 쓰지 말라는 말은 한자는 상형문자로 뜻글자이다. 사물의 형상을 본떠 만든 언어이기 때문에 머릿속으로 만들어 낸 그림과 같은 관념적인 속성을 지닌다. 따라서 이들 낱말을 주관적으로 시어로 사용했을 때는 언어의 전달기능이 마비되게 된다. 따라서 관념어나 한자어는 시어로 사용할 때는 구체적인 정서경험 상황을 제시되어 그 의미를 축소했을 때만이 시어로 기능하지만 대부분은 시어의 기능하지 못하게 된다. 이들 낱말은 자유시가 근간으로 하는 내재율을 깨뜨려버린다. 그러나 유행가 가사에서는 관념어나 한자투의 낱말도 외형율을 살려 활용이 가능하지만 현대시가 노래와의 결별을 선언하고 그림과 결합한 만큼 구체적 정서 상황을 이미지로 형상화하여 묘사하고 진술해야 한다는 것이다.

　김영업 시인의 제3시집 『시인의 길』은 결코 만만치 않는 시인의 길을 걷겠다고 나선 시인이다. 그는 관념을 벽을 허물어내기 위해 노력하고 있는 시인이다. 어려운 길인 줄 알면서고 문예지를 창간한 열성과 『미래시학』 홈페이지를 운영하며 시 창작 공부를 꾸준히 하고 있는 그야말로 『시인의 길』을 인내하며 걸어가는 그의 앞날에 항상 축복이 가득하길 바랄 뿐이다.

출사 경험의 시적 형상화

– 최부암 제2시집 『출사 가는 길』의 시세계

1. 프롤로그

최부암은 사진작가이며 시인이다. 사진을 찍기 위해 전국 방방곡곡을 다니며 우리나라의 인문지리를 탐색하고 순간을 포착하여 카메라에 담아낸다. 사진은 순간의 이미지를 포착한 영상이다. 오늘날 핸드폰 문화가 생활화 되면서부터 사진의 영상기술은 우리들의 생활 기록을 포착하는 수단이 되고 있다.

디지털 리터러시 시대에 사진은 생활의 일부분이 되고 있고, 문자문화에 의존하는 문학의 영역은 미디어에 밀려나고 있다. 오늘날은 알렉산드르 아스트뤽(Alexandre Astruc)가 『카메라 만년필설』을 주장했듯이 사진이 만년필의 역할을 하는 시대이다. 따라서 "미래의 문맹자는 문자뿐만 아니라 카메라를 다룰 줄 모르는 사람이 될 것이다."라는 예측이 현실화되고 있다.

문학과 시각 이미지의 상호 관계를 활용한 표현방식의 일종인 핸드폰의 사진찍기 기능과 문학의 표현 수단과 결합하여 디카시가 통용되고 있다. 문학과 시각 이미지가 상호 결합은 오랜 역사를 가지고 있다. 일찍이 중국에서 시와 그림은 상호 긴밀한 연관관계를 맺으면서 발전하여 왔고 우리나라도 마찬가지다. 그림 속에 그림으로 표현할 수 없는 내용들을 그림 한쪽에 문자로 표현하는 제화시가 있었다.

　최부암 시인의 시는 시와 사진이 결합하는 방식이 아니라 사진을 찍기 위해 출사를 나간 여러 가지 경험을 재구성하여 쓴 사진작가의 시라고 할 수 있다.

　따라서 최부암 시인의 두 번째 시집 『출사 가는 길』에 수록된 51편의 시를 살펴보기로 한다.

2. 출사 경험의 시적 형상화

1) 출사 경험과 자기 성찰의 형상화

　허드슨(W. H. Hudson)은 『문학연구서설』에서 예술은 자기를 과시하려는 본능에 의하여 창작되어진다고 주장하고 시에 대해서는 "시는 상상과 감정에 의한 생명의 해석"이라고 했다. 그의 주장에 따르면 시는 과학적 사실과는 상이한 시적 진리를 지니고 있으며, 우리가 알지 못하는 인간의 경험세계나 자연세계에 있어서의 감정적 미와 정신적 의의에 대해 눈을 뜨게 해줄 뿐만 아니라 계시력이 있다고 보았다.

　우리가 시를 쓰는 것은 살아있는 동안 자기 존재의 정당성을 남에게 알리는 자기 표현의 본능이 있기 때문에 많은 사람들이 예술작품으로 자신을 표현한다. 모든 예술분야가 표현방법을 달리하지만 그 심리만은 동일할 것이다. 유한한 인간의 존재를 영속시키려는 본능을 물질적인 재화를 기본으로 하여 자신의 취미와 선호도에 따라 예술, 학문, 체육, 문화 활동, 자신의 존재를 오래동안 보존하기 위한 생명연장활동으로 건강증진활동 등 등 여러 가지 방법으로 다양한 분야를 선택하여 그 분야의 일에 집중한다.

어느 분야를 선택하든 나름대로 다 의의가 있으며, 모두 상대적인 가치를 지녔을 뿐 절대적인 우위의 가치는 존재하지 않는다. 인간으로서의 생명활동을 유지하기 위한 필수적인 생존방식은 각자의 생활환경이나 습득된 경험에 따라 상이할 것이다. 사람들이 공동생활을 하면서 서로의 상이한 생존 방식들이 공통된 이익으로 합의가 되었을 때 그들 집단의 문화를 형성하게 되는 것이다.

최부암 시인은 휠체어에 의지하면서도 정상인들의 활동영역을 뛰어넘어 사진을 찍기 위해 우리나라 곳곳을 출사하여 카메라 셔터를 누르기도 하고, 출사 경험을 통해 느낀 것들을 시로 풀어내기도 하는 사진작가이며, 시인이다.

제1부 「겨울 종착역」에서는 시골마을로 출사를 나간 겨울의 쓸쓸한 마음을 표현했고, 「가을 성찰」과 「반추」는 가을 날 낙엽이 떨어지는 모습을 보고 자신의 인생의 뒤안길을 돌아보는 자기 성찰의식을 진술하거나 지나온 과거를 되돌아보는 성찰의식을 표현한 시이다. 자기 성찰은 냉철한 자기 존재에 대한 인식을 바탕으로 사색하는데에서 비롯된다. 이러한 자기 성찰 때문이 최부암 시인이 잠에서 깨어나 「잠들지 못

하는 이유」가 되고 있는 것이다. 경자년 코로나19가 발목을 잡아 우리나라는 물론 지구촌의 문화가 바뀌고 있다. 집안에 틀여박혀 사회적거리두기로 행동양식이 변하고 서로 만남이 자유롭던 인간관계가 만남보다는 미디어로 소통하는 문화로 바뀌어 모두들 답답해하고 있다. 사람들은 답답해해도 자연현상은 변함이 없이 펼쳐짐을 「그래도 꽃은피었다 진다」로 진술하고 있다. 코로나 시대, 사진작가들의 고충은 마음대로 출사를 가는데 제약이 따른다는 점에 있을 것이다. 코로나의두려움으로 집밖을 나서려면 마스크를 써야하는 번거러움은 물론 두려움 때문에 사람들의 운신하기 어렵게 되었다. 모두 방안에 틀여 박혀 움츠린 생활을 하고 있다. 그러나 그 답답함을 벗어나기 위해 봄날용기를 내어 출사했던 경험을 「봄날의 출사」로 진술하고 있다. 그리고가장 기억에 남은 「강마을의 출사」 경험을 진술한 시로는 강원도 춘천의 「공지천」으로 출사한 경험을 진술하고 있다. 「일상」이 자유롭지 못하지만 그는 틈틈이 자연을 찾아나선다. 「여름 호숫가에서」와 「숲」 속, 그리고 집으로 돌아와 고단한 피로와 도시의 소음을 차단하기 위해그가 취미활동으로 「음악 감상」을 즐기는 것이다.

아파트 창가
유리창을 닫는다.
순간 소음이 들려오지 않는다.
창밖의 거리를 지나는 사람들의
움직임이 활동사진으로 크로즈업되어 다가온다.

소음이 단절된 방안에서
나는 오디오를 켰다.
라벨의 볼레로 중독성 음률이 방안을 가득 채운다.
덩달아 스테레오의 볼륨을 높인다.
음률에 빠진다.

나는
음율의 세상 속으로
빨려 들어간다.

- 「음악 감상」 전문

　음악은 우리의 정신적인 위안을 주는 예술이다. 음악을 들으면 복잡한 감정들을 정화시키는 효과가 있어 정신건강에 좋다고들 한다. 그가 늘 듣는 "라벨의 볼래로"는 스트레스를 풀어주고 정신건강을 위해 필요한 취미활동일 것이다. 사람의 행복은 물질을 많이 소유한다고 해서 행복감을 주지 못한다. 반드시 정신적인 문화활동을 수단화하지 않고서는 행복감을 만족시킬 수 없다고들 한다. 배고플 때는 생존을 위해 맛이 있고 없고를 떠나 모든 음식을 먹지만, 배 부르고 생활하는데 지장없는 물질을 가지고 있을 때 맛있는 요리를 찾아다니며 맛을 보는 식도락의 문화가 행복감을 성취시키는 것과 같이 인간은 물질을 많이 가질 소록 품격있는 의식주문화로 자기를 표현하여 남에게 과시하려고 한다.
　제1부 「겨울 종착역」은 출사 경험의 이야기와 코로나로 집안에 틀여

박혀있는 답답함, 그리고 자기를 뒤돌아보는 자기성찰의 시 13편을 담아놓은 것들이다.

2) 자연물에 대한 애정, 그리고 여행지의 정경 스케치

제2부 「장미」는 출사를 위해 여행하면서 보았던 자연물을 노래한 시 13편이 수록되어있다. 「여행길에서」 느끼는 설레임과 외로움을 그렸고, 「참회록」은 자기 성찰의식에서 자신의 잘못을 뉘우치는 기도와 깨달은 자술서이다. 「남천」은 중국에 원산지인 정원수로 '어려움을 극복하고 부정을 깨끗이 한다'라는 뜻과 통하므로 귀신이 출입하는 방향이나 화장실 옆에 심기도 하는데 붉은 열매가 주렁주렁 탐스런 약용식물이기도 하다. 신사임당의 화조도에 남천이 등장한 것으로 보아 오래전에 중국에서 우리나라에 들어온 식물인 남천에 자신의 감정을 이입하여 진술한 시이다. 그리고 사람들이 자라지 못하게 가지를 잘라내고 비틀어버린 「분재」, 「우롱차」에 대한 생각들. 「유월」과 「여름」 등의 계절에 대한 생각들과 「장미」의 아름다움, 「매미」에 대한 상상력, 「경포대」와 「雲林山房」을 여행한 여행지의 풍경과 생각들을 시로 스케치해놓았다.

비바람 폭풍으로 지새운 밤
마음 둘 곳 없어 설친 선잠
목 높여 우는 물새가 깨운 첫 새벽

푸른 바닷가

어디가 하늘 끝이고
어디가 바다 끝인지 알 수 없는
눈 시린 바닷가

솔향 가득한 금빛 모래밭
투명한 바람
마알간 햇살
푸른 하늘을 우롱하는 물새
춤추는 하얀 파도

수평선 너머로
희로애락 모두 버리고
無我에 빠진다.

- 「경포대」 전문

　폭풍우가 몰아치는 날, 경포대를 여행한 소감이다. 한 눈에 들어온 경포대의 정경에 느낌을 담담하게 기술했다. 화자 자신이 그 경치에 도취되어 "無我之境"에 빠져버린 몰아일체의 경험을 진술하고 있다.
　이 밖에도 돌아가신 둘째 형수를 기리는 「흔적」, 「행복」에 대한 단상, 동해안의 울진 바닷가에 핀 「해당화」에 대한 느낌 등 계절에 대한 생각과 다양한 자연물에 대한 애정, 그리고 여행지의 정경을 스케치한 시들을 엮어놓았다.

3) 코로나 시대, 희망의 메시지

제3부 「억새의 密語」는 출사와 여행지의 여러 가지 감상과 최근 코로나 시대, 생활문화의 대변혁을 가져와 사회적 거리두기로 경제활동에 제약이 뒤따르고, 서로의 만남이 자유롭지 못한 최근의 상황에서 코로나 예방을 위해 헌신하는 의료진들에 대한 격려의 메시지와 함께 대한민국 국민들에게 다같이 이겨내자는 희망의 메시지를 「응원합니다」로 전하고 있다.

> 비가 금방이라도 쏟아질 것 같다.
> 음산한 기운이 내려앉은 것 같다.
> 마음이 무거워지는 어느 날 오후
> 그래도
> 높은...
> 더 높은 곳에서
> 태양은 찬란히 빛나고 있다는 걸
> 당신은 아실 거에요.
>
> 오늘은
> 코로나 바이러스 퇴치를 위해
> 수고하시는 모든 분을 응원합니다.
> 힘내세요.
>
> 코로나 감염에 고통받는 이들이여!

치료 잘 받으시면 회복됩니다.

응원합니다.

코로나 전염될까 발길 끊긴

골목 상인들이여 조금만 더 견디세요.

응원합니다.

일어서라 대한민국.

다시 일어나는 대한민국

대한민국 화이팅!

- 「응원합니다」 전문

「응원합니다」는 코로나 19 바이러스가 세계 각국을 힙쓸어 나라마다 방역에 신경을 곤두세우고 있는 상황이다. 다행이 발빠른 방역으로 세계 다른 나라보다 우리나라는 코로나 19 월등한 방역 대처능력을 보였다. 우리나라의 긍지심이기도 하지만 방역에 불철주야 힘쓴 의료진들의 피와 땀의 결과라 할 수 있을 것이다. 정부의 방침에 잘 따라준 국민의 질서의식이 위기를 슬기롭게 대처해나가리라 확신한다. 코로나로 힘든 골목 상인들과 방역 힘쓰는 의료진 등을 위로하는 시다. 이와 같은 맥락으로 「불확실성의 시대」와 「장마」에서는 코로나 시대의 여러 사회 현상에 대한 사회적 상상력을 전개했다.

「雲林山房」은 진도군에 있는 조선 말기 허련의 그림 그리는 화실이다. 이 화실을 방문한 느낌을 진술했고, 「억새의 密語」는 억새꽃으로 유명한 화왕산을 여행하고 감정이입하여 진술한 시다. 계절에 대한 느낌으로 「봄이 떠난 자리」의 쓸쓸한 정서와 「가을 연가」을 통해 가을에 대한 철학적 명상, 「무궁화」와 「맥문동」에 대한 여러 생각들, 상쾌한 느낌을 자아내는 「새벽길」을 걸어본 경험을 감각적으로 묘사했고, 「궁평항」으로 낚시를 간 경험, 「여행자의 하루」를 통해 여행자의 느낌을, 「생존방식」에서는 갈매기들이 사람들이 던져주는 과자를 받아 먹는 모습을 보고 코로나 시대 생존의 방식이 변해야 살아남는다는 동물을 통한 생존본능을 형상화해 보여주고 있다.

4) 출사의 즐거움과 화자의 고통스런 심경 고백

휠체어에 몸을 의지하는 화자의 고통스런 심경을 「비애」와 「정기 진료」, 「한강」으로 자신의 현재 생활 모습과 심경을 토로하고 있다. 「가을 밤」에서는 가을 밤, 하늘을 바라본 느낌을 형상화했고, 「1m 높이의 세상」과 「출사 가는 길」은 출사의 경험을 형상화한 시들이다. 「커피」를 마시며 떠오르는 사람들에 대한 생각들을 시로 형상화했고, 「새벽에」는 새벽에 느끼는 상쾌한 느낌을 형상화했다.

임진강 옆에 있는 고구려의 「호로고루 성지」을 돌아보고 역사적인 상상력을 펼쳤고, 「고목나무」와 「산노을」은 자연을 통한 나의 모습을 투사해서 보여주었고, 「아침 독백」을 통해 최근 코로나시대를 함께 막아내자는 강한 의지를 보이고 있다.

「출사 가는 길」은 그에게 존재감과 최고의 행복감을 지탱해주는 사진찍기 출사 경험을 형상화한 시다. 그는 사진을 찍고 시를 쓰는 활동을 하는 것으로 신체적인 고통을 이겨낸다. 그가 유독 출사에 매달리는 것은 자신이 살아있다는 존재감을 증명할 수 있는 유일한 희망의 돌파구가 출사를 가서 아름다운 순간의 자연 풍광을 카메라 파인더에 담는 일일 것이다. 출사는 그에게 있어서 일종의 존재를 증명하는 인증 샷인지도 모른다.

새벽 햇살
이슬 머금은 아침

당신과 동행하면
발걸음 가벼이 떠날 수 있어요.

하늘은 같은 그리움 닮고
바람은 잠든 오늘

파인더에 들어온 설레인 세상
하마냥 부픈 방랑자의 셔터

당신이 내 눈이면
나는 그대의 손가락

순간을 간직한 찰나의 시간
우리의 사랑도 영원히 가두었지요.

눈감고 조용히 귀 기울이면

귓전에 순간의 소리가 들려와요.

- 「출사 가는 길」 전문

사진작가의 생명은 찰나의 순간 포착이다. 아름다운 한 순간은 다시 그대로 재연되는 법이 없다. 봄, 여름, 가을, 겨울 계절이 바뀌는 현상은 해마다 같지만 한 해마다 그 계절이 지상에서 비, 바람과 함께 벌이는 정경은 시간에 따라 늘 변화한다. 우리들의 마음속의 생각이 변화하듯이 자연과 기상현상도 자세히 보면 매 순간마다 다르다. 우리의 몸도 마음도 시간의 흐름에 따라 늘 변화하고 있다. 그러다가 생명활동이 정지되면 자연으로 되돌아간다.

출 가는 길은 그가 꿈꾸는 아름다운 세상, 사람과 사람 사이에 흐르는 사랑을 커메라에 영원히 가두기 위함이다. 손가락으로 누르는 순간 흐르는 시간은 정지되고 카메라 파인더에 정지하여 갇히게 된다.

물질의 시대 사람의 관계도 물질을 위해 아름다운 관계도 멀리하고 인간의 도리를 벗어나 짐승과 같은 행동을 서슴치않는 시대에 카메라는 모든 순간을 영원히 기록한다. 우리들은 탐욕을 부리면서도 탐욕부리지 않는 선량한 얼굴을 카메라에 담아 남에게 보이고 싶어한다. 사진과 문학은 진실을 추구하는 예술이다. 거짓으로 위장되어 자신의 위장하는 카멜레온의 변신 순간도 포착해내는 예술이다. 예술이 진실할 때 감동을 주는 것이다.

3. 에필로그

　최부암은 자신의 존재증명서를 미디어 영상예술인 사진과 더불어 언어를 도구로하는 시로 남기려는 사진작가요, 시인이다. 그가 두 번째로 펴내는 시집 「출사 가는 길」은 그가 걸어온 인생 보고서다. 휠체어에 의지하면서도 당당하게 출사를 나가며 자신의 존재를 증명하고, 시를 씀으로써 문자로 증명하려 한다. 그 두 번째 존재증명에 대해 인증하며, 더욱 원숙한 작품세계를 활짝 펼쳐가길 바랄 뿐이다.

　"인생은 짧고 예술은 길다"고 한다. 인생이 짧기 때문에 우리는 예술활동을 추구한다. 그러나 진실한 예술활동만이 존재를 증명할뿐 노력하지도 않고 적당히 꾸며서 막대한 자금력으로 과대포장하고 홍보를 한다고 한들 얼마가지 못해 잊혀지고 만다. 그러나 최부암 시인은 온몸으로 뛰면서 사진을 찍고 출사 경험을 바탕으로 시를 쓰는 시인이다. 그의 왕성한 창작욕에 박수를 보내며 코로나 시대 더욱 건강한 모습으로 원숙한 시세계를 펼쳐가길 기원할 뿐이다.

무영산舞影山의 파수꾼

— 고 김의웅 일관도 주재님의 문집에 부쳐

고 김의웅 국제도덕협회(일관도) 주재님이 『무영산』 등에 평소 수행하며 느낀 글을 모아 문집을 엮는데, 이에 대한 글을 부탁하여 사족을 붙이게 되었다. 혹 내가 쓴 글이 도움이 되지 못하고 오히려 누가 될까봐 걱정스럽다.

김의웅 주재님은 조선대학교 약학과를 졸업하시고, 약국을 경영하며 별다른 경제적인 어려움 없이 안락한 생활하며 살아오시다가 일관도에 입문하여 수행을 위해 세속적인 가치를 모두 내던지신 분이다. 1960년대부터 지금까지 60여년 간 어리석은 중생들을 깨우는 환성喚醒을 위해 묵묵히 수행해오셨다. 그러면서 틈틈이 쓴 글들을 한데 묶어 문집을 발간하게 되었다.

그는 일관도에 입문하여 수행하는 까닭을 "문득/민심의 와중에 뛰어 들어/성세聖世의 피리 불면/메아리 은은히 영산靈山으로//만민의 가슴에는/고동古東이 그리워/저 언덕 넘어가는 길/평평平平히 가시리-

「환성喚醒」 일부"처럼 "無影山 (무영산)앞에/활활 타오르는 聖化(성화)를 점화하여 無極燈(무극등)을 밝히며 성세聖世의 피리를 불며 중생을 구제하는 보람으로 오직 외길만을 걸어왔다고 술회하고 있다.

미륵 불심으로 선禪 수행하며 지내오면서 같은 길을 걸으며 참선參禪하는 신도들과 자신에게 다음과 같이 자문자답自問自答을 하고 있다.

머나먼 영산에의 길을
선남선녀 홀로 가려 하십니까?
너와 나 함께 가시지요

우리가 하나되면
백양의 새 시대 밝아 오지만
우리가 둘이 되면
동토 인간 양심경 잃어가게 되지요

마음을 비우는 나
우리가 하나 되는 길이요
만겁의 인연 속에 맺힌
짙은 한을 풀 수 있는 길일진대

노모님의 홍은 속에서
서로가 중심을 이루며
저 언덕 너머 함께 가시지요

- 「우리 하나 되어」 전문

　마음을 비우는 일은 세속의 찌든 욕심을 비우는 일이요. 나를 찾는 길이다. 한길을 걷는 불자들이 하나가 되어 선을 추구하면서 수행해나가는 것이 나를 찾는 길이고. 그것이 바로 어둠에서 헤매는 중생들에게 無極燈(무극등)을 밝히는 길이다는 자신의 종교적인 인생철학을 시로 진술하고 있는 것이다. 다시 말해 "만인을 일깨워 가야 한다는/역사의 사명감을 갖고/모두들 양심경 지녀 전진한다면/유신 정신 나타나/평평한 길이 있으리-「한 잔의 참회탕懺悔湯」에서"와 같이 "만세의 태평을 열으시는 미륵부처님"의 뜻을 받들어 중생을 구도하는데, 힘을 모아야 한다는 요지인 것이다. 그의 이러한 불심 사상은 "無影山(무영산) 앞에서/님의 點燈(점등) 밝혀온 나날/捨身(사신)에의 길 걸어온 우리들/火宅(화택)에서 僞化衆生(위화중생)으로/앞으로도 평평히 같이 걸어가자,-「걸어온 이 길을」에서"로 압축해볼 수 있다.

　21세기를 사회학자들은 "위험이 사회의 중심 현상이 되는 사회" 즉 위험사회, 리스크의 시대라고 하고 있다. 지나친 물질만능주의 사상이 뼛속까지 스며들어 물질적 소유와 소비 시대가 되어 자원이 고갈되는 위기 상황에 직면하고 있는 자원고갈의 시대가 되었다.

　반도국이며 이념으로 남북이 분단된 우리나라의 경우, 다문화 사회, 고령화 사회, MZ세대의 활약, 환경문제, IT 테크놀로지 발달에 의한 미디어 매체의 의존도 증가, 세대 간의 극단적인 갈등의 심화, 빈부 격차, 청년 일자리 부족 등 사회적 불평등, 만혼, 독신가정의 증가, 출산율의 저하 등 국내적인 사회문제, 그리고 최근 코로나바이러스 유행병으로 인한 지구촌의 재앙, 정치적인 갈등의 심화로 정치의 불신 확산. 북한의 핵 위협, 러시아와 우크라이나 간의 전쟁이나 튀르키예, 시리아의 지진 등 21세기 불확실한 미래에 대한 불안감이 고조되고 상황에 놓여 있다

이러한 상황에서 종교지도자들의 역할이 그 어느 때 보다 증대되고 있는 것이다. 이런 시대적 흐름 속에서 김의웅 주재같이 묵묵히 일관도 수행에만 전념함으로써 참다운 종교인 상의 모델이 되고 있다. 이처럼 자신의 수행을 위해 마음을 닦으며 참나를 찾아가는 모습을 통해 종교인들의 아름다운 참모습을 보여주고 있는 것이다.

그는 항상 하늘을 우러러 부끄러움이 없는 불자가 되려면 바른길을 안내해줄 스승. 즉 명사明師를 만나야 한다고 역설하고 있다. 그런데 "명사와의 만남은 그리 쉽게 되는 것이 아니다."라고 명사와 만남이 어려운 일이라고 말하고 있다. 그래서 그는 「무영산無影山」이라는 수필을 통해 "옛 선현들은 무영산을 찾기 위하여 쇠 신발이 다 닳도록 다녀도 찾지 못하였다. 무영산을 찾는 길이야말로 명사와의 만남에서 이뤄지기 때문이다."라고 밝히고 있다. 그는 종교적인 이상향이라고 할 수 있는 무영산을 오르는 것을 등산하는 사람들에게 비유하고 있는데, 산의 정상에 올라가야 넓은 세상을 볼 수 있는데 도중에 멈추고 내려오는 사람들을 "나무만 보고 숲을 아니 보는 것과 한가지이다."라고 말하고 있다. 따라서 중생들은 무영산의 존재조차 믿지 않거나 믿는다고 해도 오르려고 하지 않음을 "지극히 고요하고 형상도 없고 그림자도 없는 산, 그 오묘한 산을 모른 채 날마다 삶을 영위하여 줄달음치는지를 모르고 있다. 우리 모두 한 지붕 밑에서 살아온 지상의 나그네, 무

영산은 육안으로 볼 수 없는 것, 오로지 자기에게 숨겨져 있는 심경心境을 찾으면 비로소 알아질 것이다.-「무영산」라고 말하고 있다.

그는 무영산을 가꾸고 안내하는 무영산으로 가는 길을 안내하는 안내자이며, 무영산을 지키는 파수꾼이다. 그는 종교적인 이상향인 무영산의 길잡이와 파수꾼임을 자인하고 그 역할을 묵묵히 실천해온 이시대에 보기 드문 참다운 종교인으로서 일관도 수행에 매진해왔다.

오늘날 세계 도처에서는 끊임없이 인종 간의 분쟁, 서로 다른 종교 간의 분쟁이 일어나고 있다. 이것은 참 나를 찾지 못하고 인종, 성별, 빈부 차이 등 평등한 인권을 무시하고 아집에 빠져 자기 종교의 신념체계만을 고수하기 위해 다른 종교를 비난하거나 무절제한 자기 종교의 세를 확장하는 데만 주력할 때 종교 간의 분쟁은 계속 일어날 수밖에 없는 것이다. 그렇다면 이러한 종교 간에 서로 반목하지 않고 공생하는 길은 무엇일까? 그것은 바른 종교교육일 것이다. 어렸을 때부터 바른 종교관을 심어주는 일은 중요한 일일 것이다.

내 종교가 중요하듯이 다른 종교도 중요하므로 존중해주어야 한다는 다른 종교 존중의식은 물론, 모든 인간은 천부적인 인권을 가지고 태어났다는 천부 인권주의 의식, 그리고 모든 생명이 소중하고 평등해야 하듯이 모든 종교가 평등하다는 종교 평등의식 등 종교 간의 보편적 공통성을 인정하고, 포용적이고 개방적인 관점의 종교관을 갖도록 하는 종교교육이 필요하며종교 지도자들이 솔선수범하여 참다운 종교적인 평등의식과 종교인들의 인권을 존중하는 것이 무엇보다 중요할 것이다.

"어느 종교든 현실의 세속적 여건 아래서 탄생했고, 또한 그 사회적 현실 가운데서 신앙공동체가 형성되었으며, 그 현실 속에서의 사회생활을 위한 규범을 형성하여 이를 실천에 옮기고자 했고 무엇보다도 이러한 공동체의 유지와 성장을 위한 사회적 조직으로 교단이 구성되었음을 부인할 수 없다."[01]

"종교를 그 신앙의 내부에 머물지 않고 밖으로 나와 외부적 관점에서 볼 때 가장 중요한 것으로 드러나는 것은 그것의 도덕성이다. 도덕성의 고양을 도외시하는 종교는 없다. 도덕성의 근원을 종교적 신앙에서 찾고 따라서 도덕교육의 토대를 종교교육에서 찾는 현상을 우리는 거의 모든 종교에서 발견한다."[02]

이와 같이 어느 종교든지 세속적인 생활 현실 속에서 탄생되었고, 사회생활을 위한 규범을 형성하고 실천에 옮기려고 했으며, 공동체의 유지와 성장을 위한 사회 조직으로 교단이 구성 되었으며, 세계 주요 종교의 공통된 가치를 도덕성과 윤리성, 그리고 초월성으로 압축하고 있다. 따라서 이와 같은 공통된 가치를 도외시한 종교는 사이비 종교로 비판을 받을 여지가 많다고 주장하고 있다.

그런데 김의웅 주재가 믿는 종교는 "국제도덕협화(일관도)"다. 이 종교는 도덕성의 고양을 우선적으로 표방하고 있다는 점에서 참다운 종교임을 알 수 있을 것이다.

그가 입도할 때 보광법단 "자운법우慈雲法雨"라는 글귀 때문이었다고 술회하고 있다. 그 당시 그는 "나름대로 생각하기를 구름이 자욱이

---

01 손동현, 「교양교육으로서의 종교교육」, 교양기초교육연구 1, 2020, p.10
02 위의 책.

덮힌 허공에서 비가 내리는 것으로 풀이하였다고 말한다. "자운은 허공에 높이 떠돌다 홀연 온데 간데 없이 삽시간에 사려져 버린다. 그리하여 선현은 인간의 생사를 구름에 비유하여 사람이 이 세상에 태어난다는 것은 마치 한 조각의 구름이 일어나는 거와 같고, 사람이 죽는다는 것은 마치 한 조각의 구름이 스러지는 거와 같다고 하였다.-「자운법우」"에서 입도할 때의 동기를 말하고 있다.

그가 무영산의 파수꾼이 되고자 하는 것이 바로 「자운법우」로 도덕성이 넘치는 세상을 만드는 것이었다. 그래서 그는 부귀영화를 추구하는 속세의 모든 가치를 과감히 버리고 입도하였다. 그리하여 중생들에게 자운법우가 내리는 무영산을 찾아가는 안내자이며 무영산의 파수꾼이 되었다. 그가 입도한 동기와 지금까지 수행하고 있는 종교적인 과업을 하는 까닭이 아래의 글에서 확실하게 알 수 있다.

우리 모두 허공에서 소리없이 내리는 법우에 흠뻑 젖어 마음의 밭을 새로 갈자. 그리하여 전세에 지은 업연의 실오라기를 끊고, 헤아릴 수 없는 번뇌를 허공으로 흩날리자, 한 잔의 법우를 갑남을녀에게 공급하여 시든 마음 일깨우고, 슬픈 자에겐 기쁨을, 절망에 허덕이는 자에겐 희망을, 연약한 마음에는 금강심을 심어 그들의 마음 속에 사랑과 평화가 가득 차면 그것이 곧 천국이리라. 정토를 향하는 여정의 나그네. 법비 내리고 있는 지상에서 뭇사람에게 한 잔의 법우를 권해보자. 그러면 한 잔의 참회탕이 되는 것이다. 나날로 새로워진 빈 맘으로 하늘나라는 내 맘속에 있다고 할 것이다. -「자운법우慈雲法雨」에서

모든 종교는 인간이 생존에 필요한 현실적 욕구를 넘어서서 무한한

초월적 가치를 추구한다고 한다. 종교가 인간의 근원적인 초월적 가치에 대한 무한한 욕구를 충족시켜 주지 못할 때 종교의 범주에 들어가지 못하고 사회규범에 불과하게 된다고 볼 때. 무영산은 초월적인 가치에 대한 욕구로 가는 최종 목적지이며 종교적 세계관이다. 그는 무영산의 파수꾼으로서 「책임은 무겁고 길은 멀다」라는 글에서 수행 도정의 심정을 토로하고 있다.

"미륵부처님의 자비는 끝이 없어서 우리 중생들은 몸이 부서지고 뼈가 가루가 되도록 노력해도 그 은혜를 갚기 어렵다."고 전제하고 그가 추구하는 종교적 세계관은 중생을 두루 구제하기 위해 무영산을 지키고 안내하는 일 묵묵해 수행하는 길임을 다음과 같이 천명하고 있다.

미륵부처님의 큰 사랑의 종자는 바로 세상이 앞으로 나아갈 방향이며, 지표이다. 지극히 참되고 선하며 아름다운 미래의 정경을 바란다면 세상 모든 중생은 반드시 광범한 대도를 따라야 할 것이며, 이것은 반드시 이루어질 시대의 흐름이다. 미륵부처님의 큰 사랑의 성업은 이미 인간 세상에 널리 펼쳐졌다. 인연 있는 불자는 지금의 좋은 기연을 깨닫고 지혜를 발휘하여 온힘을 다해서 미륵부처님을 돕는다면 미륵의 자비의 대원이 실현되고 상도가 영광을 보게 될 것이다.

그의 종교관은 미륵부처임의 자비에 감사하며 그 은혜를 갚기 위한 불교적인 세계관으로 도덕성을 일깨우기 위해 심등에 불을 밝히는 수행자의 길을 걷고 있는 것이다. 무영산을 찾아가며 자운법우를 느끼는 기쁨으로 그는 한 평생을 걸어왔다. 수행하며 느낌을 기록한 글들을 한데 모아 문집으로 엮으면서 그는 참회의 거울을 보며 스승님의 말씀을 되새김질 하고 있는 것이다.

스승님께서는 "아는 체 하지 말고, 잘난 체 하지 말며, 잘 하는 체 말라. 남의 좋은 점은 드러내고 나쁜 점은 숨겨서 자기의 악은 들추며 참회할지언정 남의 악을 쳐서 공격하지 말아야 한다."라고 하신 말씀을 가슴에 되새기며 중생과 함께 깨우침의 기쁨을 같이 누리며 공생하며 살아가길 바라고 있다.

기쁨이란 것은 다른 사람들과 함께 누리고 나눌 수 있어야 하고, 남이 가진 것을 질투하지 않을 수 있어야 하며, 이기적이지 않고 아집이 없는 기쁨이어야만 가치가 있는 기쁨이다, 기쁨이란 모든 사람이 다 추구하는 것으로 세상에서 다 중요한 것은 금전도 아니고 명예도 아닌 기쁨이다. 어느 한 사람에게 재산과 권력과 명예가 있는데도 사는 것이 즐겁지 않다면 그 인생은 아무런 의미가 없을 것이다.

그래서 누군가는 가난에 안주하고 도를 즐기는 것을 기쁨이라고 하였고, 어떤 사람은 별다른 일없이 자유자재로운 것을 기쁨이라고 했으며, 평안한 것을 복으로 여겨 기쁨으로 하는 사람이 있으며, 만족할 줄 알고 항상 즐거워 하는 것을 기쁨으로 하는 사람도 있다.

위와 같이 그는 자신의 종교 철학관을 한마디로 압축하고 있다. 그는 무영산의 파수꾼 노릇을 수행의 기쁨을 누리며 살아가는 분이다.

세계는 이미 지구온난화로 극지방의 빙하가 녹아내리고, 홍수가 나서 산사태와 제방이 무너지고, 지진이 일어나 많은 인명과 재산 피해가 속출하고 있는 등 기록적인 가뭄, 홍수, 폭염, 폭우와 같은 기후 위기와 눈에 보이지 않는 코로나바이러스 19와 같은 유행병이 퍼져 지구촌 사람들의 활동을 막는 등 자연 재앙이 끊임없이 일어나고 있다. 그나마 인재로 러시아가 우크라이나를 침공한 전쟁이 계속되고 있고, 이웃 일본이 원자력 발전소의 원전 폐수를 바다로 흘러 보내는 등 인류 공동체에 심각한 위기 상황이 전개되고 있는 까닭에 미래의 지속 가능한 발전을 기약할 수 없는 불안한 시대가 되었다.

지구촌의 기상 이변이나 재앙은 역사학자 린 화이트(Lynn White, 1907~1987)는 1967년과학 연구지에 「생태 위기의 역사적 뿌리」라는 논문을 통해 다음과 같이 주장하고 있다.

첫째, 그는 이데올로기적, 문화적 요인, 특히 종교가 현대 인류가 직면한 '생태 위기'의 근본 원인이다.

둘째, 서구 기독교는 인간중심적 종교로서 생태적으로 파괴적인 태도를 형성하는 데 영향력이 컸다.

셋째, 결론적으로 현대의 과학과 기술은 자연에 대한 정통 기독교의 거만함에 물들어 있기 때문에 생태 위기에 대한 어떠한 해결책도 없으며, 지금의 생태위기 문제의 뿌리는 종교적이기 때문에 문제에 대한 해결책은 본질적으로 종교적일 수밖에 없다고 주장했다.

서구의 문제를 중심으로 지적한 린 화이트의 주장에 뒤이어 많은 종교학자들이 종교계의 종교적 공공성의 문제가 화두로 제기되고 있다.

이영찬은 그이 저서 『유교사회학』(2001)에서 "천지만물을 종합하여 그 궁극에 있는 것, 곧 근원에 있는 것은 보편적인 하나"라는 리理가 "만물 각각에 내재할 때에는 사물마다 자연히 각각 하나의 분수리分殊理를 갖는다."는 주장인 "리일분수理一分殊"로 압축해서 "절대와 초월의 리理는 보편적인 존재로 현상세계의 모든 특수와 개별적인 것의 뿌리가 됨을 역설하고, 현실 세계의 모든 개별적인 것들 간의 구분과 차별이 근원에 의지해서 존재하는 것으로 그것 자체로 실체적인 것이 아니다."라고 주장하고 있다. 이러한 상황을 원광대 염승준과 김영전의 그들의 논문 「일자一者의 초월성과 종교교육의 공공성」에서 "리일분수의 우주관과 자연관에 의거할 수 있는 국가 간의 경계, 종교적 정체성, 민족적 정체성 그리고 근대에 그토록 강조된 인권 개념까지 포함해서 모래 위에 그어진 선과 같이 바람이 불면 흩어질 수 있는 비 실체적인 것이라는 통찰이 없이는 기후 위기의 극복을 위한 전 지구적 연대 그리고 세계시민적 정치의 실현은 불가능하다."라고 주장하고 있다.

김의웅 주재님은 종교의 공공성, 그리고 기후 위기 등 최근의 지구촌의 기후 변화를 "생활 환경의 변화가 나날이 새롭게 변화하여 가고 있음을 볼진대 이것은 분명 내 마음의 변화이다"라고 자아의 세계로 받아들인다. 그리고 "한정된 카테고리를 벗어나서 매일같이 조각난 하늘만 쳐다보지 말고 저 푸르른 하늘을 쳐다봐야 한다. 한편으로 보이는 구멍 난 하늘을 쳐다볼 것이 아니라 광활한 하늘의 밝고 맑은 창공이 있음을 알아야 한다.-「마음의 눈을 크게 열면」"고 말하고 있다.

이는 그가 시상으로 펼쳐놓은 시구인 "지구촌 곳곳에서 불어오는 금풍/누겁으로 연이은 홍진의 인간에게/스산한 바람으로 진세에 묻히운/업연을 흩날리는 미풍이다"라고 무영산에 부는 바람을 통해 무영산 파수꾼으로서의 수행하는 보람과 기쁨에 만족하고 살아가고 있음을 알 수 있다.

아무튼 그의 종교적 사상을 기록한 글들을 모두 모아 엮은 문집 발간을 축하드리며, 건강하게 오래도록 우리 곁에서 무영산을 안내하는 안내자로서의 역할은 물론 파수꾼으로서의 본분을 성실히 수행하시길 바라며, 그 수행의 기쁨이 만인의 가슴을 울리고 깨달음을 주는 청량제가 되길 바랄 뿐이다.

약 력

김관식
金寬植

● **학력**
- 광주교육대학 졸업(1974년)
- 조선대학교 경상대학회계학과 졸업(1984년)
- 조선대학교 대학원 경영학과회계학전공 경영학석사(1986년)
- 한국교원대학교 대학원교육사회학과 교육학석사(1998년)
- 한국방송통신대학교 국어국문학과 졸업(2012년)
- 한국방송통신대학교 대학원문예창작콘텐츠학과 문학석사(2015년)
- 한국방송통신대학교 문화교양학과 졸업(2017년)
- 숭실대학교 대학원문예창작학과 박사과정 수료(2019년)

● **등단**
- 전남일보 신춘문예 문학평론 입상(1976년)
- 계간 『자유문학』 신인상 시 당선(1998년)

● **저서**
- 제1동시집 『토끼 발자국』(1983년)아동문예사
- 제2동시집 『꿀벌』(1990년)동화문학사
- 제3동시집 『꽃처럼 산다면』(1996)아동문예사

- 제4동시집『햇살로 크는 바다』(2000)교단문학사
- 제5동시집『화분 이야기』(2007)아이올리브
- 제6동시집『바람개비 돌리는 날』(2007)아이올리브
- 제7연작동시집『속삭이는 숲속 노래하는 나무들』(2007) 태극
- 제8연작동시집『물속나라 친구들』(2008) 아이올리브
- 제9동시집『가을 이름표』(2008) 아이올리브
- 제10연작동시집『우리나라 꽃135』(2008) 아이올리브
- 제11연작동시집『아침이슬83』(2013) 책마중
- 제12동시집『이슬에게 물어봐』(2015) 도서출판 해동
- 제13동시집『땅콩 속의 연가』(2017) 도서출판 고향
- 제14동시집『바람과 풀잎』(2017) 도서출판 고향
- 제15동시집 해양생태동시『숨바꼭질하는 바다』(2020)도서출판고향
- 제16동시집『강마을』(2020)도서출판 고향
- 제17동시집『황포돛대』(2020)도서출판 고향
- 제18동시집『겨울 발자국』(2022) 도서출판 명성서림
- 제1시집『가루의 힘』(2014) 도서출판 해동
- 제2시집『연어의 귀향』(2016) 문창콘
- 제3시집『민들레꽃 향기』(2016) 문창콘
- 제4시집『백수의 하루』(2016) 가온문학
- 제5시집『시인 백서』(2016) 가온문학
- 제6시집『강마을의 신화』(2016) 가온문학
- 제7시집『백정』(2017) 도서출판 고향
- 제8시집『시인백서·2』(2019) 도서출판 고향
- 제9시집『어머니의 키질』(2019) 도서출판 고향
- 제10시집 짧은 시『매미』(2019) 도서출판 고향
- 제11시집 짧은 시『단풍』(2019) 도서출판 고향
- 제12시집 동남아여행시집『세부와 앙코르와트』(2020)부크크
- 제13시집『영산강 숨터』(2020) 도서출판 고향

- 제14시집 『가을 경마장』(2021) 도서출판 명성서림
- 제15시집 『생각하는 숫자』(2021) 도서출판 명성서림
- 제16시집 『개구리 울었다』(2021) 부크크
- 제17시집 포스트모니즘 탈경계 풍자시 『풍자, 시인의 의자』(2021) 도서출판 이바구
- 제18시집 『낚시어보』(2022) 도서출판 명성서림
- 제19시집 『수목장』(2022) 도서출판 서정문학
- 제20시집 『갈숲 서리꽃』(2023) 시선사
- 제21시집 『갈대 각설이』(2023) 도서출판 이바구
- 김관식 외 116시인 좋은동시 재능기부동시집 『별 밥』(2020) 도서출판 고향
- 김관식 외 54시인 좋은동시 재능기부동시집 제2호 『꿈나무 새싹 쑥쑥』(2021) 도서출판 고향
- 김관식 외 47시인 좋은동시 재능기부동시집 제3호 『두레동시 한 다발』(2022) 도서출판 고향
- 김관식 외 47시인 좋은동시 재능기부동시집 제4호 『벌거숭이 심마니』(2023) 도서출판 고향
- 김관식 외 48시인 좋은동시 재능기부동시집 제5호 『꽃향기 찾아가는 나비』(2024) 도서출판 고향
- 전설집 『나주의 전설』(1991년) 나주문화원
- 문학평론집 『현대동시인의 시세계-호남편』(2013) 책마중
- 문학평론집 『한국현대시인의 시세계』(2016) 문창콘
- 문학평론집 『아동문학과 문학적 상상력』(2017)청동거울
- 문학평론집 『아동문학의 이해와 전망』(2018)도서출판 고향
- 문학평론집 『한국현대시의 성찰과 전망』(2018)도서출판 고향
- 문학평론집 『한국시문학의 근본문제와 방향』(2019)도서출판 고향
- 문학평론집 『방언시어의 활용방법』(2022) 도서출판 고향
- 문학평론집 『문학의 파르마콘』(2024) 도서출판 명성서림
- 명상 칼럼집 『한 자루의 촛불』(2017)명성서림
- 문학이론서 『아동문학의 이해와 동시창작법』(2017)명성서림

- 시창작이론서 『현대시 창작방법과 실제』(2021) 도서출판 이바구
- 시창작론 『서정시 이렇게 쓰면 쉽게 쓸 수 있다』(2022) 도서출판 서정문학

● 수상
- 2009년 한국시 문학대상 수상
- 2016년 제7회 백교문학상 대상 수상
- 2017년 황조근정 훈장
- 2019년 김우종문학상 문학평론 부문 본상 수상
- 2021년 문예창작 문학상 대상 수상

● 문학 단체 활동 상황
- 한국문인협회 회원
- 국제펜 한국본부 이사
- 한국문학협회 자문위원
- 한국현대시인협회 이사
- 서초문인협회 이사
- 한국산림문학회 회원
- 백교효문화선양회 회원
- 격월간 『서정문학』 운영위원
- 계간 『창작산맥』 운영이사. 계간 『문예창작』, 『시창작』 편집고문
- 한국좋은동시재능기부사업회 책임자

● 현재
- 연락처: 08110 서울 양천구 신정로170 신정6차현대Ⓐ 104-1102호
- 집필실: 58289 전남 나주시 공산면 덕음로 548-15
- 손전화: 010-4239-3908
- 이메일: kks41900@naver.com, rlarhkstlr419@hanmail.net

—